Liam O'Flaherty

Meister-erzählungen

Aus dem Englischen und mit einem Nachwort von Elisabeth Schnack

Diogenes

Die deutsche Erstausgabe erschien
1961 im Diogenes Verlag
unter dem Titel ›Silbervogel‹.
Auswahl aus dem Sammelband
›Two Lovely Beasts‹, New York 1950
Die zwei Erzählungen ›Das Zelt‹ und ›Die seltsame
Krankheit‹ sind dem Sammelband ›Die Landung‹,
München 1959, entnommen.
Umschlagillustration: Atkinson Grimshaw,
›Home Again‹, um 1877–1879 (Ausschnitt)

Veröffentlicht als Diogenes Taschenbuch, 1993

60/93/36/1
ISBN 3 257 22644 6

Inhalt

Silbervogel

Nach dem Abendbrot waren alle Deacys um den Eßtisch in Haus Kilfinnan versammelt, um in tiefster Niedergeschlagenheit Familienrat abzuhalten. Bis zu den jährlichen Point-to-Point-Rennen der Coolagh-Jagd waren's nur noch drei Tage. Doch sie hatten keinen Reiter für ihren fünf Jahre alten Wallach Silbervogel, mit dem sie den Liosbawn-Pokal gewinnen wollten. Der älteste Sohn Roger, ein zwanzigjähriger Bursch, hätte den Wallach reiten sollen. Er saß am unteren Ende des Tisches und trug den rechten Arm geschient und in weißen Bandagen. Vor vierzehn Tagen hatte er ihn gebrochen, als er mit Silbervogel Hürden-Springen trainierte.

Sie hatten überall versucht, einen Ersatzmann für Roger aufzutreiben, aber ohne Erfolg. Das Dumme war nämlich, daß Silbervogel keinen andern Reiter länger als zwei oder drei Sekunden auf seinem Rükken duldete. Die Lage schien also völlig hoffnungslos.

»Wir müssen's weiter versuchen«, sagte Roger, ein langes Schweigen brechend. »Ich versichere euch aber, Silbervogel ist nicht richtig wild: er ist bloß nervös, und er kann die meisten Leute nicht leiden. Wenn wir nur jemand finden könnten, von dem er sich gern reiten ließe...«

»Du brauchst dir nichts mehr vorzumachen, Roger«, unterbrach ihn Mr. Deacy mit düsterer Stimme. »Wir können keinen Reiter für ihn finden. So ist es nun mal. Wir haben immer Pech. Es ist das berühmte Deacy-Pech. Hat mich mein Leben lang verfolgt – man kann nichts dagegen machen.«

»Das ist ja blühender Unsinn, John«, sagte Mrs. Deacy.

»Es ist die pure Wahrheit, Dorothy«, entgegnete Mr. Deacy. »Mittlerweile solltest du es auch gemerkt haben, nachdem du zweiundzwanzig Jahre mit mir verheiratet bist!«

»Es gibt kein Deacy-Pech!« erklärte Mrs. Deacy. »Ich hab's gründlich satt, immer wieder zu hören, daß so etwas als Entschuldigung für Unfähigkeit, Faulheit und offenkundige Verrücktheit herhalten soll!«

Mr. Deacy sah bestimmt ein bißchen verrückt aus, als er jetzt auf seine Frau blickte. Er war ein hochgewachsener, grobknochiger Mensch von einundsechzig Jahren, und in seinen dunklen Augen stand ein wilder Ausdruck. Über der rechten Schläfe hatte er eine tiefe Narbe, die er sich als junger Mann durch einen bösen Sturz beim Hindernisrennen geholt hatte.

»Na, da soll doch gleich...!« rief er. »Ist ja reizend, was du da vor meinen Kindern zu mir sagst, noch dazu in einem solchen Augenblick, wenn ich tiefunglücklich bin und ein freundliches Wort oder ein Rat mir helfen könnte, einen Ausweg zu finden. Du bist ja eine großartige Kameradin für einen Mann! Eine großartige Kameradin, weiß Gott!«

»Laß sie doch, Vater!« sagte Roger. »Du mußt nicht hinhören, was sie sagt. Du weißt ja, daß Mutter sich gern reden hört!«

»Ich will keine Frechheiten mehr von dir hören, Roger!« schalt Mrs. Deacy. »Seit du in deines Vaters Fußstapfen trittst und dich auf Glücksspiele und Pferderennen verlegt hast, ist es aus mit deinen guten Manieren und deinem Respekt vor älteren Leuten. Du bist ein echter Deacy geworden.«

»Aber beruhigt euch doch«, sagte Tante Penelope. »Benehmt euch, ja? Dadurch, daß ihr euch beschimpft, bekommt ihr erst recht keinen Jockey.

Wenn man durch Schimpfreden reich werden könnte, wärt ihr die reichste Familie im ganzen Bezirk!«

Mr. Deacy schlug mit geballten Fäusten auf den Tisch und fluchte.

»Redet mir bloß nicht von Glück«, stöhnte er. »Da hab ich mein Leben lang versucht, ein gutes Rennpferd fürs Hindernisrennen zu züchten. Schließlich, nachdem ich schon aus dem letzten Loch pfeife, glückt's mir bei einem. Silbervogel ist wirklich ein gutes Reitpferd. Daran gibt's nicht zu rütteln. Und ich könnt's beschwören, daß er nicht bloß gut, sondern ausgezeichnet ist, auch wenn er noch nicht die Feuerprobe in einem Hindernisrennen mit erstklassigen Rivalen bestanden hat. Wenn ich ihn nur richtig ansetzen könnte, würde er mir innerhalb eines Jahres zehntausend Pfund einbringen.«

»Zehntausend Hirngespinste!» rief Mrs. Deacy verächtlich.

»Es ist wahr!« rief Mr. Deacy aufgeregt. »Scharen von hungrigen Engländern kommen jetzt nach Irland, um unser gutes irisches Fleisch zu essen. Und die Taschen haben sie bis zum Rand voll Geld. Wenn sie ein paar gute Steaks im Bauch haben, werden sie so guter Dinge, daß sie alle ein Rennpferd kaufen und den Grand National gewinnen wollen. Sie zahlen phantastische Preise für alte Klepper, die ihren Hafer nicht mehr wert sind.«

»Zehntausend Hirngespinste!« wiederholte Mrs. Deacy. »Wenn du dein Land bestellen wolltest, John, oder wenigstens Rindvieh züchten...«

»Er hat recht, Mutter«, wurde sie von Roger unterbrochen. »Was er sagt, ist richtig. Ich weiß, daß Lord Dilisk neulich viertausend Pfund für ein Pferd namens Simpleton bekommen hat, und er hatte es keine zwei Monate vorher für dreihundertfünfzig von Barney Gouldrick gekauft. Weißt du's noch, Vater?

Damals hat jeder gesagt, er sei verrückt, daß er Barney die dreihundertfünfzig gäbe!«

»Das stimmt«, sagte Mr. Deacy. «Er hat viertausend für Simpleton bekommen, ein zehn Jahre altes Pferd, das immer höchstens als Dritter durchkam. Gescheiter Kerl, der Dilisk. Oh, ich könnte ebenso gescheit dastehn, wenn ich bloß einen Reiter für Silbervogel hätte! Wenn ich den Liosbawn-Pokal mit ihm gewinnen könnte, und dann noch ein paar andre Point-to-Point-Rennen, dann hätt ich genügend Geld, um ihn bei ganz großen Rennen laufen zu lassen. Dann könnt ich nächstes Jahr mit ihm nach Punchestown gehn, und wenn er dort auch für mich siegt, wär er ein anerkannter junger Champion. Dann bekäme ich eine Ladung Geld für ihn.«

»Jeder Deacy kommt als Verrückter auf die Welt«, sagte Mrs. Deacy, »und er stirbt auch als Verrückter, und in seinem ganzen Leben ist kein einziger Moment, wo er klar im Kopf ist. Wenn du dir irgendeine ordentliche Arbeit vornehmen würdest, anstatt all solchen unmöglichen Plänen nachzuhängen, wie man rasch reich wird, dann wäre unser Bankkonto nicht überzogen und wir brauchten uns nicht zu schämen, unsre Gesichter in der Stadt zu zeigen, wo wir überall Geld schuldig sind.«

»Es ist viel Wahres an dem, was du da sagst, Dorothy«, entgegnete Penelope, »aber ich möchte doch erwähnen, daß deine eigene Familie, die Fitzmaurices, auch nicht gerade Muster an Fleiß und Sparsamkeit sind. Findest du nicht?«

»Laß das sein, Penelope!« sagte Mr. Deacy. »Du brauchst nicht persönlich zu werden!«

»Um Gottes willen«, sagte Brian, ein siebzehnjähriger Rotkopf, »könnt ihr alten Leute denn nicht lieber über einen Reiter für Silbervogel nachdenken, anstatt euch wie die Kesselflicker zu streiten?«

»Ich bin der unglücklichste Mensch von der Welt«, sagte Mr. Deacy. »Als ich schon alle Hoffnung aufgegeben hatte, jemals ein gutes Rennpferd zu züchten, da beschert mir die Göttliche Vorsehung in ihrer Barmherzigkeit einen Champion. Und dann stellt es sich heraus, daß der Champion wild und widerspenstig ist.«

»Silbervogel ist nicht wild, Vater«, rief Roger empört. »Warum mußt du dauernd behaupten, daß er widerspenstig ist?«

»Wenn der nicht widerspenstig ist, dann freß ich 'n Besen!« erklärte Mr. Deacy. »Das Tier ist die verrückteste Kreatur, die ich je im Leben gesehen habe!«

»Er ist bestimmt sehr sanft zu jedem, den er gut leiden kann«, sagte Roger, »und er ist so weichmäulig wie ein Engel. Wie kann er wild sein, wenn er so schön weichmäulig ist?«

»Wenn das Vieh mich kommen sieht«, erwiderte Mr. Deacy, »dann bleckt's seine Zähne und schnaubt so wüst, daß sogar einem Zulu-Krieger das Herz in die Hose rutschen würde.«

»Das sind doch bloß seine Nerven!« rief Roger. »Er ist eben sehr sensibel. Er hat nur zu ein paar Menschen Vertrauen.«

»Zu ein paar?« entgegnete Mr. Deacy. »Du bist der einzige, den er in seine Nähe läßt, und das beweist, daß er verrückt ist. Jedes verrückte Pferd hat sowas an sich, daß es nur einen einzigen Menschen in seine Nähe läßt. Ach! Was nützt alles Reden? Es ist das Deacy-Pech, das mich dauernd verfolgt!«

»Silbervogel läßt aber Tante Penelope in seine Nähe kommen«, fuhr Roger fort, »und das beweist, daß er nicht verrückt ist. Er kann sie sogar noch besser leiden als mich. Stimmt das etwa nicht, Tante Penelope?«

Mrs. Deacy rief gehässig: »Das stimmt schon, aber

es beweist ja erst recht, daß er wirklich völlig verrückt ist.«

»Du nimmst jede Gelegenheit wahr, Dorothy«, sagte Tante Penelope, »findest du nicht?«

Dann machte das jüngste Kind der Familie, ein sechzehnjähriges Mädchen namens Charlotte, einen tollen Vorschlag.

»Wenn er Tante Penelope so gut leiden kann«, sagte sie mit dunkler Stimme, »warum reitet sie ihn dann nicht beim Rennen?«

Mr. Deacy und die drei Kinder blickten alle gespannt auf Tante Penelope. Mrs. Deacy schnaufte verächtlich durch die Nase und strickte weiter an ihrem Pullover.

»So ist's recht«, rief Tante Penelope unwillig und schob ihren Stuhl zurück. »Macht euch nur lustig über eine alte Frau! Was noch alles?«

Sie war dreiundsechzig und hatte große Ähnlichkeit mit ihrem Bruder, da sie groß und derbknochig war und wilde dunkle Augen hatte, die ihrem rotwangigen Gesicht einen leicht verrückten Ausdruck verliehen. Sie hatte eine prachtvolle stahlgraue Haarmähne. In ihrer Jugend war sie als Reiterin bei Fuchsjagden bekannt und berühmt gewesen; sie ritt auch mit beträchtlichem Erfolg bei den Point-to-Point-Rennen. In den letzten zwanzig Jahren hatte sie jedoch nie mehr auf einem Pferd gesessen, weil ihre Sehkraft so abnahm. Sonst war sie aber noch stark und munter. Sie stand im Ruf, die ausdauerndste Spaziergängerin im ganzen Bezirk zu sein.

Die drei Kinder drangen auf sie ein und widersprachen mit lauter Stimme, sie hätten sich nicht mit dem leisesten Gedanken über sie lustig machen wollen.

»Es ist ein glänzender Einfall!« schrie Roger.

»Wir hätten schon längst darauf kommen sollen!«

rief Brian. »Du bist die beste Reiterin im ganzen Distrikt! Ich hab's gehört, wie Jack Heynes, der Tierarzt, es behauptet hat, und der muß es wissen, wo er doch selbst ein guter Reiter ist.«

»Ich habe schon seit zwei Tagen dran gedacht, Tante Penelope«, sagte Charlotte mit ihrer feierlichen Stimme, »aber ich bin ja nie zu Worte gekommen.«

Mr. Deacy schlug auf den Tisch und sagte düster: »Setzt euch, Kinder, und redet nicht solchen Unsinn! Ihr wißt ganz genau, daß eine Frau in Penelopes Alter bei einem Rennen von solcher Ausdehnung mit einem so wilden Tier wie Silbervogel nicht fertig wird. Mein Himmel nochmal! Wenn das Tier verrückt wird...«

»Du täuschst dich, Vater«, rief Roger mit schriller Stimme. »Silbervogel ist wirklich so sanft, daß...«

»Du mußt auch bedenken, Roger«, unterbrach ihn Mrs. Deacy, »daß Tante Penelope so blind wie ein Maulwurf ist!«

»Das bin ich gar nicht«, rief Penelope empört. »Ich kann viel besser sehen als du, Dorothy! Mit meiner Brille kann ich ausgezeichnet sehen! Nur um dir's zu beweisen, steige ich morgen auf Silbervogel und nehme ein paar von den Hürden draußen.«

Die Kinder jubelten begeistert.

»Brave alte Penelope!« rief Roger. »Ich wußte ja, daß du's in dir hast!«

»Ruhig jetzt, Kinder!« mahnte Mr. Deacy und stand auf. »Wir dürfen keinen Unsinn reden. Ich darf Penelope nicht auf den Gaul lassen. Könnt's mir nie verzeihen, wenn ihr etwas zustieße!«

»Sei kein Esel, John«, erklärte Penelope hochmütig. »Ich kann noch so gut reiten wie früher. Und ich will Dorothy nur zeigen, daß ich nicht blind bin.«

Mr. Deacy rieb sich das Kinn, und während er seine

Schwester ansah, stieg ein wilder Ausdruck in seine Augen. Sein Herz begann rascher zu klopfen.

»Gut, Penelope«, sagte er, nachdem er mühsam geschluckt hatte. »Wenn du ihn wirklich morgen ausprobieren willst...«

Penelope sah wie ein Kind aus, als sie am nächsten Morgen mit Brille, grauem Sweater und Reithosen auf den Rücken des riesigen Tieres kletterte. Silbervogel maß mehr als siebzehn Handbreit und war überaus kräftig gebaut.

»Sei vorsichtig, Penelope!« schrie Mr. Deacy aus angemessener Entfernung.

Er zog es vor, nicht näherzukommen, um das Pferd nicht nervös zu machen.

»Dummes Zeug!« rief Penelope. »Laß die Zügel los, Roger! Warum seid ihr denn alle so nervös? Tut ja gerade, als ob ich eine Vierjährige wäre, die ihre erste Reitstunde hat.«

Sie sprach dem Pferd zu und ritt langsam mit ihm die Koppel entlang und hinüber zu dem großen Gelände, auf dem Mr. Deacy ein paar Hürden hatte aufstellen lassen, um junge Pferde einzureiten. Silbervogel benahm sich keineswegs wie ein wildes Tier. Er gehorchte ihr auf eine geradezu sanftmütige Art. Nachdem er ein Weilchen im Kreis getrabt war, brachte sie ihn zum Galoppieren und lenkte ihn vor eine von den Hürden. Er flog prachtvoll darüber. Penelope bewies, daß sie während ihres langen Reitverzichts gar nichts von ihrer alten Gewandtheit eingebüßt hatte. Nach dem meisterhaften Sprung brachte sie ihn tadellos hoch.

Die Kinder stimmten ein großes Gejubel an, als sie sahen, wie sicher das Pferd und die kleine alte Frau die Hürde nahmen. Mr. Deacy strahlte übers ganze Gesicht.

»Was hab ich dir gesagt, Vater?« schrie Roger.

»Wenn Silbervogel jemand gut leiden kann, ist er so sanft wie ein Lamm. Paß nur auf, wie er gleich die nächste Hürde nimmt! Er ist der geborene Springer. Wie ein Hirsch setzt er an.«

Penelope und Silbervogel sprangen über die zweite Hürde und auch noch über eine dritte: immer im gleichen tadellosen Stil. Dann kehrten sie zur Koppel zurück.

»Da habt ihr's!« sagte Penelope, nachdem sie ihr beim Absteigen geholfen hatten. »Das beweist euch, daß ich nicht blind bin!«

Mr. Deacy haschte nach der Hand seiner Schwester und schüttelte sie aufgeregt.

»Du bist großartig«, sagte er, »aber glaubst du, daß du die vier Meilen beim Liosbawn-Rennen durchhalten könntest? Das ist verdammt anstrengend!«

»Natürlich kann sie das!« rief Roger. »Sie kann's und sie wird's auch tun!«

»Ich könnt's versuchen«, sagte Penelope mit grimmiger Entschlossenheit, »weil ja sonst niemand aufzutreiben ist. Ich weiß, John, daß du dein ganzes Herz dran gehängt hast, das Rennen zu gewinnen. Ich weiß, wieviel es für dich bedeutet. Ich persönlich bin genauso wie du selbst drauf erpicht, daß Silbervogel sich einen Namen macht. Ich liebe das Pferd. Ich finde, es ist ein ausgezeichnetes Tier, und ich möchte der ganzen Welt zeigen, wie fabelhaft es ist.«

Die drei Kinder jubelten wieder und umarmten ihre Tante.

»Dann ist es abgemacht«, sagte Mr. Deacy. »Wir melden uns fürs Rennen an, und Penelope wird Silbervogel reiten. Und jetzt müssen wir alles Notwendige für eine gute Wette vorbereiten. Da Lord Dilisk einen Favoriten hat, sollten wir auf Silbervogel mindestens fünf zu eins bekommen.«

Die folgenden Tage verbrachte er damit, das Geld aufzubringen. Es erwies sich als sehr schwierig, denn im Bezirk hatte er keinen Kredit mehr. Keiner wollte ihm auch nur einen Penny leihen. Schließlich gelang es ihm, siebenundvierzig Pfund zusammenzubringen, indem er neues Sattelzeug und andere Sachen verkaufte. Um ganz offen zu sein: er erhielt fünfundvierzig Pfund in bar und eine Flasche Kognak.

»Es ist nicht viel«, sagte er am Morgen des Renntages zu seiner Familie, »aber jedenfalls ist's ein Anfang. Wenn wir vier oder fünf zu eins bekommen, dann haben wir ein paar hundert Pfund für das nächste Rennen!«

Bei seinen Worten warf Tante Penelope fünf Pfund auf den Tisch und bat ihren Bruder, sie als Wetteinsatz von ihr anzunehmen.

»Es ist alles«, sagte sie, »was mir noch verblieben ist von der Erbschaft, die mir Onkel Anthony vor achtzehn Jahren vermacht hat.«

»Bravo!« rief Mr. Deacy.

»Verschwender wollen Hunger leiden!« sagte Mrs. Deacy verbittert. »Ich wüßte in diesem Augenblick nicht, wo ich eine Unze Tee oder ein Pfund Rindfleisch auf Kredit bekommen könnte.«

Das Wetter war wirklich furchtbar: ein grober Wind wehte, und dazwischen hagelte es. Die Kälte war beißend. Und doch fand sich eine ungeheure Menschenmenge in Palmer's Bog ein, wo die Rennen stattfinden sollten: nämlich hoch oben zwischen Berggipfeln auf der Heide. Zigeuner hatten sich scharenweise aus sechs Bezirken eingestellt. Die große Anzahl Zelte erweckte den Eindruck, daß ein ganzes Heer auf dem wilden Hochmoor kampiere. Das fahrende Volk begann schon frühzeitig, sich zu verlustieren, zu trinken und Harmonika zu spielen und zu tanzen; daher herrschte um die Zeit, als das Rennen begann, bereits ein mächtiger Trubel.

Die Deacys zögerten ihr Erscheinen so lange wie möglich hinaus, damit Silbervogel durch den Tumult nicht völlig verrückt würde. Trotzdem benahm er sich sehr schlecht, als er auf dem Weg zum Sattelplatz durch die Menge geführt wurde. Roger bemühte sich, das riesige Tier zu beruhigen, doch es bäumte sich immer wieder und schlug so wütend aus, daß die Leute entsetzt vor ihm ausrissen.

»Haben Sie da das wilde Biest von Borneo, Mr. Deacy?« rief ein Spötter.

»Wolln Sie ihn in den Zoo bringen?« rief ein andrer. »Meine Güte, nicht jeder Zoo nimmt solchen Teufelskerl!»

Als Mr. Deacy derlei Bemerkungen hörte, wurde er beinah ebenso toll wie das Pferd. Er drohte der Menge mit seinem Stock und erwiderte auf eine Art, die sie nur noch zu weiteren Ausbrüchen anspornte.

»Ihr dummen Tölpel!« schrie er. »Ich will euch schon noch beweisen, was das für'n Tier ist. Ihr Bauernlümmel!«

»Laß das, John!« sagte seine Frau und packte ihn beim Arm. »Sei nicht töricht!«

Noch über die Schulter schrie er den Quälgeistern etwas zu, und sie mußte ihn mit Gewalt weiterzerren. Inzwischen war es Roger und Penelope gelungen, Silbervogel ohne Mißgeschick auf den Sattelplatz zu schaffen.

Dann trat Lord Dilisk vor und machte eine Bemerkung, die Mr. Deacy von neuem in Raserei versetzte.

»Haben Sie'n Reiter für Ihr Pferd gefunden, John?« fragte er.

»Allerdings«, sagte Mr. Deacy hochmütig, «und einen verdammt besseren als den Ihren!»

»Nicht möglich!« sagte Lord Dilisk mit unverschämtem Tonfall. «Darf ich fragen, wer es ist?»

Dilisk war ein großer Mensch mit einem schwarzen Schnurrbart in seinem harten Gesicht und mit blauen Augen, die jedermann voller Haß anzublicken schienen. Er war berühmt als erfolgreicher Reiter bei Hindernis-Rennen und auch als Züchter von Rennpferden.

»Meine Schwester wird reiten«, sagte Mr. Deacy.

Dilisk blickte auf Penelope, die vor Kälte zitternd in ihrem schäbigen Regenmantel und einer Jockey-Kappe dastand und erbärmlich schmächtig und alt aussah.

»Sie sprechen wohl nicht im Ernst?« sagte er zu Mr. Deacy und zog die Augenbrauen in die Höhe.

»Was wollen Sie damit sagen?« fragte Mr. Deacy ärgerlich.

Dilisk zuckte die Schultern.

»Wenn Sie dulden, daß sie den nichttrainierten Gaul reitet, dann bedeutet es, Sie unterzeichnen ihr Todesurteil! In ihrem Alter ist jeder Sturz ganz bestimmt tödlich!«

»Sagten Sie, mein Pferd ist untrainiert?« rief Mr. Deacy.

»Völlig untrainiert«, sagte Dilisk. »Er ist durchaus unzähmbar und verrückt.«

»Wollen Sie mich absichtlich beleidigen?« fragte Mr. Deacy.

»Nicht im geringsten«, erwiderte Lord Dilisk. »Ich rate Ihnen nur zu Ihrem eigenen Besten, das Pferd nicht laufen zu lassen.«

»So, so, untrainiert?« rief Mr. Deacy und war vor Wut leichenblaß geworden.

»Jedes Kind weiß«, fuhr Dilisk fort, »daß Sie keinen Menschen im ganzen Bezirk auftreiben konnten, der ihn geritten hätte. Während des Rennens stellt er für uns andere eine Bedrohung dar. Es ist sehr wenig sportlich von Ihnen, so einen Gaul laufen zu lassen.«

Damit drehte er sich unvermittelt um und ging fort.

»So, so, untrainiert?« schrie Mr. Deacy und schwenkte seinen Stock. »Sie unverschämter Geck! Sie verdammter Roßhändler! Sie sind wütend, weil ich Ihr Angebot nicht angenommen hab, Ihnen meinen Silbervogel zu verkaufen. Da liegt der Hase im Pfeffer, Sie miserabler Geizkragen!«

Dann wandte er sich an die Menge, die sich um ihn geschart hatte.

»Vor einem Monat ist der Geizhals zu mir gekommen«, schrie er, »und bot mir zweihundert Pfund für mein Pferd. Ich hab ihm geantwortet, daß ich Silbervogel lieber eine Kugel in den Kopf schieße, anstatt ihn zu so einem Preis zu verkaufen! Da bot er mir zweihundertfünfzig. Ich hab ihm gesagt, sich fortzuscheren. Ich hab ihm gesagt, ich würd lieber verhungern...«

Die ganze Familie mußte sich um den aufgebrachten Mann versammeln und ihn mit flehentlichen Bitten beschwichtigen, ehe er mit seinem Geschrei aufhörte. Sie sahen bedauernswert aus, wie sie da in einer kleinen Gruppe beisammen standen – mit ihren schäbigen Kleidern und ihren wilden Gesichtern und dem wilden Pferd: wie ein Rudel hungriger Wölfe, das von einer sie quälenden Menschenmenge eingekreist wurde.

»Einerlei«, sagte Mr. Deacy, nachdem er sich wieder ein wenig gefaßt hatte. »Wir werden schon sehen, wer zuletzt lacht!«

Als er seine Wette anmelden wollte, bot ihm der Buchmacher zehn zu eins an.

»Tut mir schrecklich leid, Ihnen Geld abzuknöpfen«, sagte der Buchmacher lachend, »aber Geschäft bleibt Geschäft.«

»Lange werden Sie's nicht behalten«, sagte Mr. Deacy und stolzierte von dannen.

Mr. Deacy sah so zuversichtlich aus, daß der Buchmacher einem seiner Gehilfen etwas zuflüsterte.

»Geh mal und bring die Hälfte anderswo unter«, sagte er. »Man könnte bei einem Kollegen zwanzig zu eins bekommen. Der verrückte Kerl hat vielleicht doch was im Hinterhalt. Bei den Rennen geschehen stets Zeichen und Wunder. Die alte Dame könnt's wirklich schaffen!«

»Wenn sie's tut«, sagte der Gehilfe, »dann will ich mein Lebtag keinen Tropfen Whisky mehr trinken!«

Als der Augenblick kam und Penelope sich auf Silbervogels Rücken schwingen sollte, bat sie ihren Bruder um etwas Kognak. Mr. Deacy öffnete die Flasche und gab sie ihr.

»Trink nicht zuviel«, mahnte er, »sonst steigt er dir zu Kopfe! Du mußt kühl bleiben, sag ich dir. Und vergiß nicht, dauernd hinter Dilisk und seinem Dun Emer zu bleiben, bis du die vorletzte Hürde geschafft hast. Dann legst du los!«

Trotz der Warnungen ihres Bruders nahm Penelope einen sehr kräftigen Schluck aus der Flasche. Dann befestigte sie ihre Brille mit Klebstreifen und wurde aufs Pferd gehoben.

»Leb wohl, Penelope«, sagte Mrs. Deacy. »Ich hab dir nichts übelgenommen, das kannst du mir glauben.«

»Du bist 'ne bittre Pille, Dorothy«, sagte Penelope. »Selbst jetzt kannst du's dir nicht verkneifen, mir dein Messerchen in den Rücken zu stechen. Du bist eine echte Fitzmaurice, mit jeder Faser!«

»Schluß damit, Penelope«, sagte Mr. Deacy und umklammerte das Knie seiner Schwester. »Denke dran, was ich dir gesagt habe. Du kennst die Rennbahn nicht, deshalb laß dich nicht in die Führung drängen, bevor du die vorletzte Hürde geschafft hast. Von da bis zum Ziel ist's eine gerade Strecke. Bleib hinter Dun Emer, bis du über die vorletzte Hürde bist! Dann laß die Zügel schießen und leg los! Wenn natürlich Dun Emer stürzen sollte, mußt du dich von einem andern Pferd bis zur vorletzten Hürde führen lassen. Jetzt also Hals- und Beinbruch, und paß auf, daß der Dilisk dir kein Bein stellt. Der Schurke schreckt vor nichts zurück!«

Seltsamerweise wurde Silbervogel so sanft wie ein Lamm, sobald Penelope auf seinem Rücken saß. Er ertrug es sogar, daß Mr. Deacy in seine Nähe kam. Auf dem Weg zum Start kanterte er so friedfertig durch die Menge, als ob er ein Veteran wäre. Trotzdem pfiffen die Leute andauernd und rissen Witze über Penelope.

»Die alte Meerfrau haben sie auf ihr wildes Biest aus Borneo gesetzt!« schrie ein Buchmacher. »Das ist ein Pärchen! Gleiche Chancen für Dun Emer! Vier zu eins für Umbrella! Sechs zu eins für Fighting Cock und Shaun Murphy! Zehn zu eins für Silbervogel!«

Penelope hatte keine Schwierigkeiten, Silbervogel richtig an der Startlinie einzureihen: sie fühlte sich gestärkt durch den Kognak, den sie getrunken hatte, und angenehm erregt, weil sie nach zwanzig Jahren zum ersten Mal wieder an einem Rennen teilnahm. Sie brachte ihn gleichzeitig mit allen andern los. Sie spürte sofort, daß er das geborene Rennpferd war, eins von den Tieren, die im Wettstreit mit andern immer ihr Bestes hergeben. Sie war begeistert, weil sie durch den leisesten Zügeldruck seine Riesenkräfte lenken konnte.

»Er ist wunderbar», sagte sie vor sich hin, als sie sich der ersten Hürde näherten. »Wenn ich's nur fertigbringe, auf ihm zu bleiben, dann siegt er im Kanter.«

Die neun Pferde nahmen die erste Hürde fast in einer Reihe und blieben ohne irgendwelches Mißgeschick dicht beisammen, bis sie über eine Meile zurückgelegt hatten. Dann stürzte Shaun Murphy bei der Hürde, die auf den umgepflügten Streifen führte. Ein Stückchen weiter hin warf ein Pferd namens Rowdy Tim die junge Frau aus dem Sattel, die ihn ritt, und jagte querfeldein von dannen. Da legte Umbrella los und führte bald um zehn Längen an, während Fighting Cock und Dun Emer an zweiter Stelle auf gleicher Höhe lagen. Penelope befolgte ihres Bruders Anweisung haargenau und lag ein paar Längen hinter Dun Emer.

Während der ersten Hälfte des Rennens hatten die Pferde den Wind im Rücken. Daher hatte Penelope nichts weiter zu tun, als auf Silbervogels Rücken zu bleiben, und Silbervogel lief herrlich. Sie dachte an nichts anderes als die berauschende Freude, wieder einmal ein Rennen mitzureiten. Dann schwenkten alle zum Ziel ein, dem wütenden Sturm direkt in den Rachen, und noch fast zwei Meilen bis zum Ziel. Da vergaß die arme Frau ihren Freudenrausch und biß die Zähne zusammen, denn sie fühlte, wie die eisige Kälte ihren schmächtigen Körper wie mit Messern stach. Sie hatte kaum genügend Kraft, sich vom Sturm nicht hinunterwehen zu lassen.

»Großer Gott!« stammelte sie verzweifelt. »Ich kann mich nicht halten. 's ist alles aus!«

Umbrella beging vor der Steinmauer einen üblen Fehler, riß sich beide Hinterbeine auf und sank beim Landen in die Knie. Obwohl die Geschicklichkeit seines Reiters ihn wieder auf die Beine stellte, war er doch so erschüttert, daß er bald aus dem Wettstreit ausschied. Dann überholte Fighting Cock den Dun Emer ein klein wenig, während Silbervogel noch immer gemütlich ein paar Längen dahinter an dritter Stelle lag. Als Fighting Cock den Abhang zur Doppelhürde hinaufstürmte, wies er Anzeichen von Erschöpfung auf. Obwohl er, von seinem Reiter angespornt, beide Hindernisse nahm, ohne einen Fehler zu machen, zeigte es sich bald danach ganz eindeutig, daß er sein Pulver verschossen hatte. Er verfiel beinah in Schritt und gesellte sich weit rückwärts zu Umbrella.

Das war der Zeitpunkt, da Lord Dilisk sich entschied, loszulegen und Penelope abzuschütteln. Er spornte sein Tier plötzlich an und raste mit höchster Geschwindigkeit von dannen.

»Jetzt kommt's drauf an«, sagte sich Penelope. »Jetzt beginnt das Rennen!«, und sie schickte Silbervogel auf die Verfolgung.

Das große Pferd gehorchte bereitwillig und hatte bald seine ehemalige Stellung – drei Längen hinter Dun Emer – zurückerobert. Penelope zügelte ihn, da sie noch nicht die Führung übernehmen wollte. Dilisk blickte über die Schulter und gab seinem Renner dann ein paar kräftige Hiebe mit der Peitsche. Trotzdem konnte Dun Emer kein rascheres Tempo einschlagen. Er lief schon so rasch er konnte.

»Wenn ich nicht aus dem Sattel falle«, sagte sich Penelope, »dann ist das Rennen gewonnen. Wenn's nur nicht so entsetzlich kalt wäre...«

Dreiviertel Meilen vor dem Ziel begann ein stürmischer Hagelschauer niederzuprasseln. Die Schlossen waren fast so groß wie Kirschen. Nun wurde die Kälte unerträglich. Sie versuchte, ihr Gesicht hinter dem Pferdekopf zu verstecken, damit die Brillengläser sich nicht beschlagen konnten. Doch als das Pferd zum nächsten Sprung ansetzte, schlug eine Handvoll Schloßen auf die Brille und nahm ihr jegliche Sicht. Als Silbervogel jenseits der Hürde sicher gelandet war, hob sie die Linke und versuchte, die Gläser sauberzuwischen. Doch wurde es dadurch nur noch schlimmer. Ihre Finger waren völlig gefühllos.

Sie waren beinah erstarrt. Von dem Schlamm während des Rennens waren sie lehmverkrustet. Durch das unbeholfene Tasten der Finger geriet auch noch Schlamm auf die unsauberen Gläser. Da bekam sie eine panische Angst und versuchte, die Brille abzunehmen. Doch das mißlang ihr. Sie hatte sie mit dem Klebstreifen am Ohr befestigt. Es blieb ihr nicht mehr genug Kraft, sie abzureißen. Überdies raubte ihr der Schreck darüber, daß sie so gut wie blind war, fast die Besinnung.

Sie riß sich jedoch wieder zusammen, ließ die Linke auf die Zügel sinken und umklammerte das Pferd verzweifelt mit den Schenkeln, um sich im Sattel zu halten.

»Ich muß oben bleiben«, stieß sie zwischen den zusammengebissenen Zähnen hervor. »Ich muß!«

Sie benutzte die letzte Spur von Kraft in ihrem schwachen alten Körper und klammerte sich blindlings an den Rücken des großen Pferdes, das nun durch den Hagelsturm vorwärtsraste. Dann merkte sie, wie er wieder zum Sprung ansetzte, jenseits sicher landete und weiterraste. Sie hörte die Stimme Dilisks, der seinen Renner wie verrückt anspornte. Zu ihrer Freude begriff sie, daß die Stimme ihres Rivalen hinter ihr war und daß sie rasch immer entfernter klang.

»Wir haben ihn überholt«, sagte sie sich. »Oh, wenn ich mich bloß oben halten könnte! Wenn Silbervogel den Weg zum Ziel allein finden könnte!«

Nachdem sie den nächsten Sprung genommen hatten, hörte sie das Gebrüll der Menge direkt voraus und wußte, daß das Pferd immer noch richtig lief. Da ergriff die Siegerfreude von ihr Besitz, und sie wurde fast hysterisch.

»Los, Silbervogel«, rief sie schrill und mit klappernden Zähnen, »los, mein Liebling! Ich wußte ja, daß du's schaffst. Jetzt ist's dein Rennen! Du hast 's gewonnen! Los!«

Mehr als vierzig Längen vor Dun Emer galoppierte das große Pferd durchs Ziel, auf dem Rücken Penelope, die schrill wie ein Vögelchen zirpte, dessen Nest ausgeplündert wird. Silbervogel galoppierte durch die jubelnde Menge, sprang über ein großes Auto, das ihm im Wege stand, und kam dann friedlich genau auf der gleichen Stelle zum Stehen, wo Penelope ihn bestiegen hatte.

Penelope schrie noch immer hysterisch, als sie aus dem Sattel gehoben wurde. Sie wickelten sie in Wolldecken, trugen sie in ein Zelt und flößten ihr Kognak ein.

»Die letzte Meile ist er ganz allein gesprungen«, erzählte sie ihrem Bruder, als sie sich ein wenig erholt hatte. »Die Hagelschlossen hatten mich blind gemacht. Die letzte Meile hab ich nichts mehr gesehen. Er hat allein durchs Ziel gefunden. Er ist ein wunderbares Tier.«

Mr. Deacy nahm ebenfalls einen langen Zug aus der Kognakflasche. Dann schwenkte er seinen Stock und schrie gellend los:

»Auf nach Punchestown! Auf zum Grand National!«

Sie trugen Penelope auf den Schultern, die Menge nämlich, trugen sie zu dem alten verbeulten Vehikel, das der Familie Deacy gehörte. Sie wollten auch Silbervogel im Triumphzug geleiten, aber das große Pferd wollte von ihrer kriecherischen Schmeichelei nichts wissen. Als Penelope nicht länger auf seinem Rücken saß, verfiel es wieder in sein wildes Wesen. Es wieherte und bäumte sich, stand auf den Hinterbeinen und schlug so rasend um sich, daß die Leute vor ihm flohen. Roger mußte es abführen.

Dann stieg Mr. Deacy in seinen alten Wagen und

legte seinen Arm um Penelopes Schulter; unter dem tosenden Beifall der Menge fuhren sie von dannen.

»Hei, Miss Penelope!« riefen die Leute. »Sie sind ein großartiges altes Frauchen!«

Mr. Deacy schwenkte unaufhörlich seinen Stock und rief:

»Auf nach Punchestown! Auf zum Grand National!«

Das Zelt

Eine jähe Bö schlug gegen das Zelt. Weiße, glitzernde Hagelstücke prasselten wild lärmend auf das schäbige Segeltuch. Das Zelt bebte und schwankte leise vornüber, und seine zerlumpten Zeltbahnen flatterten. Der Zeltpfosten bog sich ächzend. Ganz oben, neben der Spitze des Pfostens, erschien wie ein Silbersaum ein Riß im Segeltuch. Sofort drang Wasser durch den Riß ein und bildete einen dunkleren Fleck im Stoff.

Ein Kesselflicker und seine beiden Frauen saßen auf einem Strohlager im Zelt und blickten durch den Eingang auf das wilde Hochmoor, das sich vor ihnen ausdehnte, und auf die Schneekappe des Berggipfels, der in etwa zwei Meilen Entfernung wie eine Kegelspitze über dem Buckel des Hochmoors anstieg. Alle drei rauchten schweigend Zigaretten. Es war Abend, und sie hatten ihr Zelt für diese Nacht in einer Kiesgrube neben der Bergstraße aufgeschlagen, die quer über die Heide von einem Tal zum nächsten führte. Ihr Esel war draußen am Wagen neben dem Zelt angebunden.

Als die Bö zustieß, richtete sich der Kesselflicker überrascht auf und blickte auf den Pfosten. Ein paar Augenblicke starrte er auf den Riß im Segeltuch, und dann gab er den beiden Frauen neben sich einen Rippenstoß und deutete mit der Nase nach oben. Die Frauen schauten hin, aber keine sagte etwas. Nach ungefähr einer Minute seufzte der Kesselflicker und rappelte sich auf.

»Will mal ein paar Säcke über die Spitze werfen«, sagte er.

Er hob zwei braune Säcke von einem Haufen – es waren Wolldecken und Kleidungsstücke, die am Eingang neben der Glutpfanne trocknen sollten – und ging nach draußen. Die Frauen sagten noch immer nichts, sondern rauchten weiter. Der Kesselflicker scheuchte den Esel mit einem Fußtritt weg. Das Tier hatte sein Hinterteil so weit wie möglich in den Zelteingang geschoben, um die Hitze vom Holz zu spüren, das in der Glutpfanne brannte. Der Esel wich beiseite und malmte dabei noch an einem Büschel Heu, das der Kesselflicker von einem Heuschober jenseits der Berge gestohlen hatte. Der Kesselflicker kletterte die Böschung hinauf, gegen die sich das Zelt lehnte. Die Böschung war mit faulendem Gras bedeckt, in das der gestrige Schnee in lehmigen Klumpen hineingeschmolzen war.

Die Zeltspitze ragte nur etwa achtzehn Zoll über die Böschung hinaus. Hinter der Böschung war eine holprige, schmale Landstraße, auf deren anderer Seite hinter dem Gitterzaun eines Landgutes ein dichter Tannenwald wuchs, aber die Wucht der Bö war so groß, daß sie durch die Bäume fegte und so heftig auf die Zeltspitze traf, als ob das Zelt ungeschützt auf dem offenen Hochmoor stünde. Der Kesselflicker mußte sich gegen den Wind stemmen, um nicht fortgeweht zu werden. Mit geblähten Nüstern blickte er in den Wind.

»Kann nicht lange dauern«, sagte er und warf die zwei Säcke dort auf das Zelt, wo der Riß im Segeltuch entstanden war. Dann holte er eine dicke Nadel aus seiner Jacke und nähte sie mit ein paar Stichen fest.

Er wollte gerade von der Böschung herunterspringen, als ihn jemand von der Landstraße anrief. Er blickte auf und sah, daß ein Mann näher kam, der den Kopf gegen den Wind stemmte. Der Kesselflicker setzte eine finstere Miene auf und zuckte die Achseln. Er wartete, bis der Mann herangekommen war.

Der Fremde war ein großer, stämmig gebauter

Mann mit einem langen Gesicht und kräftigen Kinnbacken und großen, finsteren dunklen Augen: das Gesicht eines Raufbolds. Als er den Kesselflicker erreicht hatte, stand er kerzengerade vor ihm, die Füße zusammen und die Hände an der Seite – genau wie ein Soldat. Er war recht ordentlich gekleidet; sein Gesicht war sauber und gut rasiert, und die Hände waren auch sauber. Auf dem rechten Handrücken war ihm eine blaue Figur oder etwas dergleichen eintätowiert. Mit seinen finsteren dunklen Augen blickte er den Kesselflicker freimütig an. Ein paar Minuten sagte keiner etwas.

»Guten Abend«, sagte der Fremde dann.

Der Kesselflicker nickte, ohne zu sprechen. Er musterte den Fremden von oben bis unten, als habe er ein wenig Angst vor diesem großen, stämmigen Mann, der fast wie ein Polizist oder Soldat oder wie jemand von der Behörde wirkte. Er schaute vor allem auf die Stiefel des Mannes. Trotz des Straßenschlamms und des geschmolzenen Schnees und der Hagelschloßen waren die Stiefel noch ziemlich sauber und sahen so aus, als ob sie stets regelmäßig geputzt würden.

»Auf Wanderschaft?« fragte der Kesselflicker schließlich.

»He?« rief der Fremde beinahe streitlustig. »Ach so. Ja, ich halte Ausschau nach einem Unterschlupf für die Nacht.«

Der Fremde blickte langsam zum Zelt und dann wieder auf den Kesselflicker.

»Haben Sie's weit?« fragte der Kesselflicker.

»Weiß ich nicht«, entgegnete der Fremde ärgerlich. Dann schrie er fast: »Hab kein Ziel, verdammicht... nur die Landstraße, verdammicht!«

»Schon recht, Bruder«, sagte der Kesselflicker. »Komm mit!«

Er deutete mit dem Kopf auf das Zelt und sprang in die Grube hinunter. Der Fremde folgte ihm, indem er behutsam auftrat, um ein Beschmutzen seiner Kleidung zu vermeiden.

Als er hinter dem Kesselflicker ins Zelt trat und die Frauen erblickte, zog er sofort die Mütze und sagte: »Guten Abend!« Die beiden Frauen nahmen die Zigarette aus dem Mund, lächelten und nickten mit dem Kopf.

Der Fremde blickte sich besorgt um und setzte sich dann auf eine Kiste dicht neben der Glutpfanne. Er hielt seine Hände an die Glut und rieb sie sich. Fast unmittelbar darauf stieg schon ein leichter Dunst aus seinen Sachen auf. Der Kesselflicker fragte: »Rauchst du?« und reichte ihm dabei eine Zigarette.

Der Fremde nahm die Zigarette entgegen, zündete sie an und betrachtete dann die andern. Keiner von den dreien blickte ihn an, daher konnte er sie genau mustern, und mit seinen finsteren dunklen Augen betrachtete er jeden argwöhnisch. Der Kesselflicker saß ihm gegenüber auf einer Kiste und lehnte sich von den Hüften aus lässig hintenüber, genau wie eine Frau – ein schlanker, großer, geschmeidiger Mann mit einem schönen Kopf, der ihm anmutig auf dem braunen Halse saß, und mit langen schwarzen Wimpern, die ihm über die halbgeschlossenen Augen fielen. Ein weiblich wirkender Bursch mit jener sinnenfreudigen Anmut in seiner lässigen Haltung, wie man sie nur bei Adligen und bei Menschen findet, die einer sehr kleinen, nicht arbeitenden Kaste angehören und die abgesondert von der großen Menge, aber doch auf deren Kosten leben. Ein junger Bursche mit stolzen, verächtlich geschlossenen Lippen und einem hochmütigen Ausdruck um die leise geblähten Nüstern. Ein schweigsamer Bursche, der den Zigarettenrauch durch die Nase blies und verträumt in die Glut des

Holzfeuers blickte. Die zwei Frauen waren beide vom gleichen Schlage wie er, beide waren Schlampen, schmutzig und ungekämmt, aber mit dem gleichen stolzen, hochmütigen, verächtlichen Blick in den schönen braunen Gesichtern. Die eine hatte dunkles Haar und schwarze Augen. Sie hatte einen ziemlich harten Ausdruck im Gesicht und schien sehr temperamentvoll. Die andere Frau hatte goldene Haare, einen sehr kleinen Kopf und feine Backenknochen, die ebensoweit wie ihre Stirn vorragten. Sie war außerordentlich schön, trotz der zerlumpten Kleidung und des widerwärtigen Zustands ihrer Haare, die ungekämmt und in zerfilzten Klumpen auf dem kleinen Schädel aufgesteckt waren. Wegen des vollkommenen Ebenmaßes und der Feinheit ihrer Glieder, ihres Busens und des langen Halses, der winzige Sommersprossen in der weißen Haut aufwies, empfand der Fremde eine Scheu vor ihr, vor ihrer Schönheit und vor ihrer Anwesenheit in diesem Zelt.

Kesselflicker! dachte er bei sich. Verdammt üble Leute!

Dann wandte er sich an den Kesselflicker.

»Gibt's hier was zu essen... hm... Kamerad?« sagte er barsch. Seine dicken Lippen schnauzten jedes Wort hart heraus, wie bei einem, der gewohnt ist, Untergebenen zu befehlen. Er hatte gezögert, ehe er das Wort ‚Kamerad' hinzufügte, da er offensichtlich nicht willens war, sich in seinen menschlichen Beziehungen auf eine Stufe mit dem Kesselflicker zu stellen.

Der Kesselflicker nickte und wandte sich an die dunkelhaarige Frau.

»Eigentlich könnten wir jetzt schon essen, Kitty«, sagte er sanft.

Die dunkelhaarige Frau stand sofort auf, nahm einen rußigen Kessel, in dem Wasser war, und setzte ihn auf die Glutpfanne. Der Fremde sah ihr zu. Dann wandte er sich wieder an den Kesselflicker.

»Das ist ein Hundeleben, was?« sagte er. »In den Bergen steckengeblieben! Hab gedacht, ich schaff's noch bis Roundwood heut abend. Wieviel Meilen ist's von hier?«

»Zehn«, sagte der Kesselflicker.

»Großer Gott«, sagte der Fremde.

Dann lachte er, steckte die Hand in die Brusttasche und holte eine kleine Flasche Whisky hervor.

»Das ist alles, was ich noch besitze«, sagte er und blickte auf die Flasche.

Als der Kesselflicker die Flasche sah, riß er seine Augen sofort auf. Die goldhaarige Frau richtete sich auf und blickte eifrig auf den Fremden, riß die Augen auf und schnalzte mit der Zunge. Die Dunkelhaarige, die in einer Kiste rumorte, drehte sich auch um und schaute. Der Fremde zwinkerte mit einem Auge und lächelte.

»Immer willkommen«, sagte er. »Oder? Mit meinen besten Segenswünschen jedenfalls. Hat jemand einen Korkenzieher?«

Der Kesselflicker holte ein Messer aus der Tasche, zog seitlich einen Korkenzieher heraus und reichte ihn dem Mann. Der Fremde öffnete die Flasche.

»Hier«, sagte er und bot dem Kesselflicker die Flasche an, »'s kann reihum gehen! Die Frauen werden wohl auch 'n Schluck haben wollen.«

Der Kesselflicker nahm die Flasche entgegen und flüsterte der Dunkelhaarigen etwas zu. Sie reichte ihm ein paar Becher aus der Kiste.

»Komisch«, sagte der Fremde, »wenn einer abgebrannt ist und hungrig ist, kann er Whisky bekommen, aber kein Futter. Hab heute früh in Dublin einen Mann getroffen, der wußte verdammt gut, daß ich abgebrannt bin, aber statt daß er mich zum Essen einlädt oder mir 'n bißchen Geld leiht, gibt er mir das hier. Hab's den ganzen Weg über bei mir getragen und noch nicht aufgemacht.«

Er warf den Stummel seiner Zigarette durch die Zelttür. »Hab drei Wochen in einer Tour getrunken, zum Teufel«, sagte er.

»Bist du hierherum zu Haus?« fragte der Kesselflicker und goß den Whisky in die Zinnbecher.

»Was?« rief der Mann, und wieder klang es ärgerlich, als ob er die Frage übelnähme. Dann fuhr er fort: »Nein. Bin meiner Lebtag noch nicht hier gewesen. Für mich handelt sich's drum, ob ich ins Armenhaus will oder Landstreicher werden. Hatte gestern in Dublin einen Posten bekommen. Die Leute haben die Arbeit niedergelegt, als sie herausfanden, daß ich nicht der Gewerkschaft angehöre. Danke! Zum Wohl!«

»Auf Ihr Wohl, Sir!« sagten die Frauen.

Der Kesselflicker nickte nur mit dem Kopf, setzte seinen Becher an die Lippen und kostete. Der Fremde leerte seinen Becher auf einen Zug.

»Hah«, rief er, »trinkt aus, Kinder! 's ist ein guter Tropfen!«

Er zwinkerte ihnen zu. Sie lächelten und nippten an ihrem Whisky.

»Ich heiße Carney«, sagte der Fremde zum Kesselflicker. »Und du?«

»Byrne«, sagte der Kesselflicker, »Joe Byrne.«

»Hm, Byrne«, sagte der Fremde. »In der Grafschaft Wicklow gibt's massenhaft Byrnes. Kesselflicker vermutlich?«

»Ja«, brummelte der Kesselflicker und blies eine Wolke Zigarettenrauch aus dem gespitzten Mund. Carney zuckte die Achseln.

»Warum auch nicht?« sagte er. »Kommt schließlich alles aufs gleiche raus. Seht mal mich an. Vor zwei Monaten noch Unteroffizier! Und jetzt vagabundier ich auf den Landstraßen. Da kocht was!«

Die dunkelhaarige Frau nahm den Kessel vom Feuer. Die andere Frau kippte den Rest ihres Whiskys hinunter und stand auf, um beim Essen zu helfen. Carney schob seine Kiste noch weiter aus dem Weg und sah der goldhaarigen Frau hingerissen zu. Wenn sie umherging, war sie so groß, daß sie sich bücken mußte, um nicht ans Zeltdach zu stoßen. Sie maß sicher einen Meter achtzig, und sie trug hochhackige Schuhe, wodurch sie noch größer erschien.

Das ist ein Bild von einer Frau, dachte Carney bei sich. Muß wohl die Tochter eines Edelmannes sein. In der Grafschaft Wicklow gibt's eine Menge von solchen wilden Schößlingen. Die halbe Bevölkerung ist illegitim. Verdammt üble Gesellen, die Kesselflicker! Wahrscheinlich gehören die Frauen alle beide diesem Joe. Scheint eher eine Frau als ein Mann zu sein. Hat vermutlich nie im Leben was gearbeitet!

Als Abendessen gab es kalten Kaninchenbraten, dazu Tee und Butterbrot. Es war ein ausgezeichneter Tee, und er mundete besonders gut, weil draußen der Sturm wütete. Während sie um die Glutpfanne saßen, konnten sie die Hagelschloßen sehen, die durch einen grauen Nebel trieben und über das öde schwarze Hochmoor peitschten, und in der Ferne den kegelförmigen Gipfel des Berges, um den eine Schneewolke wirbelte. Hier und da klaffte ein blauer Spalt am Himmel und schimmerte durchs Dunkel.

Schweigend aßen sie ihr Mahl. Dann räumten die Frauen ab. Die Teller und Becher spülten sie nicht, sondern sie stellten alles auf die Seite, wahrscheinlich für den nächsten Morgen. Nachdem sie das Stroh als Nachtlager ausgebreitet und die Decken draufgelegt hatten, die neben der Glutpfanne trocken geworden waren, setzten sie sich wieder. Jetzt, nach dem Whisky und dem guten Essen, schienen sie alle guter Dinge zu sein. Sogar das Gesicht des Kesselflickers war weicher geworden, und immer wieder verzog er die Lippen zum Lächeln. Er reichte die Zigaretten herum.

»Woll'n die Flasche leertrinken«, sagte Carney. »Becher brauchen wir nicht. Können auch aus der Flasche trinken.«

»So schmeckt's besser«, sagte die goldhaarige Frau und lachte glucksend, als ob sie ein wenig betrunken sei. Dabei sah sie Carney mit geöffneten Lippen an.

Carney zwinkerte ihr zu. Der Kesselflicker bemerkte das Zwinkern und auch das Lächeln der Frau. Seine Miene verfinsterte sich, und er preßte die Lippen fest zusammen. Carney tat einen tüchtigen Zug und reichte ihm die Flasche. Der Kesselflicker nickte, nahm die Flasche und setzte sie an die Lippen.

»Ich muß mich langlegen«, sagte Carney. »Bin saumüde. Zwanzig Meilen seit heut früh, das ist schon was!«

Er warf sich neben die goldhaarige Frau auf die Decken. Der Kesselflicker, der die Flasche an die Lippen setzen wollte, hielt inne und blickte die Goldhaarige zwischen fast geschlossenen Lidern wütend an. Er ließ die Flasche sinken und entblößte seine weißen Zähne. Die Goldhaarige zuckte die Achseln und schmollte. Die dunkelhaarige Frau lachte laut und legte sich, den einen Arm unter dem Kopf, den andern dem Kesselflicker entgegengestreckt.

»Pst, Joe!« zischte sie zwischen den Zähnen hervor. »Gib sie weiter!«

Langsam reichte er ihr die Flasche, und während er sie ihr gab, umklammerte sie seine Hand und versuchte, ihn neben sich zu ziehen. Aber er entriß ihr die Hand, stand auf und ging schnell aus dem Zelt.

Carney hatte nichts von alledem bemerkt. Er lag dicht neben der goldhaarigen Frau. Er konnte die

Weichheit ihres herrlichen Körpers und das sanfte Auf und Ab ihrer Brust spüren, wenn sie atmete. Das Verlangen nach ihr überwältigte ihn, und er schloß die Augen, als wollte er die Anwesenheit der Welt und der andern Menschen im Zelt ausschließen. Er faßte nach unten, ergriff ihre Hand und drückte sie. Sie erwiderte den Druck. Gleichzeitig wandte sie sich an die andere Frau und flüsterte:

»Wo ist er hin?«

»Weiß nicht. Wütend.«

»Warum?«

»Pst!«

»Gib mal 'n Schluck.«

»Da!«

Carney vernahm das Getuschel, aber er schenkte ihm keine Beachtung. Er hörte, wie die Goldhaarige trank und dann tief Atem holte.

»Fertig«, sagte sie und warf die Flasche auf die Erde. Dann lachte sie leise.

»Ich geh raus, mal nachschaun, wo er hin ist«, tuschelte die Dunkelhaarige. Sie stand auf und ging aus dem Zelt. Sofort drehte sich Carney um und versuchte die Frau neben sich zu umarmen. Aber sie entblößte wild grinsend die Zähne und verschränkte ihm mit einem einzigen Griff die Arme.

»Hast nicht gedacht, daß ich stark wäre, was?« sagte sie, stieß ihr Gesicht dicht an seins und grinste.

Er blickte sie ernst an, war überrascht und nur noch erregter.

»Was willst'n in Roundwood?« fragte sie ihn.

»Arbeit suchen«, stieß er gequetscht hervor.

Sie lächelte und spielte mit der Zunge im Mund.

»Bleib hier«, sagte sie.

Er leckte sich die Lippen und kniff das rechte Auge zu. »Mit dir?«

Sie nickte.

»Und er?« fragte er und deutete mit dem Kopf zum Zelteingang.

Sie lachte still. »Bist du bange vor Joe?«

Er erwiderte nichts, sondern packte sie in einer jähen Bewegung um den Leib und riß sie an sich. Sie leistete keinen Widerstand, sondern fing an zu lachen und entblößte dabei die Zähne. Er versuchte sie auf den Mund zu küssen, aber sie warf den Kopf zurück, und er küßte sie ein paarmal auf die Wange.

Dann plötzlich kam ein Geräusch von der Tür her. Carney richtete sich jäh auf. Der Kesselflicker stand im Zelteingang, geduckt, mit offenem Mund und den Unterkiefer nach rechts verschoben; seine Hände baumelten ihm beide lose an den Seiten nieder, und die Finger zuckten. Die dunkelhaarige Frau stand hinter ihm und spähte ihm über die Schulter. Sie lächelte.

Carney sprang auf die Füße, trat einen Schritt vor und nahm Boxerstellung ein. Er sagte kein Wort. Die goldhaarige Frau ließ ein lautes, perlendes Gelächter hören, streckte die Arme aus und warf sich kichernd aufs Lager.

»Komm raus!« zischte der Kesselflicker.

Carney schrie und stürzte, über die Glutpfanne springend, auf ihn los. Der Kesselflicker wich seitlich aus und versetzte Carney dabei einen furchtbaren Hieb auf den Kinnbacken. Carney taumelte gegen die Böschung und plumpste nieder. Der Kesselflicker sprang wie eine Katze auf ihn drauf und bearbeitete ihn gleichzeitig mit Händen und Füßen. Carney brüllte: »Laß mich hoch! Laß mich hoch! Das ist unfair!« Aber der Kesselflicker hämmerte auf ihn ein, bis er zuletzt regungslos in der Kiesgrube lag.

»Hah!« sagte der Kesselflicker.

Dann packte er den mit dem Gesicht auf dem Boden liegenden Körper so mühelos, als wäre er ein leerer

Sack, und warf ihn oben auf den Rand der Böschung.

»Scher dich, du...« zischte er.

Carney rappelte sich auf und blickte von der Böschung oben auf die drei herunter. Sie standen jetzt alle drei vor dem Zelt: die beiden Frauen grinsten, und der Kesselflicker machte ein finsteres Gesicht. Der Fremde torkelte, die Hände an den Kopf gepreßt, auf die Landstraße.

»Leb wohl, Schätzchen!« rief die Goldhaarige. Dann kreischte sie auf. Carney blickte sich um und sah, wie der Kesselflicker sie auf seinen Armen ins Zelt trug.

»Barmherziger Gott!« rief Carney und bekreuzigte sich. Dann trottete er furchtsam durch den Sturm auf Roundwood zu. »Barmherziger Gott!« rief er alle zwei Meter. »Barmherziger Gott!«

Der Flötenspieler

Als die Türe aufflog, fuhr ein heftiger Windstoß eisig kalt in den Schankraum. Einem Mann an der Bar wurde die Zeitung aus der Hand gerissen und ungestüm gegen die Beine eines andern Mannes geschleudert, der weiter hinten an der Theke stand und ein Glas Porter zum Mund führte. Gleichzeitig mit dem Wind drangen Hagelschloßen ein. Sie prasselten gegen einen kleinen Windfang, der vor der Tür aus der Wand hervorragte. Eine Petroleumlampe, die an einer Kette von der hohen Decke niederhing, flakkerte und wäre fast erloschen. Dann puffte eine schwarze Rauchwolke den engen Kamin hinauf.

»Macht doch die verdammte Tür zu, eh wir alle verrecken!« schrie ein Betrunkener vom andern Ende des Schankraums.

Mit dem Windstoß trat Oberst Matt Lynam ein, dem das Herrenhaus im Tal unten am See gehörte. Er war hochgewachsen, ein Mann mit einem dicken Gesicht, das über und über rot war. Er trug einen schweren braunen Mantel, eine Tweedmütze und Kniestiefel, die bis obenhin mit Schlamm bespritzt waren. Über der Schulter trug er ein Gewehr und eine Wildbret-Tasche.

»Komm doch endlich, Jack!« schrie er durch die offene Tür nach draußen.

Doktor Jack O'Brien, ein Dubliner Arzt, der eine Woche lang beim Oberst in Kilcolman-Haus zu Besuch war, um mit ihm zu jagen, lief mit dem Kopf voran in den Schankraum.

»Da bin ich«, keuchte er, »das heißt, was noch von mir übrig ist.«

Er war ein magerer kleiner Mann mit kränklichem

Gesicht, und fast genauso gekleidet wie der Oberst. Er sah erschöpft aus.

»Stemm deine Schulter mal gegen die Tür, Jack!« sagte der Oberst.

Die beiden Männer mußten sich mit ihrem ganzen Gewicht gegen die Tür stemmen, ehe sie die Klinke ins Schloß brachten. Dann lehnten sie ihre Jagdausrüstung an die Wand und gingen zur Bar, während sie die in Handschuhen steckenden Hände unter die Achselhöhle schlugen.

»Schlimmer Abend, die Herren!« sagte Josey Hynes, der Wirt.

»Das ist nicht gelogen!« sagte der Oberst. »Geben Sie uns 'n steifen!«

»Schlimm?« wiederholte O'Brien. »Meine Güte, 's wär sogar für die Dänen zuviel!«

Der Betrunkene am andern Ende des Schankraums grölte wieder mit unverschämter Stimme.

»Leg schon los, Jones!« rief er. »Spiel uns was fürs Gemüt!«

Er sagte es zu einem zerlumpten Flötenspieler, der an der Rückwand neben einem Kamin stand, in dem ein großes Torffeuer brannte.

»Spiel uns den ‚Barden von Armagh', Jones!« rief ein anderer Gast.

Ein paar Männer verlangten den ‚Barden von Armagh'.

»Sehr wohl!« sagte der Flötenspieler mit würdevollem Tonfall. Er blickte zu Oberst Lynam hinüber. Dann rieb er die Handflächen gegeneinander, zuckte die Achseln, wie es Gewohnheitstrinker tun, und setzte die Flöte an die Lippen. Er spielte mit sehr viel Kenntnis und Feingefühl.

»So ist's recht, Jones«, schrie der Betrunkene. »Du hast 'n Schwung wie die größten Flötenspieler von der Welt! Sollst hochleben!«

Der Flötenspieler war groß und schlank. Er hatte einen feinen Kopf und lange, schmale Gliedmaßen, so daß sein ganzer Körper von einer edlen Rasse zu stammen schien. Er war etwa vierzig Jahre alt. Trotz der grimmigen Kälte war das, was er an Kleidern trug, kaum der Rede wert. Seine Füße waren nakkend – bis auf die Schlammschicht, die darauf eingetrocknet war. Seine Hosen waren einfach ein Nebeneinander zerlumpter Flicken, und sie reichten ihm nur bis halbwegs zu den Schienbeinen. Ein grober Strick hielt sie in Gürtelhöhe zusammen. Die Jacke war genauso zerlumpt wie die Hosen. Sie war ihm zu klein und wies vorne nur noch einen Knopf auf. Darunter trug er nichts. Unter und über dem die Jacke strammenden Knopf war die nackte Haut zu sehen.

»Da drüben steht er und spielt«, tuschelte der Oberst dem Arzt ins Ohr, als sie ihre erste Runde ausgetrunken hatten und eine neue bestellten. »Ich bring's kaum fertig, ihn anzusehen.«

Der Arzt starrte den Flötenspieler ein Weilchen schweigend an.

»Mit dem ist's schon ziemlich weit gekommen«, sagte er dann.

»Er spielt so gut wie je«, sagte der Oberst. »Der Mann ist ein Genie.«

»Ich meinte nicht sein Spiel«, entgegnete der Arzt. »Ich finde, er sieht wie ein Wrack aus.«

»Ist ja egal, wie er aussieht«, sagte der Oberst. »Wenn er sich bloß die Frau aus dem Kopf jagen könnte, dann wäre er im Handumdrehen wieder obenauf.«

»Glauben Sie wirklich?« fragte O'Brien. »Mir scheint er ein chronischer Trinker zu sein.«

»Keinesfalls«, erwiderte der Oberst. »Er ist verliebt, das ist der ganze Kummer.«

Das dicke Gesicht des Obersten strahlte hingerissen,

als er der Melodie ein paar Augenblicke lauschte. Er hatte den Kopf ein wenig auf die Seite gelegt. Dann blickte er wieder O'Brien an.

»Was für ein Trauerspiel!« sagte er. »Er kann die Flöte erzählen lassen. Ach, Sie hätten ihn hören sollen, wie er mir in Kilcolman vorgespielt hat. Solange er für mich spielte, war's das reinste Paradies, besonders an den langen Winterabenden.«

Er blickte auf den Flötenspieler, und der Zorn verdunkelte sein Gesicht.

»Der verdammte Dummkopf!« grollte er.

»Der arme Teufel!« sagte der Arzt. »Wie kann er bei solchem Wetter nur am Leben bleiben? Er ist beinah nackend!«

»Die Liebe erhält ihn am Leben«, sagte der Oberst mit düsterer Stimme.

»Wie meinen Sie das?« fragte der Arzt.

»Die Liebe hat ihm den Kopf verdreht«, sagte der Oberst. »Sie hat ihn von Kilcolman-Haus vertrieben, bis hier hinauf in die wüste Bergschenke. Die Liebe läßt ihn auch in einer armseligen Steinhütte schlafen, und fast unterm freien Himmel, so zerlöchert ist das Dach: draußen an der Landstraße liegt sie auf einem steinigen Acker, und dort haust er und trägt nicht viel mehr Kleider als die wilden Tiere. Die Liebe hat ihn auch zum Trinker gemacht. Doch sie hält ihn andrerseits am Leben. Sie hält ihn gefangen, und sie hat ihn zum Tode verurteilt. Sie hält ihn nur am Leben, damit sie ihn langsam zu Tode quälen kann. Oh, Mann Gottes, die Liebe ist eine furchtbare und tödliche Krankheit!«

Doktor O'Brien blickte den Oberst argwöhnisch an.

»So?« fragte er. »Glauben Sie das wirklich?«

»Die Liebestollheit«, sagte der Oberst, und tiefe Überzeugung schwang in seiner Stimme mit, »verleiht ihren Opfern wunderbare Kräfte, auch dann noch, wenn sie sie zugrunde richtet.«

Er zuckte die Achseln, hob das Glas, das vollgefüllt vor ihn auf die Theke gestellt worden war, und fluchte in sich hinein. Dann stieß er mit O'Brien an und schob seinen Whisky wieder zurück.

»Jedenfalls versuch ich's noch mal bei ihm«, fuhr er fort. »Zum letzten Mal will ich versuchen, ob ich ihn mit mir nach Hause nehmen kann.«

»Wenn ich mich nicht sehr täusche«, sagte der Arzt, »wird er nicht auf Sie hören.«

»Ein Versuch kann nichts schaden«, sagte der Oberst.

»Da verschwenden Sie Ihre Worte«, sagte der Arzt. »Ob's nun Liebe oder Alkohol ist, mit dem ist's zu weit gegangen.«

Der Flötenspieler beendete seine Melodie und verneigte sich dankend, als ihm ein wenig Beifall geklatscht wurde. Dann zog er einen kleinen Beutel aus der Tasche seiner armseligen Jacke und ging bei den Gästen reihum und sammelte Geld ein. Fast jeder gab ihm ein paar Kupfermünzen. Er zögerte einen Augenblick, als er in die Nähe des Obersten kam. Dann hielt er den halbvollen Beutel auf den Rücken, richtete sich in voller Größe auf und grüßte mit knapper Verbeugung.

»Guten Abend, Sir«, sagte er respektvoll.

»Guten Abend, Jones«, sagte der Oberst. »Wie geht es Ihnen?«

»Ich kann nicht klagen, Sir«, antwortete der Flötenspieler.

Doktor O'Brien holte einen Schilling aus seiner Tasche und erbot sich, ihn in den Beutel zu werfen. In die eingesunkenen grauen Augen des Flötenspielers trat ein harter Ausdruck. Er blickte den Arzt fest an und trat einen kleinen Schritt zurück. Der Arzt steckte den Schilling wieder in seine eigene Tasche.

»Kommen Sie einen Moment näher«, sagte der

Oberst ziemlich schroff zum Flötenspieler. »Ich muß mit Ihnen sprechen.«

Während der Flötenspieler den Obersten anblickte, wurde der Ausdruck in seinen Augen noch härter. Trotzdem trat er wie gewünscht vor und stand sehr aufrecht da. Die schmutzigen nackten Füße standen dicht nebeneinander. Seine freie Hand berührte seinen Oberschenkel etwa in der Mitte: es war die Haltung eines Soldaten, der vor einem Vorgesetzten Habacht-Stellung einnimmt. Die andre Hand drückte den kleinen Beutel gegen sein Kreuz.

»Ich möchte noch ein letztes Wörtchen mit Ihnen reden, Jones«, sagte der Oberst, und seine Stimme klang flehentlich. »Ich kam heute abend in der stillen Hoffnung her, Sie würden Vernunft annehmen. Kommen Sie mit mir nach Kilcolman zurück?«

Der Blick des Flötenspielers wurde sehr hochmütig. Seine feinen Nüstern öffneten sich. Obwohl er so überaus schäbig gekleidet war, hatte er sich doch sauber rasiert, und sein kurzgeschnittenes schwarzes Haar war sorgfältig gebürstet. Das abgezehrte, bleiche Gesicht wies noch immer die feine Glätte der Haut auf, die von ständiger Pflege und vornehmer Umgebung herrührt.

»Es tut mir leid, Herr Oberst«, sagte er ernst. »Ich habe Ihnen schon mehrfach eine Antwort darauf gegeben. Ich kann nicht mit Ihnen kommen. Ich muß hierbleiben.«

»Gott im Himmel!« rief der Oberst. »Sehen Sie denn nicht, wie das noch alles enden wird?«

»Ich weiß es sehr gut«, sagte der Flötenspieler.

»Eines Morgens wird man Sie in Ihrer elenden Hütte tot auffinden«, fuhr der Oberst fort. »Oder Sie werden vollkommen verrückt und müssen in eine Irrenanstalt geschafft werden.«

»Das ist einerlei, Sir.«

»Es wäre nicht so schlimm, wenn die Frau auch nur im geringsten Interesse zeigte«, sagte der Oberst. »Aber nein, sie lacht bloß...«

Die Augen des Flötenspielers blitzten so zornig, daß der Oberst abbrach.

»Also gut!« sagte er nach einer kurzen Pause. »Dann hol's der Teufel! Wenn Sie das wollen...«

»Genau das will ich, Herr Oberst«, sagte der Flötenspieler. »Guten Abend.«

Er verneigte sich, wandte sich langsam ab und ging mit auffallender Würde durch den Schankraum, wobei er den kleinen Beutel immer noch gegen sein Kreuz preßte. Aus seiner Gangart konnte man jetzt eindeutig schließen, daß er einmal ein Butler gewesen war. Der Zorn hatte den aufgeblasenen Hochmut seines einstigen Berufs in ihm geweckt.

Als er sich jedoch dem entlegenen Ende der Theke näherte, änderte sich seine Haltung. Die Schultern sanken schlaff herunter. Er blickte verstohlen von einer Seite auf die andere. Dann kauerte er sich über die Theke und schüttelte die Kupfermünzen aus seinem Beutel. Er zählte sie eifrig. Dann murrte er vor sich hin und klatschte mit der flachen Hand auf die Theke.

»Was ist denn hier los?« fragte der Wirt und kam gemächlich hinter der Theke näher. »Schon wieder so weit, Jones?«

Die eingesunkenen Augen des Flötenspielers funkelten Hynes voller Haß an.

»Ich möchte ein Glas Rum«, sagte er. »Aber rasch!«

Hynes stellte ein leeres Glas auf die Theke und blickte den Flötenspieler eine Weile stumm an. Er war groß und mager und hatte liederliches blondes Haar und verschlagene blaue Augen. In seinem großen Mund standen faulige Zähne.

Die beiden Männer blickten sich so starr an, daß schon allein daraus hervorging, wie festgewurzelt und unversöhnlich ihr gegenseitiger Haß war.

»Ich möchte Ihnen raten, Jones, ein bißchen höflicher mit mir zu reden«, sagte schließlich der Wirt, »sonst könnt ich mal...«

»*Arrah*, laß doch den Mann in Ruh!« unterbrach ihn der Betrunkene in unverschämtem Ton. »Was mußt du dauernd auf ihm rumhacken? Habt ihr ihm nicht schon genug angetan, du und deine Frau? Besonders deine Frau!«

Die andern Gäste stimmten ein brüllendes Gelächter an. Der Wirt wurde puterrot.

»Noch ein Wort, Bartly Spillane«, sagte er, »und du fliegst mit dem Kopf voran auf die Straße!«

Der Betrunkene lachte höhnisch.

»Wer will mich rauswerfen, Josey?« rief er. »Du und wer noch alles? Gib Jones seinen Drink, und halt den Mund!«

»Der!« rief Hynes. »'n Jammerhahn, der barfuß rumläuft und Flöte spielt!«

»Der ist noch allemal so gut wie du«, sagte der Betrunkene, »nämlich tausendmal besser. Und überhaupt kommen die Leute von meilenweit her, weil sie ihm zuhören wolln!«

»*Aye!* Das stimmt! Das stimmt!« rief eine ganze Anzahl Männer. »Er is'n Wunder von einem Flötenspieler, das ist er!«

»Ich hätt ihn schon längst rauswerfen lassen«, murrte der Wirt und goß den Rum ein, »wenn ich nicht so gutmütig wäre. Gegen solche Menschen gibt's Gesetze. Und außerdem schwatzt er noch Blödsinn.«

Der Flötenspieler kippte eilig seinen Rum in die Kehle, bezahlte ihn und strich die verbleibenden Münzen in seinen kleinen Beutel. Dann kehrte er zu seinem Platz am Kaminfeuer zurück. Die Reaktion auf den starken Rum blieb nicht aus, denn er zuckte jetzt krampfhaft.

»Spiel uns mal was richtig Herzhaftes vor, Jones«, schrie der Betrunkene.

»Ja, das ist wahr! Spiel uns mal ‚Kelly, der Knab von Killane'!« rief ein anderer.

»Sehr wohl«, sagte der Flötenspieler ehrerbietig. Als er das Instrument an die Lippen setzte, nahm sein langer Körper wieder die tragisch würdevolle Haltung an. Die langen Finger tänzelten liebevoll über die Löcher der Flöte. Dann legte er den Kopf auf die Seite, legte die Lippen zart um das Mundstück der Flöte und begann, eine holde Melodie zu spielen.

»Bravo, bravo!« rief der Betrunkene.

Der Oberst trank von seinem dritten Doppel-Whisky und legte dem Arzt die Hand auf die Schulter.

»Fünf Jahre war er bei mir«, sagte er. »Nie im Leben bin ich so glücklich gewesen. Ich hab ihn von einem reichen Amerikaner namens Hefferman bekommen, der für eine Jagdsaison das Haus von Sir George Blake gemietet hatte und sich aus England einen ungeheuren Dienerstab kommen ließ. Er war so gastfreundlich, daß jeder bei ihm ein- und ausgehen konnte. Sowas hat seit dem vorigen Jahrhundert kein Mensch hier erlebt. Sein Haus war der reinste Großstadt-Bahnhof: die Leute kamen und gingen die ganze Zeit, tags und nachts. Und für jeden das Beste aus Küche und Keller. Dann hatte es Hefferman plötzlich satt. Während alle noch feierten wie nie vorher, fuhr er nach Palm Beach und überließ es seinem Sekretär, das Personal zu entlassen. Jones kam zu mir nach Kilcolman und bat mich, ihn anzustellen. ‚Ich habe gehört, daß Sie sich für Flötenspiel interessieren', sagte er. ‚Möchten Sie, daß ich Ihnen etwas vorspiele?' Ich forderte ihn auf, und er zog die Flöte hervor und spielte für mich. Ich war hingerissen. ‚Es ist eben so', sagte ich zu ihm, ,ich bin ein alter Junggeselle. Ich hause hier gewissermaßen allein. Ich bin kein reicher Mann. Alles andre als das. Ich kann's mir unmöglich leisten, Ihnen den Lohn zu zahlen, an den Sie gewöhnt sind. Wir leben hier in Kilcolman eigentlich von der Hand in den Mund.' Er antwortete mir, daß es ihm nicht ums Geld ginge. Er sei von Geburt Waliser, sagte er, jedoch in England aufgewachsen. Während der Zeit, die er auf Schloß Feakle zugebracht hatte, habe ihn die irische Landschaft derartig bezaubert, daß er für den Rest seines Lebens hierbleiben wollte. ,Es ist wie meine Heimat Wales', sagte er, ,nur noch zauberhafter. Ich bin nämlich im Grunde ein Musiker, wenn ich auch, um meinen Lebensunterhalt zu verdienen, als Butler arbeite. Und Ihr Haus ist so melancholisch und verzaubert wie Musik. Ich würde mich sehr freuen, wenn ich ohne jegliche Bezahlung hier arbeiten und musizieren dürfte.' Daraufhin stellte ich ihn an. Und wie ich schon vorhin sagte: von dem Moment an lebte ich wie im Paradies.«.

Der Oberst trank den Rest Whisky in seinem Glas. Die Hitze im Schankraum nach der Kälte draußen, der herbe Geruch des Torffeuers und seine aufgewühlten Gefühle trugen alle dazu bei, daß der Whisky rasch seine Wirkung tat. Er war bereits völlig betrunken. In seinen Augen standen Tränen, und seine Oberlippe zitterte.

Mit sentimentaler Stimme fuhr er fort: »Früher oder später kommt in jedes Paradies eine Eva, und der Teufel folgt ihr nach. Vor etwa zwölf Monaten nahm ich ihn mit auf die Jagd. Mit mir war's schon soweit gekommen, daß ich keine Minute mehr ohne ihn sein mochte. Ich wollte, daß er mir etwas vorspielte, sobald mich die Lust ankam. Auf dem Heimweg kamen wir hierher. Er sah sie. Es war unbeschreiblich. Er stand wie ein Kaninchen in Gegenwart eines Wiesels, während sie hinter der Theke auf und ab ging – und immer das seltsame Lächeln auf ihren Lippen. Ich wußte, daß er geliefert war. Während der ganzen Heimfahrt sagte er kein Wort. Am nächsten Morgen schlug er's mir ab, für mich zu spielen. Den ganzen Tag ließ er den Kopf hängen. Als ich ihn gegen Abend bat, mir vorzuspielen, war's das gleiche. So ging es eine volle Woche. Dann verlor ich die Beherrschung. Damit war's fertig. Er nahm seine Flöte und verließ mein Haus. Er ging schnurstracks hier hinauf.«

»Eine merkwürdige Geschichte«, sagte der Arzt.

»Ein Trauerspiel ist es«, sagte der Oberst. »Und besonders für mich ist's ein Trauerspiel, noch viel mehr als für ihn. Ich bin ein einsamer Mann. Ich habe keinen Menschen in der Welt, und das einzige, was ich wirklich liebe, ist die Musik. Es ist schrecklich, wenn die Schönheit in ein Haus einzieht und man lange Zeit ihre seltsame Gegenwart genießen kann, und dann sieht man sie unversehens und ungewarnt davongehen. Für ihn ist's weniger tragisch, denn er hat ja noch immer seine Musik. Er hat sie in sich selber, so schön wie je.«

»Ja, wirklich eine merkwürdige Geschichte«, sagte der Arzt.

Der Flötenspieler hatte sein Lied beendet und machte wieder mit seinem kleinen Beutel die Runde durch den Schankraum. Diesmal machte er einen Bogen um den Oberst. Als er die Münzen zählte, entdeckte er zu seinem Kummer, daß es nicht genug waren, um ein Glas Rum zu zahlen. Mit hängendem Kopf kehrte er zu seinem Kaminplatz zurück.

»Aber was, Jones, sei nicht traurig«, schrie der Betrunkene. »Komm her, Mann, ich hab Geld. Ich spendier dir ein Glas!«

Der Flötenspieler schüttelte den Kopf.

»Besten Dank!« sagte er. »Aber lieber nicht.«

Dann begann er eine andere Melodie zu spielen. Jetzt spielte er geschwind und ohne Gefühl. Während er spielte, blickte er dauernd hinter den Schankraum und ins Innere des Hauses. Offenbar wartete er darauf, daß jemand erscheinen sollte.

»Haben Sie gesehen, wie er den Drink ausgeschlagen hat?« sagte der Oberst. »Das beweist Ihnen, daß er kein Trinker ist. Er trinkt aus reinem Unglück. Er vertrinkt jeden Penny, den er für sein Spiel bekommt. Er kauft nie was anderes als Rum. Gott weiß, wie er dabei bestehen kann. Noch nie hat man ihn auch nur ein Krümchen essen sehen.«

»Die Frau muß tatsächlich eine Hexe sein«, meinte Doktor O'Brien. »Es sei denn, sie wäre eine große Schönheit. Wer ist sie denn?«

»Das weiß keiner!« sagte der Oberst. »Als Hynes aus Amerika zurückkam und sich die Wirtschaft hier kaufte, hatte er sie schon bei sich. Er hat sie drüben geheiratet. Sie gehört einer fremden Rasse an. Das steht fest. Sie ist bestimmt nicht der Typ, den man hier erwarten würde... pst! Da kommt sie!«

Eine Frau, die aus dem Inneren des Hauses kam, betrat die Bar. Sie blieb ein paar Sekunden stehen und blickte der Reihe nach mit ernster Miene auf die Gäste. Dann verschränkte sie die Arme auf der Brust und ging hochmütig und mit starrem Lächeln hinter die Theke.

»Großer Gott!« rief O'Brien. »Was für ein seltsames Geschöpf!«

Ihr hoher, schlanker Körper war so geschmeidig, daß er beim Gehen zu zittern schien, gleichwie ein Weidenstämmchen sich auf tausenderlei Arten neigt, wenn auch nur der leiseste Windhauch darüberfährt. Ihre kleinen blanken Augen und ihre Haare waren so schwarz wie Schlehen. Ihre Gesichtshaut war lederfarben wie die einer Mulattin. Aus soviel Dunkel hoben sich in blendender Weiße zwei Reihen vollkommen ebenmäßiger kleiner Zähne ab, die zwischen den leicht geöffneten Lippen hervorschauten. Zwei lange Ohrgehänge reichten ihr fast bis auf die Schultern nieder. Im rauchigen Lampenlicht schimmerten sie so weiß wie ihre Zähne. Ihr Kleid war schmucklos schwarz und lag ihrem Körper so eng an wie das Trikot eines Tänzers.

Sowie sie erschien, brach der Flötenspieler sein Spiel ab. Er stand sehr aufrecht da und hatte den Kopf in den Nacken geworfen. Seine eingesunkenen Augen ließen nicht von ihr ab. Die Lippen waren geöffnet. Auch die andern Gäste blickten sie schweigend an und sahen ihr nach, wie sie zur Theke ging. Ihr Mann war der einzige im ganzen Schankraum, der sie nicht anblickte. Er spülte Gläser aus – voller Wut, mit gesenktem Kopf, und offensichtlich von Eifersucht geschüttelt.

Als sie ganz hinten an der Theke angelangt war, blieb sie stehen und schaute den Flötenspieler an. Ihr Kopf neigte sich ihm kaum merklich entgegen. Einen kurzen Augenblick wurde ihr Lächeln lebendig und vertraulich. Dann trat sie einen knappen Schritt zurück und lehnte sich mit der Schulter an die Registrierkasse. Ihr Lächeln wurde wieder starr, abwesend und gleichgültig.

Der Flötenspieler verneigte sich ernst vor ihr. Er hob sein Instrument langsam an die Lippen und begann zu spielen, während seine Blicke unverwandt an ihrem Gesicht hingen. Nach den ersten paar Tönen erhob sich ein wildes Beifallsgetöse.

»Hurra!« schrie der Betrunkene und ließ sein Seidel über seinem Kopf kreisen. »Jetzt haben wir's endlich! Jetzt haben wir Musik, wie sie nirgends in der Welt besser sein kann!«

»Hurra!« schrien die andern. »Sollst hochleben, Jones! Dreimal hoch! Dreimal hoch!«

Der Flötenspieler legte jetzt all seine Seele in sein Spiel. Die Töne, die sich aus seiner Flöte emporschwangen, waren wie Todesschreie eines verwundeten Vogels, der um Hilfe fleht. Mit aller Kraft schien er nach der gleichgültigen Frau zu greifen: es war ein Ringen, um mit der Schönheit seiner Melodien ihr Herz zu erweichen.

Nachdem er ein Weilchen gespielt hatte, wandte sie sich von ihm ab. Sie ging bis ans andere Ende der Theke, beugte sich über ihren Mann und flüsterte ihm etwas ins Ohr. Dann begann sie, hinter der Theke auf und ab zu marschieren: mit unter der Brust verschränkten Armen, starr lächelnd, und ohne von den Gästen die geringste Notiz zu nehmen.

Der jetzt völlig betrunkene Oberst packte Doktor O'Brien heftig bei den Rockaufschlägen und schrie:

»Können Sie sich das vorstellen? Mit dieser Musik hab ich jahrelang unter einem Dach gelebt. Jahrelang, sag ich Ihnen! Und dann – wurde sie mir weggeschnappt!«

Der Flötenspieler beugte sich jetzt soweit vor, daß er fast auf den Zehenspitzen stand: seine eingesunkenen Augen hingen wie irr an der Frau, während er darum rang, mit seinen Melodien ihr gleichgültiges Herz zu erweichen.

Die Vertreibung

In Schloß Barra wurde der Major George Newell auf einer Tragbahre die Treppe hinuntergebracht. Er lag auf dem Rücken, unter einer braunen Wolldecke, die ihm bis zu den Achselhöhlen hinauf überall gut unter den hageren Körper gestopft worden war. Die Arme lagen in voller Länge auf der Decke. Sie waren so abgemagert, daß die Ärmel seiner alten Tweedjacke leer aussahen. Die Hände lagen, wie bei einer Leiche, eine über der andern und waren bleich und kraftlos. Die Spitzen seiner Stiefel stießen am unteren Ende der Tragbahre steif gegen die doppelte Lage braunen Tuchs.

Miss Winifred Newell ging neben ihrem Bruder her und gab den Trägern Anweisungen. Sie war achtundsechzig, groß und mager und fünf Jahre jünger als George. Ihre Kleidung – ein schwarzes Schneiderkostüm und ein kleiner schwarzer Hut mit Federn – sah sehr ärmlich aus. Ihr schmales, blasses Gesicht blickte sehr hochmütig drein. Als der vordere Träger zwei Stufen der letzten Treppe hinabgestiegen war, brachte sie ihn zum Stehen, indem sie mit der Spitze ihres Schirms derb gegen seine Schulter stieß. Dann beugte sie sich nieder und sprach mit ihrem Bruder.

»Sag unserm Berg Lebwohl, George«, flüsterte sie tiefbewegt. »Sag auch dem See Lebwohl! An einem stürmischen Tag wie heute hast du sie immer am meisten geliebt!«

Major Newell hatte vor sechs Monaten einen Schlaganfall erlitten. Seither konnte er nicht mehr sprechen und war fast gänzlich gelähmt. Es machte ihm unsägliche Mühe, den Kopf auf die Seite zu drehen, um durch das große Fenster zu schauen, das eine wunderbare Aussicht auf den Beann Liath und auf den Barra-See bot.

Es war ein Bild von seltsam düsterer Schönheit. Der See erstreckte sich von den Schloßmauern bis zum Fuße einer riesigen grauen Steilwand, die etwa siebenhundert Meter in die Höhe ragte. So jäh fiel der Berg in den See, daß sein leicht verschleierter Gipfel greifbar nah erschien. Der April neigte sich schon dem Ende entgegen, und doch war es ein Tag wie mitten im Winter, denn ein tosender Wind peitschte Hagelschloßen vor sich her, als ob sogar die Natur um den Auszug des Schloßherrn trauerte. Die Oberfläche des Sees wurde vom Wind zu schäumenden Wellen aufgewühlt, und Hagelschauer jagten in wütender Eile darüber hin – wie angreifende Scharen von Zwergenpferdchen, die das schwarze Wasser mit ihren winzigen Hufen zernarbten.

Zuerst zeigte das Gesicht des alten Mannes keinerlei Gemütsbewegung, als er nun zum letzten Mal auf das Bild blickte, das er seit seiner frühesten Jugend geliebt hatte. Der Friede des Todes schien sich auf seine sanften braunen Augen und die blutleeren Wangen und die schmalen Lippen gesenkt zu haben, die nicht länger zum Sprechen dienten. Dann umwölkten sich seine Augen. Tränen sammelten sich in den Augenwinkeln und begannen langsam die welken Wangen hinabzurinnen.

Winifred drehte sich ebenfalls um und blickte zum letzten Mal auf den Berg und den See. Sie stand kerzengerade und mit fest geschlossenen Lippen da und verbarg jede Empfindung, die sie haben mochte. Erst als sie sich vom Fenster abwandte und die Tränen in ihres Bruders Augen sah, geriet ihr Stolz ein wenig ins Wanken. Sie blinzelte, schluckte und berührte George bei der Schulter. Dann richtete sie sich zu ihrer vollen Größe auf und klopfte dem Träger mit der Schirmspitze heftig auf die Schulter.

»Gehn Sie jetzt weiter!« befahl sie hochmütig. »Halten Sie die Handgriffe sehr fest und setzen Sie die Füße vollkommen flach auf! Ruhig! Nicht so rasch!«

Unten in der Halle vor einem andern großen Fenster, das einen Blick auf den Berg gewährte, stand ein Rechtsanwalt namens Hurley neben dem städtischen Polizei-Inspektor und flüsterte auf ihn ein.

»Wenn man den Beann Liath bei solchem Wetter sieht«, tuschelte er theatralisch, »dann könnte man schwören, daß nie ein Lebewesen über seine Flanke zum Gipfel geklettert ist.«

Geraghty blickte auf die mächtigen schwarzen Wolken, die über die oberen Hänge des ungeheuren Granitzahns hinzogen. Tausend und abertausend Regenfäden hingen von den dicken Bäuchen der Wolken wie zerrissene Taue nieder, die von freigelassenen Ballons herunterbaumeln.

»Natürlich«, sagte er. »Es muß ja auch unmöglich sein, da hinaufzuklettern.«

»Das denken Sie so«, erwiderte Hurley. »Und doch habe ich eine ganze Schar Männer hinaufkrabbeln sehen, einer immer hinter dem andern, wie ein Zug Ameisen, und auf dem Rücken trugen sie Körbe mit Torf. Eine ganze Woche lang kletterten sie hinauf und hinunter, tagein und tagaus, von morgens bis abends.«

»Was wollten sie denn, um Himmels willen?« fragte Geraghty. »Warum haben sie denn Torf hinaufgeschleppt?«

»Es war vor zweiundfünfzig Jahren«, entgegnete Hurley, »als Major Newell volljährig wurde und sein Vater ihm zu Ehren ein großes Fest gab. Ich war damals ein kleiner Junge, aber ich erinnere mich noch so deutlich daran, als wenn es gestern gewesen wäre. Oh, der Major war damals ein stattlicher junger Mann. Er hatte gerade in einem Kavallerie-Regiment sein Offizierspatent erhalten, und er sah prächtig aus in seiner Uniform, das weiß Gott. Man konnte lange suchen, bis man einen so hübschen Menschen fand. Sie schleppten den Torf auf dem Rücken hinauf, bis sie einen Stoß von fünfzehn Meter Höhe aufgeschichtet hatten. Dann steckten sie ihn mit Teerfässern in Brand. Ich sage Ihnen, das Brüllen der Flammen konnte man meilenweit hören. Es war wie ein Donnern. Man hätte glauben können, Beann Liath sei ein feuerspeiender Berg geworden! Es brannten noch andere Feuer, auf Beann Rua und Cnoc na Ron und Cnoc Leitreach, längs des ganzen Seeufers. Und obwohl sie auch groß und schön waren, so waren's im Vergleich zu dem Feuer auf dem Beann Liath doch nur kleine Feuerchen. Es war herrlich, in der Nacht den Widerschein der roten Flammen im schwarzen Wasser des Sees zu beobachten. Der Wind trieb große Funkengarben in die Weite, die dann wie fallende Sterne niedersanken. Oh, es war ein prachtvoller Anblick!«

»Das glaube ich gern«, sagte Geraghty. »Mit all den Feuern muß es ein Anblick für Götter gewesen sein!«

»Drei Tage und drei Nächte haben sie das Feuer unterhalten«, erzählte Hurley, »während im Schloß ein großes Fest gefeiert wurde. Eine Tanzkapelle war aus London gekommen, die spielte schöne Walzer. Und Champagner gab es eimerweise!«

»Die Newells müssen also damals reich gewesen sein«, meinte Geraghty, der gerade erst in den Bezirk gekommen war und von der Ortsgeschichte nichts wußte. »Sie müssen gewaltigen Einfluß gehabt haben.«

»Sie waren die reichsten Leute der Grafschaft«, bestätigte Hurley. Dann nickte er zu Bruder und Schwester hinüber, die fast den Fuß der Treppe erreicht hatten.

»Und sehn Sie sie mal jetzt an!« sagte er ernst.

»Ist das alles, was von ihnen übriggeblieben ist?« fragte Geraghty.

»Ja, das ist alles«, antwortete Hurley.

»Bloß die beiden armen Geschöpfe?« fragte Geraghty.

»Bloß die beiden«, sagte Hurley. »Miss Winifred hat von einer entfernten Kusine in einem kleinen Ort namens Creannach, etwa vierzig Meilen von hier, ein kleines Haus und ein bißchen Land geerbt. Da will sie nun mit dem Major leben. Ein Glück für ihn, daß er die Schwester hat! Sonst wäre er nach dem Schlaganfall gestorben. Sie kam stehenden Fußes, damals vor sechs Monaten, als er den Anfall gehabt hatte. Seitdem hat sie ihn Tag und Nacht gepflegt. 's ist ein jammervoller Anblick.«

»Man muß Mitleid mit ihnen haben«, meinte Geraghty, »auch wenn sie als Reiche verdammt scheußliche Leuteschinder waren.«

Die Träger der Bahre waren jetzt im Erdgeschoß angelangt. Miss Winifred gebot ihnen, am Fuß der Treppe Halt zu machen. Dann wandte sie sich an eine kleine Gruppe älterer Leute, die vor einem großen Berg Reisetaschen und Koffern und Schachteln standen.

»Ist der Lastwagen noch nicht da?« fragte sie.

Die Gruppe bestand aus drei Männern und einer Frau. Die Frau war schon sehr alt. Die Männer waren zwischen sechzig und siebzig.

Sie hatten seit ihrer Kindheit in Schloß Barra gedient. Keiner von ihnen hatte in den letzten zehn Jahren Lohn erhalten – seit die Familie Newell ihr

Vermögen verloren hatte. Und doch waren sie geblieben, teils aus Gewohnheit, teils aus Dienstbotentreue.

Der älteste faßte an seine Mütze und trat einen Schritt vor. Dann verbeugte er sich linkisch.

»Er ist draußen, Miss Winifred«, sagte er. »Er ist vor einer Weile gekommen.«

»Warum steht dann das Gepäck noch immer hier?« fragte Miss Newell. »Ich habe euch ganz genau eingeschärft, mit dem Aufladen zu beginnen, sowie der Lastwagen da sei!«

Der alte Mann hustete und trat von einem Fuß auf den andern.

»Wir hatten schon angefangen, es nach draußen zu tragen«, antwortete er. »Aber Mr. Lynch hat uns dran gehindert. Er sagt, wir hätten kein ...«

»Was sagst du da?« rief Miss Newell zornig. »Wer hat euch dran gehindert?«

»Mr. Lynch hat uns dran gehindert, Miss Winifred«, antwortete der alte Mann. »Er sagt, wir hätten kein Recht, etwas ohne seine Erlaubnis aus dem Haus zu entfernen.«

»Unverschämtheit!« rief Miss Newell. »Der widerliche Kerl!«

»Wir hatten schon ein paar Sachen auf den Lastwagen gestellt«, fuhr der alte Mann fort, »aber er wollte, daß wir sie wieder runterholten und in die Halle zurücktrugen. Er sagt, nur persönliche Sachen dürften aus dem Haus entfernt werden, und es sei ein Bild aus der Bibliothek dabei, das müßte zurückgebracht werden. Er sagt, es sei ungesetzlich, das Bild wegzunehmen.«

»Wo ist der Mensch jetzt?« fragte Miss Newell.

»Er ist in der Bibliothek«, erwiderte der alte Mann. »Er hat uns angeschnauzt. Er sagt, nichts dürfte ohne seine Erlaubnis entfernt werden.«

Miss Newell stieß mit der Spitze ihres Regenschirms auf den Fußboden.

»Holt ihn sofort her!« befahl sie.

Der alte Mann lief zur Tür, die in die Bibliothek führte, und Miss Newell gebot den beiden Trägern, die Bahre auf einem Tisch abzustellen, der an der Wand stand. Nachdem sie ihre Last behutsam abgesetzt hatten, stopfte sie die Wolldecke von neuem fest.

»Du mußt hier warten, George«, flüsterte sie zärtlich, »bis ich mit Lynch gesprochen habe.«

Nachdem seine Schwester sich ein paar Schritte entfernt hatte, drehte Major Newell langsam seinen Kopf von einer Seite auf die andre, ‚um auch der Halle Lebwohl zu sagen'. Hier war keine Schönheit, die ihm Tränen in die Augen trieb, wie es Berg und See vermocht hatten. Abgesehen von einem antiken Kaminsims, der noch unbeschädigt war, machte die große Halle einen sehr trüben und verwahrlosten Eindruck. Die Wände hatten Risse. Die Möbel waren zerbrochen. Der Fußboden war ungepflegt und deshalb morsch. Seine schwermütigen Augen schweiften gleichmütig darüber hin.

Festus Lynch kam aus der Bibliothek gerannt und schwenkte ein Dokument. Er war ein magerer kleiner Mann von zweiundsechzig Jahren, mit einem blassen Gesicht, das mit roten Pickeln übersät war. Seine Brille saß ziemlich weit unten auf einer langen, spitzen Nase. Der schwere braune Mantel war ihm viel zu weit.

»Geben Sie das Bild wieder heraus, das über dem Kamin in der Bibliothek hing«, fuhr er Miss Newell mit schriller Stimme an. »Nach dem Gesetz gehört es mir!«

»Sie elender Schurke!« rief Miss Newell. »Das Bild hat für niemand einen Wert, nur für meinen

Bruder und mich. Sie wollen es nur behalten, um uns zu ärgern.«

Lynch trat nahe an sie heran und fuchtelte ihr mit dem Dokument vor dem Gesicht herum.

»Ich bin in meinem Recht«, sagte er und hüpfte wie ein aufgeregter Vogel von einem Fuß auf den andern. »Ich habe meine Gründe, weshalb ich es behalten will. Mit den andern Bildern können Sie machen, was Sie wollen.«

»Sie können es nicht haben«, rief Miss Newell. »Ich gebe es nicht heraus!«

»Das werden wir sehen«, brüllte Lynch und klopfte mit dem Finger auf das Dokument. »Ich hab's hier alles schwarz auf weiß. Sie müssen sich dem Gesetz fügen, Miss Newell, oder Sie haben die Folgen zu tragen.«

»Lieber verbrenne ich's, als daß ich's Ihnen lasse«, rief Miss Newell.

»Händigen Sie es mir jetzt aus«, sagte Lynch, »oder Sie müssen dafür büßen.«

»Sie sind ein verächtlicher Gauner, so etwas zu verlangen«, sagte Miss Newell.

»Passen Sie auf, was Sie sagen«, brüllte Lynch. »Die Zeiten sind längst vorbei, als Sie noch die Macht hatten, sich mir gegenüber aufzuspielen. Jetzt sind Sie nichts weiter als Bettler. Das sind Sie: ganz gewöhnliche Bettler!«

»Sie gemeiner Hund!« rief Miss Newell.

Sie hob ihren Regenschirm und ließ ihn mit aller Wucht auf Lynchs Schädel niedersausen. Der Schirm brach in zwei Stücke. Der kleine Mann stieß einen leisen Schrei aus und fiel hintenüber, wurde aber von einem Stadtpolizisten aufgefangen, der herbeigeeilt war. Miss Newell schleuderte den zerbrochenen Schirm auf die Erde und stürzte sich auf das Bild, das die Ursache des Streites gewesen war. Zwei andere

Polizisten kamen und packten sie bei den Armen.

»Händigen Sie das Bild aus, Miss Newell!« befahl einer von den Polizisten. »Sie haben kein Anrecht darauf!«

Miss Newell kämpfte, um sich freizumachen, und klammerte sich ergrimmt an das Bild.

»Was unterstehen Sie sich, mich in meines Vaters Haus anzurühren?« rief sie.

Hurley trat auf sie zu und versuchte sie zu besänftigen.

»Mit Gewalt ist hier nichts getan, Miss Newell«, sagte er zu ihr. »Versuchen Sie, vernünftig zu sein und den Tatsachen ins Auge zu blicken. Das wäre wirklich das beste, was Sie tun könnten.«

Miss Newell blickte Hurley voller Verachtung an. »Sie sind genau so ein kriecherischer Schuft wie die andern«, sagte sie erbittert.

Geraghty hielt Festus Lynch beim Arm und fragte: »Sind Sie verletzt?«

Der kleine Mann stand jetzt aufrecht. Er schüttelte den Kopf wie ein Hund, der gerade aus dem Wasser gekommen ist. Obwohl die Wucht des Schlages durch seine Melone etwas gemildert worden war, litt er doch unter dem Schreck und der Aufregung. Seine Zähne schlugen aufeinander.

»Geben Sie mir das Bild«, sagte er zu Geraghty.

Geraghty nahm einem Polizisten das Bild ab, der es inzwischen Miss Newell abgerungen hatte. Er gab es zwei Arbeitern, die es in die Bibliothek brachten. Lynch folgte den Arbeitern. Er zitterte so sehr, daß Geraghty ihn führen mußte.

»Möchten Sie einen Schluck Kognak?« fragte Geraghty, als sie in die Bibliothek traten. »Es würde Ihnen auf die Beine helfen.«

Lynch schob den Polizei-Inspektor beiseite und befahl den Arbeitern, das Bild auszupacken.

»Eilt euch!« schrie er. »Hängt's wieder auf, wo es hing.«

Hurley stelzte in die Bibliothek.

»Sie sind ein harter Mann, Festus«, sagte er mit tadelnder Stimme zu Lynch. »Mich wundert es sehr, wie Sie die arme Frau behandelt haben!«

»Ein harter Mann?« schrie Lynch. »Ich soll hart sein? Fragen Sie jeden, der mal mit mir zu tun gehabt hat, ob ich hart bin. Fragen Sie die Arbeiter. Fragen Sie den Pfarrer! Fragen Sie die Armen!«

Hurley nahm ihn beim Arm und sagte sanft:

»Ich weiß schon, daß so leicht kein Mensch so gutmütig ist wie Sie – wenn Sie ganz Sie selber sind. Deshalb war ich so erstaunt, Festus, daß Sie so grausam zu Miss Newell waren.«

»Grausam zu ihr?« rief Lynch. »Wieso grausam?«

»Warum gönnten Sie ihr nicht das alte Bild?« fragte Hurley. »Sie und ihr Bruder haben genug gelitten. Sie sollten einen Strich unter das Gewesene ziehen.«

»Das ist mir ja ne schöne Geschichte«, rief Lynch. »Ich hatte einen Grund, weshalb ich das Bild behalten wollte. Ich hab's noch nie einer Menschenseele erzählt, aber jetzt werde ich's erzählen!«

Er schrie den Arbeitern, die mittlerweile das Bild ausgepackt hatten, ärgerlich zu, sie sollten es schleunigst über den Kamin hängen.

»Aber gebt acht«, sagte er, »daß es genau auf die gleiche Stelle kommt!«

Dann drehte er sich um und marschierte rasch bis ans andere Ende des langen Zimmers, während er die Hände auf dem Rücken verschränkt hatte.

»Sechsundvierzig Jahre«, schrie er, »habe ich auf diesen Augenblick gewartet. Wie sollt ich da wohl weich werden? Hol mich der Teufel, wenn ich's werde!«

Hurley stieß Geraghty mit dem Ellbogen an und flüsterte: »Der Schlag auf den Kopf hat ihn verrückt gemacht!«

Als Lynch am andern Ende des Zimmers angekommen war, wurde er von Raserei ergriffen, und begann mit beiden Beinen abwechselnd auf den morschen alten Mahagoni-Fußboden aufzustampfen.

»Jetzt bin ich der Herr«, rief er wie ein Irrer. »Ich bin hier Herr im Haus! Jedes Stück gehört mir!«

Dann raste er wieder nach vorn und blickte dabei hochmütig auf die getäfelten Wände.

»Ich bin hier der Herr!« schrie er ununterbrochen.

Die Arbeiter hatten das Bild in aller Eile auf seinen alten Platz gehängt. Lynch stand mit gespreizten Beinen davor und blickte haßerfüllt zu ihm auf.

»Jetzt hab ich dich, wo ich dich haben will«, schrie er das Bildnis an. »Das Grinsen werd ich dir bald ausgetrieben haben.«

»Um Gottes willen, Festus«, sagte Hurley, »setzen Sie sich hin und beruhigen Sie sich bitte!«

»Seht euch ihn an!« rief Lynch und deutete mit dem Finger auf das Bildnis. »Seht ihr nicht das Grinsen in seinem Gesicht? Seht, wie er grinst!«

Sie blickten alle auf das Bildnis eines Herrn in der Tracht des achtzehnten Jahrhunderts, mit weißer Perücke, schöner Spitzenkrause und einem langen grünen Rock. Das hochmütige, aristokratische Gesicht hatte auffallende Ähnlichkeit mit Miss Winifred und dem Major, nur sah das Gesicht auf dem Bildnis sehr zufrieden mit dem Leben aus. Die Oberlippe verzog sich zu einem leisen, verächtlichen Grinsen.

»Zum ersten Mal«, sagte Lynch verbittert, »sah ich das Grinsen vor sechsundvierzig Jahren, als ich mit meiner Mutter in das Zimmer hier kam, um Major Newell um Erbarmen anzuflehen. Er hatte gerade den Besitz übernommen: es war kurz nach seines

Vaters jähem Tod. Ich stand, wo ich jetzt stehe, meine Mutter stand rechts von mir. Major Newell saß drüben, rechts vom Kamin. Ich war sechzehn Jahre alt, Student in der Klosterschule, denn ich sollte Priester werden. Meine arme Mutter – Gott sei ihrer Seele gnädig – hatte ihr Herz daran gehängt, mich zum Priester weihen zu lassen. Es war der Traum ihres Lebens. ‚Festus', sagte sie immer, ‚du wirst mir, bevor ich sterbe, die Beichte abnehmen.' Das Land auf unsrer Pachtfarm war schlecht. Man konnte kaum davon leben. Unsre Familie zählte sieben Köpfe, und die Pacht war sehr hoch. Die Newells waren im ganzen Westen als Blutzins-Pächter bekannt und berüchtigt. Und obendrein hatten wir noch die Unkosten für die Klosterschule. Dann starb mein Vater, und wir waren im Rückstand mit der Pacht. Er starb kurz vor Oberst Newell, dem Vater des Majors. Wir waren mehr als ein Jahr mit der Pacht im Rückstand und hatten keinen roten Heller im Haus und auch keine Möglichkeit, irgendwo Geld zu leihen. Meine Mutter nahm mich also mit, und wir gingen zum Major, um ihn um Aufschub zu bitten. Sie bat ihn darum – und wie: auf den Knien vor ihm liegend, das Gesicht über dem Fußboden, aber es hat ihr nichts genützt. «

Zitternd trat er einen knappen Schritt vor. Er deutete auf eine Stelle dicht vor seinen Füßen.

» Dort hat sie vor ihm gekniet «, sagte er. » Dort hat sie gekniet, und ihre Stirn hat den Fußboden berührt! Er schüttelte bloß den Kopf und sagte ihr, wir müßten den vollen Betrag bezahlen, und zwar sofort, oder wir würden gerichtlich vertrieben. ‚Jeder, der im Rückstand ist, muß raus', sagte er, ‚falls er nicht den vollen Betrag zahlen kann! Die einzige Möglichkeit, mir meinen Besitz zu erhalten, besteht darin, daß ich ihn von schlechten Pächtern säubere.' Ich stand da und sah auf meine Mutter, wie sie vor ihm kniete und um

Erbarmen bat. ‚Haben Sie Mitleid mit meinem kleinen Jungen', flehte sie, ‚der ein Priester werden soll.' Dann sah ich auf das Bild über dem Kamin. Ich sah, wie es mich angrinste. Meine Mutter stand auf und stützte sich, während wir zur Türe gingen, auf meine Schulter, um nicht zu fallen. Als wir aus dem Zimmer traten, drehte ich mich um und blickte wieder auf das Bild. Es grinste mich noch immer an. Die Augen folgten mir nach.«

Er hob die Augen wieder zum Bildnis auf und fuhr in wütendem Tonfall fort:

»Und damals hab ich mir geschworen, daß der Tag kommen würde, wenn *ich* hier der Herr wäre und mit dem unverschämten Grinsen abrechnen könnte. Ich hab's geschworen, und ich hab's getan. Jetzt ist der grinsende Teufel in meiner Gewalt!«

Er hämmerte mit den Fäusten gegen seine Brust und erhob die Stimme noch mehr:

»Ich mußte das Priester-Seminar verlassen, als wir von unsrer Farm vertrieben wurden!« schrie er. »Meine Mutter ist an gebrochenem Herzen gestorben! Ich, als der Älteste, mußte für die Kinder sorgen. Mit Gottes Hilfe tat ich's. Hab noch mehr getan. Ein Onkel gab mir Geld, damit ich einen kleinen Laden eröffnen konnte. Ganz allmählich ging's uns besser, den Kleinen und mir. Eins führte zum andern. Die Leute waren freundlich zu uns. Ich kaufte dies und das, hier und dort. Ich machte kleine Geschäfte. Ich arbeitete schwer. Nach ein paar Jahren war ich in der Lage, größere Abschlüsse zu machen. Ich kaufte die Kornmühle. Dann kaufte ich die Wollspinnerei. Ich machte eine Speckfabrik auf. Ich unternahm alles mögliche, mancherlei in meiner nächsten Umgebung, wurde Schiffsmakler und Transport-Spediteur, bis ich der mächtigste Mann im Bezirk war, wenn nicht gar im ganzen Westen. Aber trotz aller Erfolge habe ich nie mein Hauptziel aus dem Auge verloren. Ich war nicht hinter dem Geld her, und auch nicht auf Macht war ich aus. O nein, nichts dergleichen! Ich will euch sagen, was es war!«

Durchdringend blickte er alle Anwesenden der Reihe nach an. Dann stampfte er mit dem Fuß auf.

»Ich war auf Rache aus!« schrie er. »Ich wollte Schloß Barra in die Hände bekommen und Major Newell von hier vertreiben, wie er meine Mutter aus unserm Haus vertrieben hat!«

»Und vor allem«, brüllte er los, »wollte ich das verdammte, grinsende Gesicht in meine Gewalt bekommen. Das Grinsen wird ihm bald vergehen. Bald werden wir sehen, wer zuletzt lacht. Ich werd's dem Gesicht heimzahlen. Es wird nicht mehr lange grinsen. Ich schwör's, daß es bald anders aussehen wird!«

Ein paar Sekunden starrte er das Bild schweigend an, und sein Unterkiefer schob sich vor. Dann verkrampfte er die Hände auf dem Rücken und wanderte wieder durchs Zimmer.

»Das ist jetzt die Stunde, in der ich Rache nehmen kann«, schrie er und stampfte über die alten Mahagoni-Dielen, »und keiner soll mir jetzt, in dieser geheiligten Stunde, etwas von Mitleid vorerzählen! Keiner soll mir erzählen, ich sollte unter das Gewesene einen Strich ziehen. Keiner soll sich unterstehn, von mir zu verlangen, daß ich meine kranke Mutter vergesse, wie sie hier vor ihm kniete und mit der Stirn den Fußboden berührte!«

Hurley gab Geraghty einen Wink. Die beiden Männer gingen fast auf Zehenspitzen aus der Bibliothek. Die beiden Arbeiter folgten ihnen.

»Es ist schrecklich mitanzusehen«, sagte draußen in der Halle Hurley zu Geraghty, »wie die Verbitterung aus einem gütigen Menschen einen Rasenden macht.«

»Es ist häßlich, gewiß«, sagte Geraghty, »aber der arme Mann hatte allen Grund dazu.«

»Er hatte einen Grund«, meinte Hurley, »aber es ist gemein und feige, die am Boden Liegenden zu beleidigen.«

Das ganze Gepäck war inzwischen aus der Halle geholt und auf dem Lastwagen verstaut worden. Miss Newell gab den Trägern ein Zeichen. Sie hoben die Bahre vorsichtig vom Tisch und gingen damit zur Tür. Miss Newell schritt wieder steif neben ihrem Bruder einher. Sie hatte ihre Haltung völlig wiedergewonnen. Ihr hochmütiges Gesicht sah so streng und so kalt aus wie vorher. Die vier Dienstboten gingen hinterdrein, je zwei und zwei, wie bei einem Leichenzug.

Geragyth schlug die Hacken zusammen und grüßte flott, als die Bahre durch das Schloßportal getragen wurde. Miss Newell dankte mit kurzem Kopfnicken. Der alte Major nahm keinerlei Notiz davon. Seine sanften braunen Augen blickten starr geradeaus, jenseits aller Vernunft und Empfindung.

»Seid jetzt vorsichtig«, mahnte Miss Newell, als die Träger begannen, die Steinstufen zur kiesbestreuten Zufahrt hinabzusteigen. »Nicht zu rasch! Setzt eure Füße flach auf!«

Die Tragbahre wurde in den wartenden Krankenwagen geschoben. Die vier Dienstboten kletterten zum Gepäck auf dem Lastwagen. Miss Newell wartete einen Augenblick, um sich noch einmal nach dem Beann Liath umzudrehen.

Sie zeigte keinerlei Gemütsbewegung, als sie auf die riesigen schwarzen Wolken blickte, die über die Steilhänge jagten. Dann stieg sie in den Krankenwagen.

»Gott sei Dank – das hätten wir hinter uns!« sagte Hurley, als die beiden Wagen, denen eine kleine Zuschauergruppe von Ortsansässigen schweigend nachsah, die Zufahrt hinunterfuhren und verschwanden. »Vertreibungen sind mir widerwärtig! Wolln uns von Festus verabschieden und dann gehn!«

Als sie in die Bibliothek traten, sahen sie Lynch, wie er mit auf der Brust verschränkten Armen und vorgeschobenem Unterkiefer das Bildnis anstarrte.

Die Hochzeit

Nuala ging an die Tür und blickte zum Haus hinüber, in dem die Hochzeit gefeiert wurde. Es lag keine zweihundert Meter entfernt in einer tiefen Mulde jenseits der Straße, doch es war nur undeutlich zu sehen, weil ein schwerer Regen niederfiel.

»Der Teufel hol sie«, sagte sie. »Sie hat ihn mir gestohlen, aber sie wird wenig Freude dran haben. Unglücklich die Braut, auf die der Regen fällt! Sie kann keine Kinder von ihm bekommen. Die Verfluchte!«

In der dreieckigen Umhüllung ihres feinen schwarzen Schals glich ihr Gesicht einer Totenmaske. Es war völlig blutleer. Die gelbliche Haut schien wie trockenes Leder, das ungeschickt über das ungleiche Knochengerüst gespannt worden war. Wenn sie die Augen zusammenkniff, um zu dem regenverschleierten kleinen Haus hinüberzuspähen, dann fältelte sich die Lederhaut ihres Gesichts wie zerknittertes Papier. Um die Augenhöhlen zog sie sich wie schlechte Näherei zusammen.

»Kannst du schon den Priester kommen sehn?« fragte Tante Peggy von ihrem Lager her.

Nuala beugte sich vor und spähte wieder um den Türpfosten und die Straße entlang, die zum Dorf führte.

»Auf der Straße seh ich nur einen Jungen auf einem Esel«, sagte sie. »Herrjeh, jedesmal, wenn der Junge dem Esel eins mit der Rute überzieht, dann steigt's wie Rauch auf! O Gott! Das ist ja die reinste Sintflut! Sie hat ihn mir gestohlen, und jetzt schickt Gott uns die Sintflut, um uns alle zu ertränken.«

»Komm ins Haus«, rief Tante Peggy, »und hör auf

mit deinem Fluchen! Nimm das nasse Kopftuch ab und trockne es am Feuer!«

Nuala wandte sich von der Tür ab und machte ein paar rasche Schritte auf den Kamin zu, doch dann blieb sie stehen und kratzte sich mit beiden Händen die Brust unter der engen Friesjacke. Während sie sich kratzte, zuckte sie dauernd mit den Schultern und grinste dabei. Sie zischte durch die geschlossenen Zähne, als bereite ihr alles das größte Vergnügen.

»Gott verzeih dir die Sünde«, sagte Tante Peggy. »Du freust dich, weil's am Hochzeitstag der armen Barbara regnet.«

»Und warum denn nicht? Gott hat sie verflucht«, sagte Nuala, »weil sie ihn mir weggenommen hat.«

»Leg dein Kopftuch ab«, sagte Tante Peggy, »und gib acht, daß ich dir nicht böse werde wegen deiner scheußlichen Reden.«

Nuala nahm das Kopftuch ab, schüttelte die Feuchtigkeit heraus und faselte vor sich hin. Obwohl sie über fünfzig Jahre alt war, hatte sie die Figur eines Mädchens, das noch nicht voll ausgewachsen ist. Ihre Brust war ganz flach, und ihre Taille war so schmal, daß eine große Hand sie fast hätte umspannen können. Auch ihre Bewegungen waren mädchenhaft, ja, sogar kindisch. Als sie das feuchte Kopftuch ausschüttelte, hüpfte sie so unsicher wie ein Kind auf und ab. Ihr Körper schien schwerelos zu sein.

»Häng es jetzt an den Nagel beim Feuer«, sagte Tante Peggy. »Hol einen Schemel heran und wärme dich! Hör auf, Barbara zu verwünschen, sonst wird Gott dich selbst mit einem Fluch strafen.«

Nuala trat auf Zehenspitzen ans Kaminfeuer und hängte den Schal an einen Nagel. Dann zog sie den Schemel ans Feuer, setzte sich Tante Peggy gegenüber und sah sie folgsam an. Sie hatte die Hände im Schoß gefaltet. Auch die Hände waren mit der gleichen gelblich lederartigen Haut wie das Gesicht bedeckt. Unter den langen Fingernägeln klebte Schmutz.

»Tante Peggy«, sagte sie kläglich flüsternd, »du mußt nicht so mit mir sprechen, wo du doch meine richtige Base bist, und gleich alt sind wir auch. Und sogar den gleichen Namen haben wir. Du bist Peggy Lavelle und ich bin Nuala Lavelle. ‚Drecks-Nualeen' nennen mich die Kinder, aber mein richtiger Name ist Nuala Lavelle, und das ist ein französischer Name. Doktor Bodkin sagt auch, es ist ein französischer Name, und er muß es doch wissen, wo er ein Gentleman ist. Er sagt, ein französischer General ist mal mit einer Armee nach West-Irland gekommen, und nachdem die Engländer die Armee besiegt hatten, sind die Lavelles hiergeblieben. Sie haben sich bei den Landleuten versteckt und ihren Samen verbreitet, bis die Große Hungersnot kam. Dann ist unser Großvater hierhergekommen, wie's ihm sein Kopf eingab, immer vor dem Hunger her. Auch hier konnte er nicht gut Wurzel schlagen, denn von seinen Nachkommen ist kein einziger Mann übrig, nur Frauen wie du und ich. Und wenn's so ist, Tante Peggy, dann solltest du nicht mit einem armen Weibsbild von deinem eigenen Fleisch und Blut, noch dazu einem närrischen, so böse werden.«

Tante Peggy hatte flach auf dem Rücken gelegen. Jetzt richtete sie sich auf dem Ellbogen auf und drohte Nuala mit der Faust.

»Wahrhaftig«, sagte sie, »wenn ich nicht so krank wäre, dann würd ich dich schlagen. Ich geb dir fast jeden Tag zu essen und zu trinken, oder nicht? Und ich hab dir den Rock geschenkt, den du anhast, oder nicht?«

Nuala lachte, sprang munter auf die Füße und drehte sich zweimal ringsherum, wobei sie den Rock rechts und links an je einem Zipfel anfaßte. Er war aus blauem Serge und paßte ihr nicht. Überdies war er zerlumpt und schmutzig.

»Doch, das hast du getan«, sagte sie. »Du hast ihn mir geschenkt, und es ist ein wunderschöner Rock, wie für eine Königin. Ich hätt mich heute darin verheiraten können, aber Barbara hat ihn mir gestohlen! Hoh! Der liederliche Schuft! An dem hat sie nicht viel Freude. Doch, Tante Peggy, du hast mir den wunderschönen Rock geschenkt, und er hätt mein Hochzeitskleid sein können, wenn ich nicht solch Pech gehabt hätt!«

Sie stürzte zur Couch und kniete dort nieder. Sie ergriff Tante Peggys Hand und streichelte sie.

»Was nützt es schon, mit dir zu reden, wenn du nur ein Närrchen bist!« sagte Tante Peggy.

Tante Peggy streckte sich wieder auf ihrem Lager aus und schloß die Augen. Sie war fast ebenso schlampig wie Nuala, doch standen noch Spuren ihrer einstigen Schönheit in ihrem verwüsteten Gesicht. Ihr langes Haar, das einst golden gewesen und jetzt fast weiß war, lag ihr lose rechts und links auf der Brust. Die Augenbrauen waren noch golden. Dort, wo sie sich nervös über ihr blasses Gesicht gewischt hatte, waren dunkle Flecke zu sehen; um ihre Unterlippe stand ein wenig Schaum, und sie atmete nur mit Mühe.

»Du riechst so wunderbar nach Whisky, Tante Peggy«, sagte Nuala, während sie ihr die Hand streichelte.

»O Gott«, sagte Tante Peggy, »ich wünschte, ich hätte ihn nicht angerührt. Es dreht sich alles in meinem Kopf. Ich hab die ganze Nacht so hastig Maschine genäht, weil ich Barbaras Hochzeitskleid gern fertig machen wollte. Ich war so kaputt. Und trotzdem hat's bis heut früh um zehn Uhr gedauert, ehe Girleen* und ich es geschafft hatten. Um neun Uhr kam Anthony mit

* girl = Mädchen, girleen (irisch) etwa: Mädelein

einer Flasche an. Er hatte solche Sorge, ich könnte Barbaras Hochzeitskleid nicht rechtzeitig fertig schaffen.«

Nuala ließ die Hand sinken, schauerte zusammen und sagte: »Anthony soll verflucht und verwünscht sein!«

»Als das Kleid fertig war«, erzählte Tante Peggy, »ließ er mich einen großen Schluck aus seiner Flasche trinken. Ich hatte so Schmerzen in der Seite, und er wollte unbedingt, ich sollte ins Hochzeitshaus gehn, deshalb mußte ich einen großen Schluck trinken. Aber ich war so müde, und Girleen hat mich hier zum Ausruhen auf die Couch gebettet, und dann gingen sie beide weg, sie und Anthony, mit dem fertigen Brautkleid. Anthony hat mir die Flasche hier gelassen, und ich hab ein Schlückchen nach dem andern genommen, hab mir bloß die Schmerzen in der Seite und die Müdigkeit verscheuchen wollen. 's ist schrecklich, hier so rumzuliegen – und daß ich nicht zu Barbaras Hochzeit kann! Wo sie doch meine Kusine dritten Grades mütterlicherseits ist!«

Nuala sprang auf, spuckte auf den Fußboden und rief giftig: »Gottes Fluch auf alle beide!«

Tante Peggy richtete sich sofort auf und schrie sie an: »Hör mir endlich damit auf, sonst jag ich dich aus dem Haus!«

Nuala fing an zu heulen und kniete vor der Couch nieder und rief händeringend:

»Ich hab's ja gar nicht so gemeint, Tante Peggy – kein Wort hab ich so gemeint! Ob für mich auch noch 'n Schlückchen in der Flasche ist, Herzchen?«

»Und wenn's drin wäre«, sagte Tante Peggy und zog sich die Decke auf der Couch zurecht, »dann würd ich's dir doch nicht geben! Wenn ich dir ein Schlückchen geben würde, dann würd'st du ja bloß wie ne Wahnsinnige auf die Straße rauslaufen und dich mit dem ersten besten Mann einlassen!«

»Nur ein winziges, kleines Schlückchen! « bettelte sie.

»Ach, hör auf und laß mich in Ruhe! « sagte Tante Peggy. »Schür mir lieber das Feuer unter den Kartoffeln! Girleen kann jede Minute vom Hochzeitshaus zurückkommen, um Klein Julia ihr Essen zu geben. «

Nuala streckte schüchtern die Hand aus und streichelte Tante Peggys Haar.

»Früher hast du so wunderschönes goldnes Haar gehabt, Tante Peggy «, sagte sie. »Es stand dir wie Feuer um den Kopf. Deshalb sind dir auch alle jungen Männer so nachgelaufen. Immer war eine ganze Schar hinter dir her auf der Straße, und wenn's dunkel wurde, lauerten sie dir in den Heckenwegen auf. Dann bist du nach Amerika gegangen und bist mit Girleen zurückgekommen. Drüben hast du das Gold aus deinem Haar verloren, und verdammt kein Gold hast du in deiner Geldtasche gehabt, wenn du auch all deine Schönheit drüben gelassen hast! Da liegst du in der armseligen Hütte und verarbeitest dir deine Finger wie'n Flickschuster, bückst dich Tag und Nacht über die Nähmaschine, nähst Kleider für die Leute! Und dein Haar ist weiß! Kein Fünkchen Gold ist mehr drin! Oh, wenn ich goldnes Haar wie du gehabt hätte, dann hätt ich mir einen wunderbar reichen Mann geheiratet! «

»Schür das Feuer! « sagte Tante Peggy müde und schloß die Augen.

»Ja, gleich! « sagte Nuala. »Gleich will ich's tun! «

Sie trat an den Kamin und legte ein paar Torfstücke unter den Kartoffelkessel, der am eisernen Haken über dem Feuer hing. Dann griente sie und fragte:

»Mein Haar ist noch nicht weiß, nicht wahr, Tante Peggy? «

Tante Peggy gab keine Antwort. Nuala löste den unordentlichen Knoten, der ihr Haar im Nacken zusammenhielt. Ihre Haare hatten eine helle Kastanienfarbe, und das Alter hatte ihnen nichts anhaben können. Sie waren nur sehr schmutzig und verfilzt. Als sie den Knoten gelöst hatte und den Kopf schüttelte, stand es ihr wie ein dürftiges Büschel dürres Seegras vom Kopf, aus dem sich ein herrenloser Esel hier und da einen Mundvoll herausgezupft hat. Seit Jahren war es nicht gewaschen oder gekämmt worden.

»Schau mal mein Haar an, Tante Peggy«, flüsterte sie und trat an die Couch. »Es ist nicht weiß wie deins, und dabei sind wir gleich alt!«

Als sich die andere Frau nicht um sie kümmerte, ging sie auf Zehenspitzen zu einem Spiegel, der neben der Tür an der Wand hing. Ohne sich zu rühren, starrte sie ein Weilchen in den Spiegel. Wenn sie still war, verlor ihr Gesicht den geistesgestörten Ausdruck und wirkte nicht länger unheimlich. Nun zeigte es sich, daß die Natur ihre Gesichtszüge erstaunlich fein und in vollendeter Harmonie geformt hatte. Ihre zarten Nüstern und der vornehme Schnitt ihrer Lippen zeugten von edler Abstammung.

Dann kicherte sie plötzlich und begann sich mit den Fingern zu strählen, um ihr Haar ungeschickt auf verschiedene Art anzuordnen.

»Ich könnt's mir mit einem Stück Band aufbinden, damit's schön aussieht«, sagte sie. »Dann würde er mich wohl sehen. Ein weißes Band müßt es sein, weil ja Hochzeit ist.«

Sie hob wieder den Rock auf beiden Seiten in die Höhe und blickte auf ihre Füße. Dann brach sie in Lachen aus und wandte sich an Tante Peggy.

»Sieh dir mal das an!« rief sie und zeigte auf ihre Füße. »Ich hab vergessen, mir die Stiefel zuzuschnüren. Wie kann ich denn heiraten, wenn meine Stiefel nicht zugeschnürt sind?«

»Ach, Gott steh dir bei!« sagte Tante Peggy. »Man kann dir einfach nicht böse sein.«

Nuala setzte sich auf ihren Schemel und begann sich die Stiefel zuzuschnüren. Es waren zwei verschiedene, denn sie hatte sie zu verschiedenen Zeiten aus den Müllhaufen des Dorfes hervorgegraben. Sie schnürte sie mit grauem Bindfaden zu und sprach dabei vor sich hin.

»An den Sohlen sind sie naß«, sagte sie, »und wenn ich drin gehe, dann flüstert das Wasser im Leder, aber obendrauf sind sie staubig. Und auf meinem Rocksaum ist auch Staub. Als ich früh am Morgen von zu Haus fortgegangen bin, da lag solch schöner Staub auf der Straße. Er war so dick und weich wie Schnee. Es war herrlich, da so durchzuwaten. Mit der Stiefelspitze konnt man Herzen und Kreuze in den Staub malen, genau wie am Strand, wenn Ebbe ist. Kreuze bedeuten Küsse, und Herzen bedeutet Verliebtsein. Er heiratet sie, weil sie aus Amerika einen Packen mitgebracht hat, aber ich lieb ihn trotzdem, und für ihn hab ich all die Kreuze und Herzen mit der Stiefelspitze in den Staub gemalt. Und dann fing's an zu regnen. Es hat sich wunderschön angehört, als der Regen in den dicken Staub fiel, genau wie Milch, die aus der Kuhzitze in die Kanne schäumt, wenn sie schon beinah voll ist mit Milch und Schaum. Ich war so froh, als es anfing zu regnen. Ich hab mitten auf der Straße gestanden, bis ich ganz naß war, und hab Gott gedankt, weil er seinen Fluch über ihren Hochzeitstag gelegt hat.«

»Um Gottes willen!« rief Tante Peggy, die ihre Augen aufgeschlagen und sich auf die Seite gedreht hatte, um aus der Tür zu schauen. »Der Regen wird immer schlimmer! Der Priester wird durch und durch naß!«

»Vielleicht kommt er überhaupt nicht«, sagte Nuala, »und dann kann sie nicht heiraten.«

Den einen Stiefel hatte sie noch nicht zugeschnürt,

sie lief aber doch an die Tür und klatschte vor Begeisterung in die Hände. Es regnete jetzt so heftig, daß der Regen wie Hagel aufs Schieferdach der Hütte prasselte. Große Tropfen hüpften vom Beton-Viereck vor der Haustür wie Bällchen in die Höhe. Im kleinen Garten, der vom Haus bis zur Straße reichte, rumorte der Regen zwischen Kartoffelkraut und Kohlblättern wie fernes Donnerrollen. Von der Straße stieg dichter Dunst auf, und die grauen Steinmäuerchen, die neben der Straße herliefen, waren schwarz geworden. Von allen Seiten klang das Getöse rauschender Bächlein.

»Jetzt kommt Girleen«, sagte Nuala.

Sie beschirmte die Augen mit der hohlen Hand und blickte zum Hochzeitshaus, aus dem drei rennende Mädchen aufgetaucht waren. Alle drei versuchten, sich vor dem Regen mit einem einzigen Mantel zu schützen, den sie sich lose über den Kopf gelegt hatten. Trotz des Regens standen eine Menge Burschen und Männer im Hof vor dem Haus. Sie schrien den rennenden Mädchen nach. Auf dem breiten grünen Weg, der vom Hochzeitshaus steil zur Straße hinanstieg, waren eine ganze Anzahl Pferde an die Feldsteinmauer angebunden. Das eine begann zu wiehern und auszuschlagen, als die drei Mädchen an ihm vorbeiliefen.

»Ich will jetzt lieber gehn, Tante Peggy«, sagte Nuala und schurrte an den Kamin zurück. »Klein Julia hat Angst vor mir. Ich geh lieber, eh sie kommt. Die Kinder werfen mir Steine nach und nennen mich ‚Drecks-Nualeen', obwohl ich ihnen kein Härchen krümmen würde. Viel lieber würd ich mit ihnen spielen.«

Tante Peggy zog verstohlen eine Flasche hinter der Couch hervor.

»Setz dich hin und sei nicht närrisch«, sagte sie. »Julia hat keine Angst vor dir. Das bildest du dir nur ein. Du kannst etwas von ihrem Mittagessen haben.« Nuala starrte ins Feuer und sagte verträumt:

»Doktor Bodkin sagt, als ich mit sechzehn krank wurde, da hab ich aufgehört mit Wachsen. Ich hab Doktor Bodkin gern. Er ist der einzige Mensch, der hinhört, wenn ich was sag. Er sagt, ich hätt mehr Verstand als mancher andere.«

Sie fuhr zusammen und drehte sich um, weil Tante Peggy den Korken mit den Zähnen aus der Flasche gezogen hatte, was einen lauten Knall gab. Tante Peggy setzte die Flasche hastig an den Mund und fing an, mit zurückgelegtem Kopf zu trinken. Nuala wurde sehr erregt und kam zur Couch hinüber. Sie streckte die Hände aus, die sie, zu einer Muschel gekrümmt, fest mit den Kanten aneinanderpreßte. Sie zitterten vor Gier.

»Um des lieben Gottes willen«, flüsterte sie, »gieß mir ein Tröpfchen in die Hand, damit ich's riechen und schlecken kann! Nur ein winziges Tröpfchen!«

Tante Peggy hörte zu trinken auf, als die Flasche beinah leer war. Sie blickte verstohlen aus der Tür und goß die letzten paar Tropfen in Nualas ausgestreckte Handmuscheln. Dann versteckte sie die leere Flasche hinter der Couch und sagte:

»Mach rasch – und kein Wort zu Girleen, wenn sie kommt!«

Nuala hielt die Handmuscheln vor sich hin, kicherte aufgeregt und ging sehr vorsichtig zum Kamin zurück. Sie setzte sich auf den Schemel und roch am Alkohol, indem sie den Atem langsam und lange durch die Nase einsog.

»'s ist wunderbar!« sagte sie. »Oh, 's ist himmlisch.«

Dann begann sie sich gierig wie eine Katze die Hände abzuschlecken. Tante Peggy lag wieder flach auf dem Rücken und hatte den Kopf auf die Seite gedreht. Ihre Unterlippe zuckte.

»Da kommen sie«, rief Nuala und wischte sich die Handflächen am Rock ab.

Über den Gartenweg trippelten Füße. Die drei Mädchen lachten vergnügt, und dieser Laut jugendlichen Glücks schien Nuala mit einem Schlage in die unheimliche Welt ihrer Krankheit zurückzustoßen. Ihr Gesicht verdunkelte sich. Sie kniff die Augen zusammen, so daß sich die Lederhaut ihres Gesichts wieder wie zu einer unordentlichen Näherei zusammenzog. Sie kauerte sich noch tiefer über das Feuer und packte die Ellbogen mit den Händen. Sie wiegte sich hin und her und murrte zusammenhangloses Zeug.

Tante Peggys Tochter mit dem Spitznamen Girleen sprang ins Zimmer und schleifte den nassen Regenmantel hinter sich her. Sie war ein großes, vollentwickeltes Mädchen von siebzehn Jahren, mit Sommersprossen im Gesicht und üppigem rötlichem Haar. Ihre Brüste waren groß und fest. Sie war hübsch – bis auf den Mund mit den derben Lippen und bis auf die zu kleinen Augen. Ihr Gesicht, das beim Betreten des Hauses vor glücklichem Lachen gestrahlt hatte, wurde verdrießlich, als sie den Zustand ihrer Mutter gewahrte.

»Da liegst du also immer noch«, sagte sie und schleifte den Regenmantel quer durchs Zimmer zu einem Kleidergestell neben der Treppe, »und tust keinen Mucks. Willst du denn gar nicht ins Hochzeitshaus gehn? Kannst mir doch nicht sowas antun!«

»Es geht mir nicht gut genug dafür«, antwortete Tante Peggy, ohne die Augen aufzuschlagen. »Ich könnte nicht einen Fuß vor den andern setzen, und wenn du mir ein Vermögen geben würdest.«

Aus dem Ton ihrer Stimme ging eindeutig hervor, daß sie vor ihrer Tochter Angst hatte. Girleen hängte den Mantel auf und holte dann die leere Flasche hinter der Couch hervor.

»Leer!« rief sie ärgerlich. »Kein Wunder, daß du nicht einen Fuß vor den andern setzen kannst. Eine großartige Mutter bist du mir!«

Mit angewiderter Gebärde warf sie die Flasche weg. Nuala hob plötzlich die Feuerzange auf und drohte Girleen damit.

»Sprich nicht so mit deiner Mutter!« rief sie wild. »Sie hat dich großgezogen, und das war nicht leicht für sie.«

»Ach, halt den Mund«, sagte Girleen und trat an den Kamin. »Dir hat sie wohl auch einen Schluck aus der Flasche gegeben? Das ist die reinste Sünde. Du könntest jemand wehtun. Gib her!«

Sie riß Nuala die Zange aus der Hand. Tante Peggy setzte sich aufrecht hin und sagte in weinerlichem Ton:

»Kannst du nicht still sein und Mitleid mit deiner kranken Mutter haben?«

»Sie ist ein böses Mädchen«, sagte Nuala.

»Halt den Mund, du Verrückte!« sagte Girleen und nahm den Deckel vom Kartoffelkessel.

»Geh ans Feuer und wärme dich, Julia«, sagte Tante Peggy zu dem Kind, das mit dem andern Mädchen an der Haustür stand. »Girleen hat gleich dein Mittagessen fertig!«

»Ich friere nicht, Tante Peggy«, sagte das Kind eingeschüchtert.

Es war zwölf Jahre alt und aus der Stadt hierher geschickt worden, um die Sommerferien bei seiner Tante zu verleben. Es fürchtete sich offenbar grauenhaft vor Nuala und beobachtete sie verstohlen. Das andere Mädchen, im gleichen Alter wie Girleen und hier aus der Nachbarschaft, schien sich über alles königlich zu amüsieren. Es zerknabberte einen harten Bonbon und kicherte unablässig. Es war ein großes, tolpatschiges Geschöpf mit puterrotem, verpickeltem Gesicht.

Girleen begann für das Stadtkind den Tisch zu decken.

»Sag mal ehrlich, Nora«, forderte sie das rotgesichtige Mädchen auf, »hast du schon je im Leben eine so trübselige Hochzeit gesehn? Es war die reinste Leichenwache. Alle saßen sie bloß rum und sahen sich an, ohne Musik und Tanz.«

»Ich hab schon eine Menge Leichenwachen gesehn«, antwortete das rotgesichtige Mädchen, »aber seit wir eine Hochzeit im Kirchspiel hatten, ist's schon so lange her, daß ich's nicht vergleichen könnte. In den letzten fünf Jahren hat sich keiner im Kirchspiel verheiratet.«

»Da hast du recht«, sagte Girleen, »und jetzt ist's auch bloß ein altes Paar, das sich verheiratet. Anthony ist neunundvierzig, und Barbara ist dreiundvierzig. Deshalb ist die Hochzeit vielleicht so trübselig.«

»Heut abend in Anthonys Haus wird's besser zugehn«, sagte das rotgesichtige Mädchen.

»Wie paßt ihr das Kleid?« fragte Tante Peggy, während sie die Beine von der Couch nahm und sich mit beiden Händen im Haar kratzte.

»Wie ein Handschuh paßt's ihr«, erwiderte Girleen. »Ich mußte nur zwei Haken am Gürtel versetzen. Anthony hat wahrhaftig einen hübschen Armvoll als Braut! Sie sieht hübsch aus, die Barbara – und trotzdem sollte man meinen, ein Mann würde sich lieber ein junges Mädchen nehmen!«

»Junge Mädchen haben kein Vermögen«, sagte Tante Peggy.

Nuala sprang auf und trat an den Tisch, über den Girleen ein Tischtuch breitete.

»Hat Anthony sich viel um sie gekümmert, Girleen?« tuschelte sie aufgeregt. »Hast du gesehn, daß er überhaupt um sie herum war? Hat er sie gekniffen oder geküßt oder umarmt oder sowas? Erzähl mir, wie er zu ihr war! Hat er sie mit wilden Augen angesehn, oder hat er einfach bloß so dagesessen, das Kinn auf die Hand gestützt, wie ein Mann, der nach einem schlechten Handel traurig und trübselig dasitzt?«

»Nun hört euch das mal an!« schrie Girleen.

Sie und das rotgesichtige Mädchen stimmten ein spöttisches Gelächter an.

»Lacht nur ruhig«, rief Nuala ärgerlich. »Was versteht ihr denn von der Liebe?«

Tante Peggy stand auf und ging leicht schwankend zum Regenmantel.

»Kümmere dich nicht um sie, Nuala«, sagte sie. »Sie werden's bald genug lernen, wie's ist, wenn man leidet.«

Sie warf sich den Regenmantel um die Schultern und stolperte unsicher zur Haustür. Nuala stampfte im Zimmer umher, stammelte vor sich hin und rang die Hände. Als Nuala in die Nähe des Kindes kam, blickte es sich entsetzt um. Dann lief es hastig davon und kletterte ein paar Stufen die Treppe hinauf. Dort setzte es sich hin, hatte die nackten Knie fest geschlossen und die beiden kleinen Hände gegen den Mund gepreßt.

»Leiden? Ist ja zum Kranklachen!« rief Girleen. »Wegen Anthony zu leiden! Er ist ja 'n netter kleiner Mann, aber kein Romeo. Ein untersetztes Männchen mit Beinen, die zu kurz sind für ihn, und mit ner Hasenscharte. Nicht für ne Million würd ich den heiraten!«

»Hör auf, ihn zu beschimpfen!« sagte Tante Peggy von der Türe her.

Dann duckte sie sich und rannte in den Regen hinaus, zur Giebelwand der Hütte.

»Du tust immer so, als ob du in ihn verliebt wärst, Nuala, aber in deinem ganzen Leben hast du noch kein einziges Wort mit ihm gesprochen – auch mit keinem andern Mann, da bin ich ziemlich sicher. Du würdest ja vor Angst sterben, wenn ein Mann dich anreden wollte!«

»Das kann man nicht wissen«, meinte Girleen. »Vielleicht flirtet sie in aller Heimlichkeit mit ihnen? Sie wohnt doch ganz allein in ihrem Haus drüben unterhalb der Straße. Vielleicht kommen die Männer im Dunkeln zu ihr?«

»Gott soll euch beide strafen, weil ihr euch über mich lustig macht«, sagte Nuala.

Sie lief an den Kamin und kauerte geduckt auf ihrem Schemel, während die beiden Mädchen sich vor Lachen ausschütten wollten.

»Komm bitte, Nora«, sagte Girleen. »Hilf mir ein bißchen! Wir müssen uns beeilen!«

»Darf ich auch helfen?« fragte das Kind.

»Komm nur«, rief Girleen. »Wir essen rasch, und dann sind wir noch rechtzeitig zur Trauung in der Kapelle. Der Priester muß auch bald da sein. Wir müssen uns beeilen!«

Das Kind stand auf und begann, sehr langsam die Stufen der Treppe hinunterzugehen; dabei hatte es die Hand aufs Geländer gelegt und wandte den Blick nicht von Nuala ab.

»Komm zu mir her!« flüsterte Nuala dem Kind zu. »Erzähl mir eine Geschichte von der großen Stadt!«

Das Kind blieb einen Augenblick stehen und stürmte dann wild durchs Zimmer. Es lief zu Girleen und Nora in die kleine Kammer, in der das Geschirr und das Essen aufbewahrt wurden.

Nuala wiegte sich hin und her und begann zu murren:

»Sie hat Angst vor mir! O Gott, 's ist furchtbar, wenn man so sein muß, wie ich. Das Schlückchen Whisky hat einen Feuerbrand in mir gemacht. Ich möcht wilde Sachen mit ihm anstellen. Vielleicht hat er nie mit mir gesprochen, Ich auch nicht mit ihm, aber deshalb will ich ihn doch haben. Er ist häßlich, genau wie ich. Gott ist zu uns beiden grausam gewesen. Mitten in meiner Jugend hat er mich geschlagen und alle Schönheit in meinem Gesicht versengt. Doch Anthony hat er schon geschlagen, bevor er geboren wurde. Er wurde mit der Hasenscharte geboren, und seine Beine sind zu kurz für ihn. Darum haben ihn die schönen Mädchen nicht angesehn. Sie sind in die großen Städte von England und Amerika gefahren, und er mußte hierbleiben. Alle schönen jungen Leute gingen weg, und Anthony mußte hierbleiben, wie ich. Er ist allein geblieben, und ich bin allein geblieben, aber ich hab mich nicht getraut, mit ihm zu reden. Oh, hätt er bloß mit mir geredet und wär zu mir gekommen, hätt die langen einsamen Nächte bei mir gelegen, wenn der Wind heult und die bösen Geister ums Haus schleichen. Er wär schließlich gekommen und hätte auf meine Flüsterworte gehört, wenn Barbara nicht mit ihrem Geldsack aus Amerika gekommen wär. Verflucht soll sie sein! Jetzt regnet's ihr in die Hochzeit. Nun bekommt sie einen Mann ohne Samen, denn sein Samen wird vom Regen fortgeschwemmt.«

Tante Peggy stürzte wieder in die Hütte. Sie zog den Regenmantel herunter und schüttelte ihn. Dann blickte sie zur Tür hinaus und rief ärgerlich:

»*Arrah! Musha*, es ist ja kein Wunder, daß die jungen Leute aus der Regeneinöde fliehen und sich nicht hier verheiraten wollen!«

Sie schwenkte den nassen Regenmantel aus der offenen Tür, der Regenwelt zuwinkend, und fuhr mit wachsendem Ärger fort:

»Warum sollten sie denn hier heiraten und ihr Leben damit zubringen, dem Regen zuzuschauen, wie er aufs schwarze Heidemoor fällt? Hungersnot und Verfolgung hat die Menschen hierhergetrieben, wo nichts als grauer Felsen aus dem Heidemoor wächst.«

Nuala sprang auf, klatschte in die Hände und rief: »Da hast du wahr gesprochen, Tante Peggy. Das ist wahr!«

Tante Peggy torkelte zum Kleidergestell hinüber, hängte den Regenmantel auf und rief verbittert:

»Verflucht soll der Tag sein, an dem ich von Amerika fort bin! Girleen kann jetzt jeden Tag von mir gehn, und dann bin ich so allein wie du, Nuala!«

»Da hast du wahr gesprochen, Tante Peggy«, rief Nuala und klatschte in die Hände. »Dann sind wir beide allein, du und ich.«

»Ihr seid ja beide stockbesoffen«, sagte Girleen, die mit etwas Hammelfleisch auf einem Teller aus der Kammer trat. »Haltet bloß den Mund, ihr beiden, mit eurem dummen Geschwätz!«

»So reden sie, Tante Peggy!« sagte Nuala, als Tante Peggy wieder zu ihrer Couch ging. »Alle schönen jungen Leute gehen fort aus der düstern, einsamen Gegend. Nach Ost und nach West marschieren sie und suchen sich große Städte, wo immerfort Licht und Tanz und feine Musik ist. Für die schönen jungen Leute hat Gott die Welt gemacht!«

Nora und das Kind setzten sich jetzt mit Girleen an den Tisch.

»Die ist schon nicht mehr bei sich«, sagte Nora zu Girleen und deutete mit dem Kopf auf Nuala.

»Weiß Gott«, sagte Girleen. »Es war nicht recht von Mutter, daß sie ihr von dem Whisky gegeben hat. In was für einem Zustand ist sie jetzt!«

»Hört auf, über Nuala herzuziehen!« rief Tante Peggy von der Couch her.

Nuala drehte sich um und drohte Girleen mit der Faust:

»Du hast schlechtes Blut in dir«, sagte sie.

Dann stopfte sie die Steppdecke sorgsam um Tante Peggy und flüsterte ihr zu:

»Wir wolln uns nicht um die jungen Dinger kümmern, Tante Peggy. Früher mal, als wir beide jung waren, da hat's auch Tanz und Lieder und schöne Musik gegeben. Und wenn die Nacht anbrach, da gab's viel Scharmutzieren! Dein Haar leuchtete wie Feuer auf deinem Kopf, Tante Peggy. Aber jetzt ist es weiß, und bald bist du ebenso allein wie ich und horchst durch die trübselige Nacht und wartest auf ein Geräusch, das niemals kommt. Sie hat ihn mir mit ihrer Hexerei weggenommen, Tante Peggy, aber es bringt ihr kein Glück, denn es regnet in ihre Hochzeit.«

»Komm hierher, verdammt nochmal!« rief Girleen ihr zu.

Nuala drehte sich um und rief ärgerlich:

»Ich hör nicht auf dich. Du hast schlechtes Blut in dir.«

»Du Verrückte«, sagte Girleen. »Ich wollte dich bloß fragen, ob du was zu essen willst.«

»Essen?« wiederholte Nuala aufgeregt.

Sie sprang auf und trat an den Tisch, um den jetzt die drei Mädchen saßen. Ein Krug Milch stand darauf, eine Schüssel Kartoffeln und der Teller mit dem Hammelfleisch.

»Oh, sieh mal einer das herrliche Fleisch!« rief Nuala.

Mit beiden Händen kratzte sie sich wild auf der Brust und holte zwischen zusammengebissenen Zähnen tief Atem.

»Willst du mir ein bißchen von dem Fleisch geben, Girleen?« fragte sie. »Hast du das herrliche Fleisch von der Hochzeit? Ich hab gehört, daß sie für die Hochzeit zwei Schafe geschlachtet haben!«

»Halt deinen Rock auf!« befahl Girleen.

»Gott segne den Geber!« sagte Nuala und hob ihren Rock hoch. »Gott mehre alles, was du im Haus hast!«

Sie hob ihren Rock sehr hoch. Der Körper darunter war nackend. Da sie keine Strümpfe trug, war der Körper von den Knöcheln bis hinauf zur Rundung der Oberschenkel zu sehen. Und nun zeigte es sich, daß der zerlumpte Rock Gliedmaßen von erstaunlicher Schönheit versteckt hatte. Sie waren so schön geformt wie die Glieder einer Tänzerin. Die ungewaschene Haut war hellbraun und ohne den geringsten Makel. Nicht eine Ader, nicht eine Falte absackenden Fleisches unterbrach die glatten Flächen. Die Krankheit, die ihr Gesicht und ihre Hände verwüstet und ihren Geist getrübt hatte, hatte all die Schönheit verschont, die sich hinter schmutzigen Lumpen barg und sich nach Liebkosungen sehnte.

Girleen warf ihr zwei Kartoffeln und mehrere Scheiben Hammelfleisch in den Schoß. Dann goß sie Milch in einen Krug.

»Iß jetzt«, sagte sie, »und hör auf zu jammern!«

»Gott segne dich, *astore*, mein Herzblatt!« sagte Nuala. »Gott verzeih mir, daß ich dich beschimpft hab. Gott segne dich und schenke dir einen feinen Mann!«

Sie trug das Essen zum Kamin und hockte sich auf den Schemel. Dort begann sie so hastig wie ein hungriger Hund zu essen, indem sie beide Hände abwechselnd benutzte, um sich Essen in den Mund zu stopfen. Sie kaute die einzelnen Stücke nicht, sondern schlang sie ganz hinunter.

»Der Regen hat, scheint's, aufgehört«, sagte Tante Peggy, die mit geschlossenen Augen auf dem Rücken lag. »Ich höre ihn gar nicht mehr.«

Girleen, die den Mund voll Essen hatte, stand vom Tisch auf und ging zur Tür.

»Es ist fast vorbei«, stieß sie undeutlich hervor und steckte aufgeregt den Kopf aus der Tür.

»Was sagt die da?« schrie Nuala bestürzt und begann, die restlichen Kartoffeln aus ihrem Rock in die Handmuschel zu häufen. »Lüge mir nichts vor, du schlechtes Ding!«

Girleen streckte ihren Arm in voller Länge ins Freie hinaus. Dann schluckte sie das Essen hinunter, das sie im Mund hatte, und rief aufgeregt:

»Es fällt kaum noch ein Tropfen, und im Osten wird der Himmel ganz hell! Still! Ich glaub, ich hab den Wagen des Priesters gehört. Gott sei Dank! Jeden Augenblick wird's jetzt heller und heller!«

Nuala schob sich den Rest Kartoffeln in den Mund und schluckte Milch dazu. Sie sprang auf und rannte an die Tür, während Girleen an den Tisch zurückkehrte.

»Macht rasch, ihr beiden«, rief sie, »sonst kommen wir zu spät! Eßt flink!«

Nuala begann sich ihr Haar zu raufen, als sie den Himmel sah, den erst der Regen verdunkelt hatte und der jetzt im Sonnenschein glänzte.

»O weh!« jammerte sie. »Das Wunder ist geschehen! Die Sonne kommt hervor, kaum ist der Regen fort! Sie steigt am Himmel empor, und ihr rundes Gesicht lacht mich wie eine Teufelsfratze aus. Ich hör schon die Räder vom Priesterwagen, wie sie über die nasse Straße rollen. Oh! Die sündige Dirne! Sie hat sogar Gott mit ihrem Geld bestochen! Zehn Pfund soll der Priester für die Hochzeit bekommen, hab ich gehört. *Musha*, Darling Gott, du hast dich billig verkauft!«

Nora und Girleen wurden plötzlich von Begeisterung gepackt. Sie sangen gemeinsam:

»Glücklich die Braut, der die Sonne scheint!«

Sie faßten sich bei den Händen und tanzten im

Kreis umher. Das Kind ließ sich von ihrer Begeisterung anstecken, lachte fröhlich und machte mit. Alle drei Mädchen wirbelten im Kreis umher, hielten sich bei den Händen und sangen gemeinsam:

»Glücklich die Braut, der die Sonne scheint!«

Mit dem verfilzten Haar, das ihr vom Kopf abstand, wich Nuala dem Kreis der tanzenden Mädchen aus und kehrte an den Kamin zurück. Das Auftauchen der Sonne hatte sie eingeschüchtert. In der Düsterkeit des niederströmenden Regens hatte ihre Seele Mut gefaßt und auf Sieg gehofft. Doch jetzt im hellen Sonnenschein, und mit einem Chor fröhlicher Mädchen, die eine Hymne zum Lobe fröhlicher Paarung anstimmten, erlosch die Hitze der Leidenschaft und wich aus ihren unberührten Lenden. Sie kauerte geduckt auf dem Schemel, versteckte das welke Gesicht in den Händen und wiegte sich hin und her.

»Gelobt sei Gott!« rief Tante Peggy und erhob sich von ihrer Couch. »Auf Barbaras Hochzeitskleid wird der Sonnenschein fallen.«

An den tanzenden Mädchen vorbei schwankte sie zur Tür. Ein strahlendes Lächeln verlieh dem bleichen, fleckigen Gesicht etwas von seiner früheren Schönheit, auch wenn es von dichten Schleiern ihres weißen Haares eingerahmt war. Als sie dann aus der Tür schaute, begannen ihr die Tränen über die Wangen zu rinnen, und sie rief:

»Ach, hört nur die Lerchen, die schon in die Luft steigen und singen! Oh, gelobt sei Gott! Die schwarze Erde, die so häßlich aussah, leuchtet jetzt in der Sonne wie ein Edelstein.«

Die drei Mädchen hörten zu tanzen auf und drängten sich um Tante Peggy. Hingerissen blickten sie auf das Wunder, das der Sonne gelungen war. Von der Anhöhe, auf der die Hütte stand, sahen sie, wie sich das Heidemoor bis zu den fernen Bergen erstreckte, ein Auf und Ab, mit Seen bestickt, und funkelnd im Sonnenschein. Und in der grünen Mulde unterhalb der Straße schien das Hochzeitshaus, das während des Regens so undeutlich dagelegen hatte, nun mit Händen greifbar. Das Schieferdach schimmerte wie ein Brillant. Ein Rosenstrauch in der Nähe der Giebelwand hatte sich mit einer Unzahl roter Blüten geschmückt. Eine Schar Frauen in lustig bunten Kaschmir-Schals war aus dem Haus gekommen und hatte sich unter die beschwipsten Männer gemischt, die gruppenweise sangen und die Hände verschränkt hatten. Die Pferde im Heckenweg wurden bestiegen, und eine Menge schreiender Jungen rannte zur Straße hinauf.

»Da kommt der Priester«, sagte Girleen.

Der Priesterwagen fuhr an der Hütte vorbei zur Kapelle: ein Schimmel zog ihn in munterem Trab. Die flinken Räder ließen das schlammige Wasser zu beiden Seiten aufspritzen und wie Lehm vor einem Pflug in Wellen niederschleiern. Sobald der Wagen vorübergefahren war, tauchte das Brautpaar aus dem Hochzeitshaus auf und begann langsam den grünen Weg zur Straße hinanzusteigen. Hinter ihnen bildete sich der Hochzeitszug. Als das Ende des Hochzeitszuges den Hof verlassen hatte, stand nur noch eine alte Frau auf der Schwelle, raufte sich ihr Haar und stimmte mit schriller Stimme die Hochzeitsklage an. Es war die Mutter der Braut.

»Darf Julia mit uns zu Anthonys Haus gehn, Mutter?« fragte Girleen.

»Bitte, laß mich mit, Tante Peggy«, bat das Kind.

»Meinetwegen«, sagte Tante Peggy. »Ein Weilchen darf sie mitgehn, Girleen, aber du mußt sie nach Haus bringen, eh es dunkelt.«

»Kommt dann«, sagte Girleen. »Woll'n uns beeilen und einen schönen Platz am Altar suchen!«

Die drei Mädchen hüpften den Gartenweg zur Straße entlang und sangen mit gedämpfter Stimme: »Glücklich die Braut, der die Sonne scheint!«

Tante Peggy stand noch in der Tür, kratzte sich aufgeregt über die Wange und fing an zu greinen. Nuala trat auf sie zu und faßte sie am Arm.

»Du mußt nicht so dastehn und jammern, Tante Peggy«, flüsterte ihr Nuala sanftmütig zu. »Leg deinen Schal um, dann können wir hinter den Leuten hergehn!«

»Ich könnt's nicht, mein Herzblatt«, sagte Tante Peggy. »Ich bin so schwach, daß ich keinen Fuß auf die Straße setzen könnte. Laß uns hier in der Tür bleiben und zuschauen. Oh, sieh mal, Barbaras Kleid! Es steht ihr herrlich!«

Das Brautpaar war aus dem Weg aufgetaucht und ging jetzt auf der Straße zur Kapelle, dicht hinter ihnen der Hochzeitszug. Sie waren ein Paar in mittleren Jahren, und beide klein und stämmig. Die Beine des Bräutigams waren für seinen untersetzten Körper viel zu kurz. Er ging mit gesenktem Kopf, hatte die Hände auf dem Rücken verschränkt und hob die Füße bei jedem Schritt sehr hoch. Die Braut hielt sich sehr gerade und trug in ihrem sommersprossigen Gesicht einen wilden Ausdruck. In ihrem neuen weißen Kleid, das sich vorn in der Taille vorwölbte, sah sie lächerlich aus. Sie war die einzige Frau im Hochzeitszug, die einen Hut trug. In der Hand trug sie einen rosa Sonnenschirm.

»Gott segne dich, Barbara«, flüsterte Tante Peggy rührselig und schniefte nach jedem Wort mit der Nase. »Du hast lange warten müssen, du armes Mädchen, aber jetzt hast du endlich einen Mann. Gott segne dich, Darling!«

Nuala fluchte leise. Sie hatte ihr Kopftuch umgelegt, doch das Haar hatte sie nicht wieder zu einem

Nackenknoten aufgebunden. Wilde Haarsträhnen fielen über die verrunzelte, ledrige Haut ihres Gesichts.

Sie spähte aus der Tür hervor und blickte rechts und links zum Himmel auf, denn sie wartete auf ein Anzeichen, daß die Sonne wieder so plötzlich verschwinden sollte, wie sie gekommen war, um neuen Regengüssen Platz zu machen. Doch der Himmel sah nicht nach Regen aus. Da spuckte sie zur Tür hinaus und sagte:

»Sonne oder Regen, sie soll keine Kinder von ihm haben! Die Verfluchte!«

»Du armes Geschöpf«, sagte Tante Peggy und legte ihren Arm um die schlanke Taille der verrückten Frau, »weder du noch ich haben je eine Hochzeit gehabt. Komm mit mir ans Feuer, da wollen wir beide weinen, weil wir niemals eine Hochzeit hatten!«

»Das will ich, mein Herzblatt«, sagte Nuala und flüsterte leise. »Ich will vorm Kamin niederknien und mit dir weinen. Ich will weinen um das schöne Gold, das in deinem Haar war, wie ein Feuer auf deinem Kopf!«

Als sie an den Kamin zurückkehrten, jede den Arm um die Taille der andern gelegt, da begann Tante Peggy laut zu weinen, doch die verrückte Frau brach nur in ein perlend idiotisches Gelächter aus.

Leben

Die Mutter lag flach auf dem Rücken, hatte die Augen geschlossen und die Arme in voller Länge über die Bettdecke gestreckt. Die Hände fuhren rastlos hin und her. Von der großen Arbeit des Gebärens war ihr ganzer Körper erschöpft.

Dann schrie der Säugling. Sie schlug die Augen auf, sowie sie das schwache Stimmchen hörte. Ihre Finger verkrampften sich in die Bettdecke. Sie hob den Kopf und blickte aufgeregt zur Großmutter hinüber, die sich vor dem Kamin um das Neugeborene kümmerte.

Die alte Frau gewahrte den wilden Blick der Mutter. Sie lachte laut heraus.

»Du lieber Himmel«, sagte sie zu den beiden Nachbarinnen, die ihr halfen, »seht sie euch bloß an: so ängstlich wie ein junges Ding in der Hochzeitsnacht! Man könnte meinen, 's ist ihr erstes Kind – und nicht ihr letztes!«

Sie packte den Säugling bei den Füßen, hob ihn hoch und klatschte ihm kräftig mit der offenen Handfläche aufs Hinterteil.

»Schrei jetzt, in Gottes Namen!« sagte sie, »und jag den Teufel aus dem Leib!«

Das Kind zuckte unter den derben Hieben heftig zusammen. Es schrie wieder. Jetzt klang seine Stimme kraftvoll.

»Meiner Seel!« sagte eine von den Nachbarinnen. »Ich kann's ihr nicht verdenken, wenn sie sich auf den kleinen Burschen was einbildet!«

Sie spuckte dem Säugling auf den nackten Bauch.

»Noch nie hab ich ein schöneres Neugeborenes gesehn als das Söhnchen hier, wahrhaftig«, rief sie mit tiefster Überzeugung.

»Ein prächtiger Bursch, Gott segne ihn!« sagte die andere Frau und machte das Zeichen des Kreuzes über ihm. »Bei Gott, er sieht mir ganz so aus, als ob er mal ein Held wird, ein großer!«

»Das stimmt«, sagte die Großmutter. »Ein rechter Mann wird er mal!«

Die Mutter wurde von einer großen Traurigkeit befallen, als sie die alte Frau sagen hörte, dieses Kind sei das letzte, das sie zur Welt bringen würde. Sie war jetzt dreiundvierzig. Die Jahre hatten schon silberne Fäden in ihr Haar gezeichnet. Sie wußte genau, daß ihr Körper nie wieder durch Gottes wundersame Macht Leben hervorbringen konnte. Sie hatte schon vierzehnmal geboren. Abgesehen vom ersten Mal, als ihr der Rausch der Liebe noch im Blut steckte, hatte sie wenig Dank für das Gebären geerntet. Wie sich die heilige Saat des Lebens unter ihrem Dach vervielfachte, so vervielfachten sich auch Elend und Hunger. Für ein armes Elternpaar wie ihren Mann und sie war es sehr schwer, so viele kleine Körper und Seelen mit nur ein paar Ackern steinigen Bodens zu ernähren.

Und doch war sie jetzt betrübt und untröstlich beim Gedanken, daß ihr Leib von nun an keine Frucht mehr hervorbringen sollte. Sie schloß die Augen wieder, faltete die Hände über der Brust, begann ein Gebet und bat den Allmächtigen um seine göttliche Hilfe auf dem harten Wege, der vor ihr lag.

Als der Säugling und die Mutter zurechtgemacht worden waren, durfte der Vater das Schlafzimmer betreten. Er wirkte noch jugendlich, obwohl er sich den Fünfzig näherte und sich fast sein ganzes Leben auf seinem Land abgerackert hatte. Er entblößte den Kopf, als er in die Nähe des Neugeborenen kam. Dann bekreuzte er sich und beugte vor dem jungen Leben huldigend ein Knie.

»Gottes Segen über dich«, sagte er zu dem Kind.

Danach trat er ans Bett und verneigte sich ebenso vor seiner Frau.

»Gott sei Dank«, sagte er zu ihr, »daß du's überstanden hast!«

Sie lächelte matt, als sie ihn ansah.

»Ich bin froh«, sagte sie, »daß es ein Sohn ist, den ich dir als mein letztes Kind gebe.«

»Daß Gott dir's lohne!« rief er innig, während er sich wiederum vor ihr verneigte.

Die alte Frau brachte den Kleinen ans Bett und legte ihn der Mutter an die Brust.

»So, da hast du ihn«, sagte sie. »Da hast du den neuesten kleinen Edelstein in deinem Haus.«

Jede Spur von Kummer verschwand aus dem Herzen der Mutter, als sie die Hände um den Körper des Kindes legte und spürte, wie sein starkes junges Herz gegen die Rippen pochte. Die Kehle wurde ihr eng, und Tränen flossen ihr übers Gesicht.

»Gelobt sei Gott in seiner Herrlichkeit!« rief sie voller Inbrunst.

Draußen im Stall begann der Hahn zu krähen. Sein Ruf zerschnitt scharf und klar das Brausen des Novemberwindes, der die Lüfte zerfetzte.

»Möge Gottes Hand mein Kind schützen!« rief die Mutter, als sie den Hahn krähen hörte.

Alle Hähne im Dorf stimmten in das Krähen ein, bis es wie eine einzige Stimme war, die den jungen Morgen begrüßte.

»Gott behüte das Kleine!« sagten die andern beiden Frauen.

Aus der Ferne kam laut das Dröhnen der Wogen, die gegen die hohen Südklippen anrannten.

»Sicher vor Krankheit«, betete die Mutter, »sicher vor Gebresten, sicher vor Unglück, sicher an Leib und Seele!«

Nach einiger Zeit durften die andern Kinder ins

Zimmer treten, damit sie ihren jüngsten kleinen Bruder kennenlernten. Es waren ihrer sieben. Vier von den vierzehn waren schon gestorben. Drei andere waren in die Welt hinausgezogen, um sich einen Lebensunterhalt zu suchen. Die Übriggebliebenen waren im Alter von fünfzehn bis drei Jahren. Sie verstummten vor Staunen, als sie das Kleine erblickten. Sie standen mit offenem Munde ums Bett und hielten einander bei der Hand.

Dann durfte der Großvater ins Zimmer kommen. Er war alles andere als stumm. Er begann närrisch einherzuschwatzen, als er seinen jüngsten Enkel sah.

»Oi! Oi!« jammerte er. »Nichts ist so gebrechlich wie der Mensch! Oi! Die Jungfrau Maria erbarme sich meiner! Seht mich an, nur noch ein Wrack von einem Mann. Und doch war ich früher...«

Er war sehr alt. Vor einigen Jahren war er an einem heißen Sommertag auf der Wiese eingeschlafen, und die Sonne hatte ihm geschadet. Seither war er wie ein Krüppel, der den Gebrauch seiner Gliedmaßen fast gänzlich verloren hatte. Er war kindisch geworden. Sein Körper schrumpfte von Tag zu Tag mehr ein. Jetzt wog er nicht mehr als ein kleiner Junge. Sein Rücken war so verkrümmt, daß es aussah, als ob sein Kopf an seine Knöchel gefesselt wäre – wie man's bei bösen Eseln macht. Er zitterte wie ein Blatt.

»Oi! Oi!« rief er verbittert. »Und doch war ich früher vor keinem Menschen bange, einerlei, was für ein Mann es war, von Ost oder West, der mir Trotz bot und mich zum Kampf herausfordern wollte. Wahrhaftig, kein Mann konnte mir was anhaben, denn ich war einer, der nicht auf einen Kampf aus war, aber auch vor keinem ausriß. So ein Mann war ich! Ein Mann, der sich durchsetzen konnte in der Welt, ohne Furcht und Tadel...«

Die alte Frau mußte ihn beim Arm nehmen und aus dem Zimmer führen.

»Laß das jetzt sein«, sagte sie zu ihm, »und plage die andern nicht mit deinem dummen Geschwätz!«

»Oh, Gott steh uns bei!« sagte eine von den Nachbarinnen. »Auch die längste Reise vom Mutterleib bis zum Grabe ist schließlich doch nur kurz.«

Als der Säugling seinen Einzug in der Wiege vor dem Küchenkamin gehalten hatte, war er der reinste König im Haus. Die ganze Familie verwöhnte ihn. Das war ein undankbares Unterfangen. Der Neugeborene spürte auch nicht die kleinste Huld, die sie ihm darbrachten. Er spürte nichts als den einen Instinkt, den er aus dem Mutterleib mitgebracht hatte: nämlich, das Leben, das in ihm war, zu stärken und zu erhalten.

Wenn er aufwachte, schrie er mörderlich, bis er die Brust seiner Mutter zu fassen bekam. Dann verstummte er sofort. Seine zahnlosen Kiefer schlossen sich fest um die geschwollene Milchwarze. Sein kleiner Körper zitterte vor gieriger Freude, wenn er den ersten feinen Strahl warmer Milch auf seiner Zunge schmeckte. Er saugte, bis er voll war. Dann sank er wieder in Schlaf. Wenn ihm nicht wohl war, wegen Bauchweh oder wegen eines andern kleinen Kummers, dann plärrte er gellend. Er plärrte ganz barbarisch weiter, bis jemand seine Wiege zu schaukeln begann. Man mußte ihn so lange weiterschaukeln, bis der Schmerz vergangen war.

Und während sie ihn wiegten, sangen sie ihm etwas.

»Oh, Schätzchen, Schätzchen, Schätzchen!« sangen sie. »Oh, Schätzchen, du bist unser kleiner Herzenstrost!«

Gegen den alten Mann war ihr Benehmen ganz anders. Sie hatten wenig Achtung vor ihm. Wenn sie ihn bedienten, geschah es aus Barmherzigkeit, und nicht, weil es ihnen Vergnügen machte. Sie mißgönnten ihm die kleinste Wohltat, die sie ihm erwiesen.

»Schaut den alten Burschen an!« pflegten sie zu sagen. »Er nützt weder Gott noch den Menschen und sitzt von morgens bis abends in der Kaminecke.«

Und wirklich konnte man sie nicht sehr tadeln, wenn sie sich über ihn beklagten. Es war sehr unangenehm, den armen alten Mann zu bedienen. Jeden Morgen mußten sie ihn von seinem Schlafplatz holen. Sie mußten ihn säubern und anziehen und auf einen kleinen Schemel ans Feuer setzen. Sie mußten ihn mit einem Roßhaarseil festbinden, damit er nicht ins Feuer fiel. Bei den Mahlzeiten mußten sie ihm sein Essen zerkleinern und es ihm mit einem Löffel in den Mund stecken.

Er war in jeder Beziehung von ihnen abhängig – genau wie der Säugling.

»Oi! Der schmutzige alte Kerl!« sagten sie. »Es wäre für alle im Haus eine Erlösung, wenn Gott ihn heimrufen würde!«

Der Großvater blieb den ganzen Tag angebunden in seiner Kaminecke sitzen, immer halb schlafend und halb wachend, faselte vor sich hin und drohte nichtvorhandenen Leuten mit seinem Stock, beschimpfte längst verstorbene Feinde und führte endlose Gespräche mit Geschöpfen seiner Phantasie.

Nur wenn er den aus dem Schlaf erwachenden Säugling schreien hörte, schreckte er aus seinem Stumpfsinn auf.

»Wer ist da?« fragte er und spitzte die Ohren. »Wer plärrt da so?«

Wenn die Mutter den Säugling aus der Wiege nahm und ihn in der andern Ecke stillte, dann leuchteten die Augen des alten Mannes auf, und er erkannte das Kind.

»Ho! Ho!« rief er dann begeistert. »Du warst es

also, mein Herzblatt! Ho! Ho! Das ist ein schöner junger Mann, den ich da sehe, ein sehr schöner!«

Dann versuchte er, nach dem Kind zu greifen. Er wurde ärgerlich, wenn er merkte, daß er nicht weiterkam, weil er angebunden war.

»Laßt mich zu ihm«, schrie er dann und zappelte, um sich vom Schemel freizumachen. »Macht den Strick auf, ihr Teufelsbande! 's ist mein Enkel, der Kleine da drüben. Laßt mich zu ihm. Mein Fleisch und Blut ist der kleine Mann. Laßt mich zu ihm!«

Sein Ärger dauerte nie sehr lange. Stets war seine Freude stärker, ihm zuzuschauen, wie er sich beim Trinken streckte und vor Wonne zitterte.

»Bravo, kleiner Mann!« rief der Alte und hopste auf seinem Schemel umher. »Immer tüchtig, mein Junge! Laß keinen Tropfen drin! Ho! Du bist wahrhaftig von meinem Blut! Trink, Kleiner! Trink dir Kraft an!«

Der Winter war fast vorbei, ehe der Säugling irgend etwas unterscheiden konnte. Bis dahin hatte er nur rein gefühlsmäßig die Brüste seiner Mutter und die Wärme seiner Wiege erkannt. Obwohl er oft zu beobachten schien, was um ihn her vorging, war in seinen großen blauen Augen doch kein Verstehen. Dann kam endlich der Tag, an dem die Seele aus seinen Augen strahlte.

Mit ein wenig Leibschmerzen, weil er zuviel getrunken hatte, lag er seiner Mutter bäuchlings auf dem Schoß, als er auf einmal die närrischen Gesten des alten Mannes in der Kaminecke gewahrte. Zuerst lächelte er. Dann klatschte er in die Hände und hopste genauso wie der alte Mann. Er stieß einen kleinen vergnügten Schrei aus.

»Gelobt sei Gott in der Höhe!« rief die Mutter.

Die ganze Familie fand sich ein. Alle standen sie da und beobachteten das Kind und den alten Mann, die einander in ihren närrischen Gesten nachmachten – jeder in seiner Kaminecke. Alle lachten herzlich, bis auf die alte Großmutter. Sie fing an, laut zu weinen.

»Oi! Mein Herr und Gott!« wehklagte sie. »Ein närrisches Baby ist reizend anzuschaun, aber wie jämmerlich ist's, einen alten Menschen zu sehn, der ohne Sinn und Verstand ist!«

Von dem Tage an verbrachten der alte Mann und der Säugling manche Stunde zusammen, in der sie spielten und in die Hände klatschten und dabei lallten und geiferten. Man hätte nicht sagen können, wer von den beiden närrischer tat. Und als das Kind entwöhnt wurde, war's der gleiche Brei, mit dem sie beide gefüttert wurden.

Je stärker der Kleine von Tag zu Tag wurde, um so schwächer wurde der alte Mann. Im Frühling bekam er Bronchitis, und sie glaubten, sein Ende sei gekommen. Er empfing die letzte Ölung. Doch er erholte sich von der Krankheit. Bald konnte er sein Bett verlassen und wieder in der Kaminecke sitzen. Jetzt war er nur noch ein Schatten seines einstigen Selbst. Man konnte ihn mit einer Hand hochheben.

Zu Anfang Mai kam die große Springflut, und die ganze Familie ging an den Strand, um Seegras zu sammeln. Die Großmutter mußte daheim bleiben und das Haus hüten, den Säugling und den alten Mann. Es war ein schöner, sonniger Tag.

»Laß mich nach draußen«, sagte der alte Mann zu seiner Frau. »Ich möcht nochmal in der Sonne sitzen, ehe ich sterbe.«

Sie erfüllte ihm seinen Wunsch. Sie setzte ihn in einen Korbstuhl vor die Haustür. Sie selbst saß neben ihm auf einem Schemel und hielt das Kind in den Armen. Dann begann sie, die Hühner herbeizulocken.

»Tiuck! Tiuck!« rief sie. »Fiet! Fiet! Hühnchen! Hühnchen! Hühnchen!«

Sie kamen alle in größter Eile herbeigelaufen, Hühner und Enten und Gänse. Aus einer großen Schüssel warf sie ihnen Futter hin. Die Tiere begannen sich um das Fressen zu zanken und hüpften und zeterten und hieben mit den Schnäbeln um sich.

Das Kind geriet beim Tumult des Federviehs ganz aus dem Häuschen. Es fing an, in die Hände zu klatschen und zu hüpfen. Wenn sie krähten und spektakelten, schrie es vor Freude.

»Ho! Ho! Ho!« rief es, während ihm der Speichel aus dem Mundwinkel lief.

Der alte Mann regte sich ebenfalls auf und machte die Bewegungen des Kindes nach. Er klatschte in die Hände, hüpfte im Stuhl auf und ab und lallte unverständliches Zeug.

»Meine Güte, was ihr beide auch anstellt!« sagte die alte Frau.

Plötzlich war der alte Mann ganz still. Sie blickte besorgt zu ihm hinüber. Da sah sie ihn halb aufrecht und halb vornübergebeugt. Dann fiel er mit dem Kopf voran auf den Boden. Mit dem Kind unter dem Arm stürzte sie auf ihn zu. Als sie sich über ihn neigte, hörte sie in seiner Kehle das Todesröcheln. Dann war überhaupt nichts mehr zu vernehmen.

Sie richtete sich auf und stimmte die Klage für den soeben Verstorbenen an.

»Oh! O weh!« jammerte sie. »Mit dir bin ich durch meines Lebens Freud und Leid gewandert! Jetzt bist du dahin, und bald will ich dir nachfolgen! Oh! O weh! Mein Schatz! Wie herrlich warst du am Tage unsrer Hochzeit...«

Als die Nachbarinnen kamen, saß die alte Frau auf dem Schemel neben der Leiche und hielt das Kind im Arm, während das Federvieh noch immer herumflatterte und sich wild um das Futter in der Schüssel stritt.

Das Kind hüpfte auf und ab und kreischte vergnügt und versuchte, mit seinen weit ausgestreckten Ärmchen die leuchtenden Federn der Tiere zu berühren.

Das starke junge Herz ahnte nicht, daß ein müdes altes Herz gerade das Leben aufgegeben hatte, das es pochen ließ.

Die Herausforderung

Der Jahrmarkt war fast zu Ende. Auf der Westseite des großen Platzes waren schon die Straßenkehrer an der Arbeit. Dort unten sah der Boden – nach dem schweren Regen, der fast den ganzen Vormittag niedergegangen war – wie ein überschwemmtes Heidemoor aus. Vor den dichten Besen der Straßenkehrer schwoll der Schlamm wie eine dicke braune Welle an. Ein scharfer Wind blies von Osten her, und für Mitte Mai war es sehr kalt. Die Straßenkehrer hatten sich den Kragen ihrer Mäntel bis zu den Ohren hochgeschlagen.

Auf der höher gelegenen Nordost-Ecke des Platzes waren ein paar Pferde noch nicht verkauft worden. Um jedes Pferd scharten sich einige Männer, und Pferdehändler gingen von Gruppe zu Gruppe. Eine lange Reihe roträdriger Wagen stand vor den Kneipen, aus denen in stets wechselnder Stärke das Grölen Betrunkener nach draußen drang. Auf den Wagen warteten Frauen angstvoll auf ihre Männer. Hier und da sah man einen Mann, hinten in seinem Wagen liegend und den Arm schlaff übers Gesicht gedeckt, wie er seinen Rausch ausschlief.

Auf dem Platz zwischen den Pferden und den wartenden Wagen stand eine große Menschenmenge gegenüber einem kleinen Giebelhaus, in dem die Schweine gewogen wurden. Die Leute hatten sich in einem weiten Halbkreis aufgestellt und beobachteten die Narrenpossen eines Kesselflicker-Paares. Die Frau des Kesselflickers saß auf einer Apfelsinenkiste und lehnte sich an die Hauswand. Mit der linken Hand hielt sie einen weißen Hund an der Leine fest, und mit der rechten schwang sie einen kurzen Stock und drohte den Leuten damit. Rechts von ihr standen vor der Giebelwand fünf Esel und ließen die aneinandergebundenen Köpfe hängen. Der Kesselflicker hatte sich weiter vorne mit weit gespreizten Beinen aufgepflanzt, stemmte die Fäuste in die Seite und forderte die Leute zum Kampf heraus. Mit heiserer Stimme kreischte er ihnen anmaßend zu.

»Falls ein kecker junger Mann da ist«, schrie er, »ein Prahlhans, der sich was einbildet – der soll nur zu mir kommen. Den will ich bald beruhigen. Dem reiß ich das Herz aus dem lebendigen Leibe!«

Der Kesselflicker war ein hübscher Mann, obwohl er schon in mittleren Jahren und vom Laster verwüstet war. Er hatte so wenig Bauch wie ein Greyhound. Vom Gürtel bis zu den Schultern wurde sein Oberkörper allmählich breiter. Wie bei einem Bullen waren es der obere Teil des Brustkorbes und der Nackenansatz, die am meisten Muskeln aufwiesen. Seine Kinnbacken waren schwer und viereckig. Die Nase war kurz und dick. Seine Haut und die ihm noch verbliebenen Haare waren dunkel. Die kleinen blauen Augen lagen tief im Schädel. Vom rechten Ohr fehlte ein Stückchen: Folge einer Rauferei! Er trug eine schwarze Jacke und graue Hosen; beide Kleidungsstücke waren zerlumpt. Die Jacke hatte keine Knöpfe mehr. Darunter trug er nur ein fadenscheiniges Baumwollhemd. Auch das Hemd war ein Fetzen. Vorn hing es über die Hose. Das krause schwarze Haar auf seiner Brust sah zwischen den blauen Baumwollfetzen hervor. Der Schirm seiner grauen Mütze saß ihm im Nacken.

»Was fehlt euch denn allen?« schrie er und stampfte erst mit dem einen Fuß auf und dann mit dem andern. »Hat denn keiner von euch Kurasche im Leib? Bekommt ihr's schon bei meinem bloßen Anblick mit der Angst?«

Die Leute beobachteten ihn mit vergnüglichem Interesse, als führe er zu ihrer Belustigung ein Stück auf. Keiner sprach.

»Los, ihr Feiglinge«, brüllte er und tat so, als wolle er schon seine Jacke auf den Boden werfen. »Einer von euch soll mal vortreten! Angetreten, damit ich euch von der Erdoberfläche wischen kann!«

Seine Frau sprang auf, schleuderte ihren warmen Schal von den Schultern, stampfte mit dem rechten Fuß auf und ließ den Stock um ihren Kopf kreisen.

»Ich könnt den ganzen Jahrmarkt verprügeln«, rief sie. »Für'n lausigen Schilling könnt ich jeden Mannskerl verprügeln, der hier anwesend ist!«

Sie war sehr groß und schlank. Einen Busen hatte sie kaum. Ihr mageres, knochiges Gesicht war ohne Farbe. Sie hatte große Augen, und sie waren so grün wie bei einer Katze. Ihr braunes Haar hing ihr unordentlich auf die Schultern nieder. Sie war viel jünger als ihr Mann. Ihr blauer Rock, die graue Bluse und der schwere Kaschmir-Schal, ein blaugoldener, waren allesamt neu. Sie waren auch ganz sauber. Nur ihre Schuhe waren schmutzig und zerrissen. Es waren keine Schnürsenkel drin, und die Laschen hingen heraus.

»Verschwende deinen Atem nicht an solche Flegel, Schätzchen«, sagte ihr Mann. »Du könntest sie sogar verprügeln, wenn dir die eine Hand auf den Rücken gebunden wird.«

Die Frau hob den Schal auf, legte ihn sich um die Schultern und setzte sich wieder auf die Apfelsinenkiste. Sie versetzte dem ihr zunächst stehenden Esel einen wilden Hieb mit dem Stock.

»Den ganzen verdammten Jahrmarkt könnt ich für einen lausigen Schilling verprügeln«, schrie sie, »und ohne mich anzustrengen.«

Der Kesselflicker schritt den inneren Ring des

Halbkreises ab und blickte den Leuten dabei unverschämt in die Augen. Jetzt hatte er die Fäuste geballt und hielt sie vor sich hin. Er sagte kein Wort, bis er auf seinen alten Platz vor der Giebelwand zurückgekehrt war. Dann stieß er einen wilden, gellenden Schrei aus.

»Von hier bis Ballyvaughan ist kein einziger Mann da«, brüllte er, »den ich durchprügeln kann! Jedem Lump von Castlegar könnt ich das Herz aus der Brust reißen. Ist vielleicht ein Halunke aus Connemara hier, der's wagt, sich zu stellen? Haben die Sandalen-Latscher von den Aran-Inseln für'n Penny Mut, oder sind sie wirklich nichts als feige Tord-Alken? Angetreten, ihr Lumpenhunde von Spiddle und Rosmuc! Ich bin der Mann, der euch alle zähmen kann!«

Dann drehte er sich plötzlich um und versetzte einem Esel mit seiner Faust einen furchtbaren Schlag in die Flanke.

»Ich bin der stärkste Mann in der ganzen Grafschaft Galway!« schrie er.

»Ich kann den ganzen verdammten Jahrmarkt durchprügeln«, schrie seine Frau.

Ein junger Mann mitten in der Menge erhob seine Stimme: »Macht mir Platz, Nachbarn!« sagte er.

Mit der Schulter zwängte er sich rechts und links hindurch, bis er im Halbkreis stand. Dann trat er dreist bis in die Mitte und stellte sich, der Giebelwand den Rücken zukehrend, mit gespreizten Beinen auf. Langsam verschränkte er die Arme auf der Brust. Er war nur ein schmächtiger Grünschnabel, aber sehr groß und hübsch. Sein Gesicht sah ziemlich weibisch aus. Die blauen Augen waren zu groß und hatten einen sanften, mädchenhaften Ausdruck. Er hatte volle, rosige Wangen. Ein dicker Wust schwarzen Kraushaars schaute zwischen der Stirn und dem Mützenschirm hervor. Er trug einen neuen Serge-

Anzug, einen gestrickten weißen Sweater und elegante englische Schuhe mit spitzer Kappe.

»Mir ist ganz so«, sagte er und legte den Kopf hochmütig und ein wenig seitlich in den Nacken, »als hätte ich gehört, wie ein Mann die Leute von Connemara beschimpft. Ich hörte das Wort ,Halunke' fallen. Zufällig bin ich selber ein Connemara-Mann, daher paßt es mir, hier stehenzubleiben und drauf zu warten, daß der Mann sein Schimpfwort wiederholt. Ich bin ein stiller und manierlicher Bursche. Ich fange niemals mit einem Mann Streit an. Aber ich laufe vor einem Zweikampf auch nicht auf und davon. So einer bin ich nun mal. Wo ich stehe, da steh ich!«

Die Frau des Kesselflickers sprang von ihrer Apfelsinenkiste auf und klatschte mit ihrem Stock auf den Boden.

»Für'n lausigen Schilling könnt ich den ganzen Jahrmarkt verprügeln!« schrie sie.

Der Kesselflicker machte einen tollen Luftsprung und schlug dabei mit den Absätzen gegen den Hintern. Er landete mit beiden Füßen gleichzeitig, dann schrie er gellend und riß sich die Jacke vom Leibe. Er packte den einen Ärmel und schleifte sie hinter sich über den Boden. Dann ging er langsam um den jungen Mann aus Connemara herum.

»Ich fordere jedermann heraus, auf meine Jacke zu treten«, rief er im Gehen. »Doppelt und dreifach fordere ich jeden heraus!«

Als er langsam die Runde um den jungen Mann gemacht hatte, kehrte er auf seinen alten Platz zurück und warf die Jacke hin.

»Da liegt sie für jedermann, der genug Kurasche hat, seinen Fuß draufzustellen«, schrie er.

Daraufhin zog der junge Mann langsam seine Jacke aus. Er faltete sie sorgfältig zusammen und legte sie auf eine saubere Stelle vor sich hin. Dann nahm er seine ursprüngliche Haltung ein und verschränkte wieder die Arme. Er blickte auf die Leute rundherum und hatte den Kopf hochmütig in den Nacken geworfen.

»Da liegt meine Jacke«, sagte er. »Wem's zu wohl ist in seiner Haut, der soll nur seinen Fuß draufstellen! Wenn jemand es wagt, seinen Fuß draufzustellen, dann kann er was Saftiges erleben. So einer bin ich nun mal. Nie fang ich als erster eine Rauferei an, aber ich führ sie stets zu Ende! Wo ich stehe, da steh ich!«

Die Frau des Kesselflickers lief mit zusammengebissenen Zähnen zur Jacke des jungen Mannes und stieß dabei knurrende Töne aus. Sie drohte der Jacke mit ihrem Stock. Dann bückte sie sich, knurrte wie ein wildes Tier und drohte jedem einzelnen Teil der Jacke mit dem Stock. Obwohl sie bis auf wenige Zoll herankam, gab sie gut acht, die Jacke nicht zu berühren. Zu guter Letzt spuckte sie viermal auf den Boden, rings um die Jacke des jungen Mannes. Dann kehrte sie zu ihrer Apfelsinenkiste zurück und schrie dabei unverschämt: »Da könnt ihr mal sehn, was ich von den Halunken aus Connemara halte!«

Der junge Mann zuckte verächtlich die Schultern und sagte zu den Leuten:

»Ein feiger Mann, wer seine Frau mit der Herausforderung vorschickt!«

Wieder vollführte der Kesselflicker einen tollen Luftsprung und schlug dabei mit den Absätzen gegen den Hintern. Dann raste er in allen Richtungen herum und versetzte der leeren Luft unzählige Boxhiebe, wobei er die Zähne zusammengebissen hatte und tief aus der Kehle wie ein Hund knurrte. Zuletzt lief er auf einen Esel zu und schlug das Tier ein paarmal in die Seite.

»Das ist für die Halunken von Connemara!« schrie

er, während er auf das arme Tier einschlug. »Ich fordere ganz Connemara heraus, von Leenane bis Rosmuc!«

Er lief zur Stelle vor, wo die Jacke des jungen Mannes lag, und sprang darüber hinweg, hin und zurück, als vollführe er einen Schwertertanz. Bei jedem Sprung spuckte er auf den Boden. Als er damit fertig war, schlug er die Fäuste hoch über seinem Kopf zusammen.

»Ich fordere ganz Connemara von Maam bis Clifden heraus!« kreischte er. »Ich fordere alle Halunken heraus, die jemals in Lettermullen, Letterfrack und Carraroe geworfen worden sind!«

Der junge Mann ging mit betonter Absichtlichkeit zur zerfetzten Jacke seines Gegners. Er sprang darüber weg, hin und zurück, und bei jedem Sprung spuckte er auf den Boden. Dann kehrte er auf seinen Platz zurück, hob die geballten Fäuste hoch über den Kopf und schlug sie gegeneinander.

»Ich fordere alle Kesselflicker von hier bis zur Grafschaft Wicklow heraus!« schrie er. »Auf der ganzen Welt gibt's keinen einzigen Kesselflicker, den ich nicht kreuzigen kann.«

Der Kesselflicker brüllte und begann sich sein Baumwollhemd in Fetzen vom Leibe zu reißen. Seine Frau stürzte auf ihn zu und hielt ihm die Arme fest.

»Steht mir bei, Nachbarn!« rief sie flehentlich und wie in Todesängsten. »Wenn wir ihn nicht festhalten, ermordet er den jungen Burschen!«

Mehrere Zuschauer kamen ihr zu Hilfe. Sie packten den Kesselflicker, der so tat, als wehre er sich wie wild gegen ihren Zugriff.

»Laßt mich an den Halunken ran!« brüllte der Kesselflicker und wehrte sich mit gespielter Wildheit gegen die andern. »Ich reiß ihm das Herz aus dem Leibe! Seinetwegen muß ich zum Mörder werden!«

Plötzlich überließ sich auch der junge Mann einem gespielten Wutausbruch. Er schrie so gellend, daß es alle in Erstaunen versetzte, und begann sich den weißen Sweater auszuziehen.

»Ich muß den Kesselflicker kreuzigen«, schrie er. »Ich schlag ihn zu einem Eierkuchen zusammen!«

Aus der Zuschauermenge löste sich eine Gruppe und trat vor, um den jungen Mann bei den Armen zu packen. Mit erst halb ausgezogenem Sweater mühte er sich ab, um freizukommen, und fuhr fort, seinen Gegner mit lauter Stimme zu beleidigen.

»Laßt mich an ihn ran, Nachbarn!« flehte er. »Gott zuliebe und zu Ehren – laßt mich an ihn ran! Noch eh die Sonne untergeht, muß ich das Blut des dreckigen Kerls trinken!«

Plötzlich entstand eine Unterbrechung. Stimmen waren zu hören, die für ein Pferd Durchlaß verlangten.

»Platz da!« riefen sie. »Macht Platz für das Pferd!«

Die Menge teilte sich und ließ ein gelbes Pony durch, das seine Gänge vorführen sollte. Ein sehr großer und knochiger Mann in schwarzem Friesrock, der ihm bis auf die Hacken niederhing, führte das Pony am Halfter. Verglichen mit dem riesengroßen Mann, der es führte, war das Pony so winzig klein, daß es in größter Geschwindigkeit traben mußte, um mit den gewaltigen Schritten des Mannes Schritt halten zu können. Der Mann schrie das winzige Tier ständig an und schlug ihm mit einem Eschenzweig über die Hanke, während er es vorführte.

»Los, du Satan«, schrie der Mann. »Los jetzt!«

Das trabende Pony und der lang ausschreitende Mann im Friesrock gingen mitten zwischen den Gegnern hindurch, die sich noch abmühten, die fünf Meter breite Lücke, die sie trennte, zu überbrücken. Das Pony und der Mann gelangten bis an die Giebelwand, dann kehrten sie um und gingen abermals zwischen den schreienden und sich herausfordernden Gegnern hindurch.

»Los, los, du Satan!« schrie der Friesrock das Pony an, ohne die Kampfhähne auch nur eines Blickes zu würdigen. »Mach doch los!«

Als der Mann und das Pony weg waren, verdoppelten die Gegner ihre geheuchelten, wütenden Anstrengungen, sich freizuschütteln. Die Gruppen, die jede ihren Mann bändigte, machten jetzt mit. Sie warfen den Gegenüberstehenden Beleidigungen an den Kopf. Von allen Seiten drängte die Zuschauermenge nach, so daß nicht mehr festzustellen war, wer in dem Schauspiel die Hauptakteure waren. Nun fingen auch die Hunde zu bellen an.

Plötzlich entstand wieder eine Unterbrechung, und zwar gerade in dem Augenblick, als es so aussah, als würde ein allgemeines Handgemenge beginnen.

»Die Polizei!« schrie einer. »Da kommen die Polizisten!«

Fast im Handumdrehen verstummte die ganze Menge, und vier Stadtpolizisten bahnten sich den Weg in den Mittelpunkt des Gedränges. Die Leute wichen rasch ein wenig zurück. Das Kesselflicker-Ehepaar und der junge Mann aus Connemara standen wieder allein in der Arena.

»Was ist hier los?« fragte der Wachtmeister.

Er überragte alle Anwesenden. Er hatte einen ungeheuren Leibesumfang. Trotz all des Fleisches, das seinen Körper überall zu beschweren schien, konnte doch kein Zweifel über seine Gewandtheit beim Kampf bestehen. Er hatte ein hartes Gesicht und wuchs wie ein Felsen aus dem Boden.

»Heiliger Gott!« rief die Frau des Kesselflickers. »'s ist der verdammichte Sergeant Heffernan!«

»Allerdings«, sagte der Sergeant und funkelte die

Frau an. »Und ich kann dir verraten, daß ich äußerst rauflustig aufgelegt bin!«

Der Sergeant streckte seine beiden Riesenpranken aus und fuhr fort: »Nichts würde Sergeant Heffernan im Augenblick lieber tun, als zwei Kesselflicker zu packen, in jeder Hand einen...«

Er tat so, als greife er sich die beiden Kesselflicker und zermahle sie zwischen den Händen.

»Ich mach Kleinholz aus euch beiden«, schrie er plötzlich gellend, »wenn ihr euch nicht sofort wegschert. Fort mit euch!«

Der Kesselflicker und seine Frau drehten sich um, ohne ein Wort zu sagen. Sie sammelten Hund und Esel ein.

»Und du ziehst auch ab, Söhnchen«, sagte der Sergeant zu dem jungen Mann aus Connemara. »Zeit für dich, daß du heimgehst zu Mutter.«

Der junge Mann aus Connemara hatte bereits seinen Sweater und seine Jacke angezogen. Mit über der Brust verschränkten Armen und in den Nacken geworfenem Kopf stand er hochmütig da.

»Wo ich steh, da steh ich«, sagte er dreist zum Sergeanten.

Der Sergeant packte ihn anscheinend ohne den geringsten Kraftaufwand beim Kragen und spazierte mit ihm zum nächsten Wagen. Er nahm ihn hoch, wie man ein Hündchen auf den Arm nimmt. Er warf ihn auf den Wagen hinauf.

»Scher dich fort«, sagte er, »eh ich die Geduld verliere!«

Der junge Bursche streckte sich im Wagen lang aus und sagte nichts.

»Geht jetzt weiter, allesamt!« sagte der Sergeant, als er wieder zu dem kleinen Haus kam, in dem die Schweine gewogen wurden. »Ich möcht mich über niemand ärgern. Hab keine gute Laune heut! Wenn mich jemand ärgert, dann weiß ich nicht, was passieren könnte!«

Als der Kesselflicker und seine Frau über die Westseite des Platzes zogen, blickten sie sich nach dem Sergeanten um. Der Mann ging vorneweg und führte die fünf Esel an einem einzigen Halfterband. Die Frau hatte den weißen Hund an der Leine und bildete die Nachhut. Als sie am andern Ende des Platzes anlangten, wo die Straßenfeger mit ihren mächtigen Besen tätig waren, wurden sie wieder mutig. Sie schrien den Menschen Beleidigungen zu.

»Ich könnt jeden Mann in der Grafschaft Galway kreuzigen!« kreischte der Kesselflicker. »Ich bin ein entsetzlicher Mensch. Ich weiß selber nicht, wie stark ich bin.«

Die Frau begann den Eseln mit ihrem Stock auf die Hinterbacken zu klopfen und schimpfte dabei auf die Leute.

»Ich könnt den ganzen Jahrmarkt verprügeln«, schrie sie, »ist ne Kleinigkeit für mich, und ich verlang bloß 'n lausigen Schilling dafür!«

Die Straßenkehrer hoben nicht einmal den Kopf, als die Kesselflicker an ihnen vorbeizogen. Mit ihren dichten Besen schoben sie den Schlamm wie eine braune Welle vor sich her.

Das Bad

Mr. Campbell erwachte mit rasenden Kopfschmerzen. Ohne die Augen richtig aufzumachen, stieg er aus dem Bett und tastete nach seinem Morgenrock. Zu seiner größten Überraschung schlug seine Hand gegen die kahle Wand, anstatt auf den Haken zu stoßen, an dem der Rock für gewöhnlich hing. Er fuhr zusammen, riß die Augen weit auf und blickte sich im Zimmer um. »Großer Gott!« rief er. «Hab ich's schon wieder getan? Wo bin ich nur?«

Die Anstrengung beim Öffnen der Lider, dazu der Schreck, daß er sich in einem wildfremden Zimmer befand, riefen in seinem Schädel die stechendsten Schmerzen hervor. Er ächzte und warf sich mit dem Gesicht nach unten aufs Bett.

»Jetzt mal nachgedacht!« ermahnte er sich. »Als ich aus dem Gericht kam, bin ich mit Doktor Reilly in den ‚Delphin' gegangen, und wir hatten mehrere Drinks. Das war ungefähr um sechs. Hab mich beeilt, denn Molly hat die McDevitts zum Abendessen erwartet. Allmächtiger! Ich habe wohl nicht mal angerufen – oder doch? Nicht im Delphin jedenfalls – aber wohin sind wir von dort gegangen? Jetzt ist's aus mit mir! Das verzeiht sie mir nie! Ausgerechnet, wenn die McDevitts da sind! Halt, jetzt hab ich's! Der Bursche von der Amerikanischen Gesandtschaft schloß sich uns an, als ich gerade aufbrechen wollte. Er fuhr nach Bray, zum Haus von Lady Sowieso, um sich einen jungen Schäferhund anzuschauen. Und Reilly und ich sind mit ihm hinausgefahren. Im Haus der alten Dame bekamen wir einen Drink, und der Amerikaner kaufte das Hündchen. Mit dem Hund sind wir wieder nach Dublin zurückgefahren, und dann... Mein Gott! Das war's! Der Golfklub! Der verdammte Golfklub bei Bray war schon wer weiß wie oft mein Unglück! Reilly hat drauf bestanden, daß wir hingehn, nur einen einzigen Drink. Ob ich von dort telephoniert hab? Oh, mein Kopf! Mein Kopf!«

Er richtete sich auf den Ellbogen in die Höhe, schlug die Augen wieder auf und hielt nach einer Klingel Ausschau. Es war keine zu erblicken, aber neben dem Bett baumelte eine altmodische Klingelschnur.

»Was ist das bloß für ne Räuberhöhle?« rief Mr. Campbell und starrte auf die Schnur. «Wohin bin ich nur geraten?«

Er zerrte ärgerlich an der Klingelschnur. Sofort ertönte in der Ferne ein teuflisches Geschepper. Dann hörte er die schrille Stimme einer Frau:

»Heh! Paddy, in Nummer siebenundzwanzig will einer was! Geh hin!«

»Geh selber hin!« antwortete eine Männerstimme. »Kannst wohl nicht sehn, daß ich zu tun hab?«

»Geh hin und laß das Gerede!« schrie die Frau.

Dann hörte Mr. Campbell, wie der Mann fluchte und wie etwas – vielleicht eine Blechschaufel – auf den harten Fußboden geschmettert wurde.

»Großer Gott!« rief Mr. Campbell, faßte sich an den Kopf und knirschte mit den Zähnen. »Ist ja entsetzlich! Wo bin ich bloß nach dem Golfklub hingegangen?«

Er hörte, wie sich schwere Schritte der Tür näherten, und zog sich die Bettdecke über den Leib. Es klopfte, und die Tür flog auf. Ein Mann erschien. Er lehnte sich gemütlich gegen den Türpfosten, nickte Mr. Campbell zu und sagte lächelnd:

»Guten Morgen, Sir. Haben Sie vielleicht eben geläutet?«

»Ja«, sagte Mr. Campbell. «Ich hab geläutet. Wieviel Uhr ist's? Wo bin ich? Wie bin ich hergekommen?«

Der Mann lachte herzhaft, klopfte sich auf den Schenkel und trat ins Zimmer.

»Weiß der Kuckuck – *der* Witz ist gut!» rief er. «Sie wissen also nicht mal, wo Sie sind! Ha! Potztausend, da müssen Sie ja gut geladen haben, als Sie gestern abend hier einliefen!«

Er lachte wieder, setzte sich auf den Bettrand, starrte Mr. Campbell an und fuhr etwas ernster fort: »Immer ruhig Blut, lieber Herr! Sie könnten in keinem besseren Hotel gelandet sein als hier bei Shorts.«

»Shorts Hotel?« rief Mr. Campbell. »Wo ist denn das?«

Der Mann glotzte Mr. Campbell betroffen an. Er schob sich den zerbeulten Hut aus der Stirn und kratzte sich mit seiner sehr schmutzigen Hand das schwarze Lockenhaar. Er hatte ein seltsames Gesicht. Es war bronzebraun und mit Falten übersät, obwohl es offensichtlich noch ganz jung war – bestimmt nicht älter als dreißig. Ein langer Strohhalm hing von seinen vorstehenden gelben Zähnen herunter. Er kaute am Strohhalm, während er sich das Haar kratzte. Seiner Kleidung nach zu urteilen mußte er ein Stallknecht sein, denn er trug ein Paar alte braune Kniestiefel, ein Paar gelbe Reithosen und ein am Halse offenes Khakihemd.

»In S. natürlich«, rief er erstaunt. »Wo denn sonst wohl? 's ist ja das berühmteste Hotel von ganz Irland. Hier haben ja sogar mal Königliche Hoheiten übernachtet! In der alten Zeit, heißt das. Wollen Sie mir etwa erzählen, Sir, daß Sie noch nie von Shorts Hotel gehört haben?«

»Der Teufel hol Ihr Hotel!« rief Mr. Campbell und hielt sich den Kopf. »Mein Gott! In S.! Hundert Meilen von Dublin! Heut nachmittag um drei muß ich im Gericht erscheinen. Wo sind die andern? Und wer sind Sie überhaupt, zum Kuckuck?«

»Ich bin der Hausbursche«, sagte der Mann. »Regen Sie sich bloß nicht auf! Was brauchen Sie noch andre zu suchen? Sie sind hier gestern abend ganz allein aufgekreuzt.«

»Ich?« sagte Mr. Campbell. »Nie und nimmer! Wieviel Uhr haben wir jetzt?«

»'s ist noch nicht so spät«, sagte Paddy. »Warum sehn Sie nicht selber auf Ihre Uhr, wo sie doch aufm Nachttisch liegt?«

»Ach, einerlei«, sagte Mr. Campbell. »Es hat gar keinen Zweck, sich jetzt wegen der Zeit Sorge zu machen. Machen Sie mir mein Bad bereit!«

Hier spuckte Paddy den Strohhalm aus und pfiff. »Ihr Bad?« rief er. »Sie wolln ein Bad? Tja, das ist denn ne besondere Sache, und ich erzähl Ihnen auch, warum. Das Bad ist noch nicht richtig ausgebessert.«

»Was? Kein Bad?« rief Mr. Campbell.

»Huh, immer sachte, Herr!« sagte Paddy. »Wir haben ein Bad, und zwar ein gutes, aber vorige Woche war ein Engländer hier, ein furchtbarer Schreihals von nem Mann. Reiste für ne Edelsteinfirma in Birmingham. Der Teufel soll ihn holen, von mir aus. Jedenfalls muß er vor lauter Jucken von irgend ner gräßlichen Krankheit ganz verrückt geworden sein, denn er hat von morgens bis abends immer im Badezimmer gesteckt, rein in die Wanne, raus aus der Wanne. Schließlich hat er was kaputtgemacht, und ich weiß nicht, ob's schon richtig ausgebessert ist. Er hat den Hahn rausgezogen, als er ans heiße Wasser wollte. Potztausend, den hätten Sie mal hören sollen, wie er geflucht hat! 's war ein schwerer, rundlicher Mann mit nem Stiernacken. Bruch hieß er. Ist das nu nich 'n verdammt komischer Name für'n Mann, der Ringe und Armbänder verkauft?«

Paddy platzte los und konnte kaum wieder aufhören zu lachen. Mr. Campbell ächzte und sagte:

»O Gott! Mir ist furchtbar zumute!«

»Das überlassen Sie nur mir!« sagte Paddy. »Das ist rasch kuriert! Da schlagen wir zwei Fliegen mit einer Klappe. Bei Ihrem Zustand brauchen Sie ein kaltes Bad, und der kalte Hahn ist prima in Ordnung! Ziehn Sie jetzt mal Ihren Regenmantel an und kommen Sie mit! Unterwegs kann ich was für Ihren Kopf machen, und dann nehmen Sie Ihr Bad und sind wie neugeboren!«

Er holte den Regenmantel hinter der Tür hervor und hielt ihn Mr. Campbell hin, der ihn zweifelnd betrachtete.

»Ich sollte mich lieber erst anziehen«, sagte Mr. Campbell. »Ich kann nicht im Hotel rumlaufen, mit nichts weiter bekleidet als meinem Hemd und dem Regenmantel.«

»Warum denn nicht?« sagte Paddy. »'s ist ein schöner warmer Sommertag. Unterwegs kommen wir an der Bar vorbei. Da schieben wir einen Halt ein, um Ihren Kopf in Ordnung zu bringen.«

»Was?« rief Mr. Campbell und deutete auf seine nackten Beine. »So soll ich in die Bar gehen?«

»Natürlich, 's ist ja kein Mensch da«, sagte Paddy. »'s ist sehr hübsch ruhig dort! Jetzt raus, Sir, und mutig in den Kampf!«

»Ja, mal muß ich ja wohl doch aufstehen!« seufzte Mr. Campbell.

Er schwenkte die Beine auf den Fußboden und stand aufrecht da. Er war groß und neigte etwas zur Fülle, war aber noch in der Blüte seiner Jahre. Sein braunes Haar lichtete sich auf dem Scheitel schon ein wenig, und unter den blassen blauen Augen hatte er schwere Säcke. Das Gesicht war ziemlich gedunsen. Das, und dazu der blonde Schnurrbart, verlieh ihm ein etwas mürrisches Aussehen, obwohl er von Natur äußerst freundlich war. Er steckte die Arme in die Ärmel seines Regenmantels und raffte den Mantel um sich. Dann blinzelte er auf seine nackten Schienbeine und Füße hinunter. Seine Beine waren besonders stark behaart, und der dichte braune Pelz erschien ihm widerlich.

»Wenn ich so herumlaufe, sehe ich wie ein verkleideter Affe aus«, rief er. »Wenn mich nun jemand sieht, den ich kenne?«

»Na, und wenn schon, Sir?« rief Paddy. »'s ist doch keine Sünde, wenn man so stramme Beine wie Sie aufzuweisen hat, Gott erhalte sie Ihnen! Hier entlang, Sir!«

Mr. Campbell zuckte die Achseln, nahm die Uhr vom Nachttisch und sah das Zifferblatt an. Es war kurz nach elf.

»Könnt ich vielleicht mit Dublin telephonieren?« fragte er, während er Paddy durch den Korridor folgte. »Meine Frau...«

»Nur nicht aufregen, Sir«, unterbrach ihn Paddy. »Nur nicht zuviel auf einmal erledigen wollen. Erst nehmen Sie mal Ihr Bad, und dann können Sie telephonieren. Wenn ich Sie behandelt hab, ist's Ihnen so wohl wie einem Kampfhahn. Sie sind wohl Rechtsanwalt, was? Gestern nacht haben Sie der Jury eine großartige Rede gehalten, und dabei wollt ich Sie zu Bett bringen. Hatte richtig Mühe, Ihnen die Hose auszuziehen.«

Nachdem sie einen schmalen, schäbigen Korridor entlang gegangen waren, kamen sie in einen Flur, an dessen Rückseite die Bar lag. Hinter der Theke stand ein dunkelhaariges Mädchen und hatte die Ellbogen aufgestützt. Mr. Campbell zuckte zusammen, als er sie sah, und versuchte den Regenmantel noch weiter über die Schienbeine zu ziehen, aber das Mädchen war in eine Zeitschrift vertieft und sah überhaupt nicht auf.

Im Flur war sonst niemand, auch nicht im Durchgang, der am Empfangsbüro vorbei zur Hoteltür und zur Straße führte. Das ganze Hotel sah sehr schäbig und heruntergekommen aus. Der Hausbursche führte Mr. Campbell durch den Flur in einen andern Korridor.

»Zuerst wolln wir uns mal ums Bad kümmern«, sagte er, »eh ich mich mit Ihrem Kopf befasse. Vielleicht scheuert sie's gerade. Gestern abend hat der Klempner die Röhren in Ordnung gebracht. Hat das Badezimmer in einer Sauordnung hinterlassen.«

Die Badewanne befand sich in einem kleinen Zimmer linkerhand etwa in der Mitte des zweiten Korridors. Eine alte Frau lag auf den Knien und scheuerte den Fußboden.

»Was wollt ihr?« rief sie ärgerlich, hob den Kopf und schob sich mit dem nackten Arm das graue Haar aus der Stirn.

»Der Herr hier möchte ein Bad«, sagte Paddy. »Könnten Sie mir gefälligst Platz machen, damit ich nachsehe, ob der Hahn funktioniert?«

»Was soll'n das heißen, um diese Tagesstunde einen hier zu stören?« schalt die Alte. »Warum hat's der Herr überhaupt so eilig? Zieht bloß ab, und laßt mich hier meine Arbeit machen.«

Sie bückte sich wieder und scheuerte weiter. Paddy zuckte die Achseln, winkte Mr. Campbell und begab sich auf den Rückweg zum Flur.

»Da können wir nichts machen, Herr, bis die Alte fertig ist mit ihrem Scheuern«, sagte er. »Inzwischen wolln wir was für Ihren Kopf tun. Kommen Sie nur!«

Als sie sich der Bartheke näherten, hob das Mädchen die Augen von ihrer Zeitschrift, sah Mr. Campbells nackte, behaarte Beine, schrie erschrocken auf und rief: »Gott bewahre mich! Er wird doch kein Schlafwandler sein?«

»Er will ein Bad nehmen«, erklärte Paddy, »aber zuerst möcht er einen Drink. Er hat Kopfweh.«

»Ach so«, sagte das Mädchen. »Will der Herr vielleicht ne schöne kühle Flasche Bass?*«

»Ich möchte mit Dublin telephonieren«, sagte Mr. Campbell.

»Denken Sie ans Telephonieren, nachdem Sie Ihr Bad genommen haben«, sagte Paddy. »Sie können doch nicht mit einer Dame telephonieren, wenn Sie gewissermaßen so nackt sind wie am Tag, als Sie auf die Welt kamen. Immer sachte, Mann!«

»Also gut«, sagte Mr. Campbell. »Wenn die junge Dame nichts gegen mein Kostüm einzuwenden hat...«

»Das schadet doch nichts, Sir«, sagte die Bardame. »Was ist Ihnen gefällig?«

»Gib ihm ne Flasche Bass«, sagte Paddy, »und mir gib 'n Glas Guinness. Ich kann Ihnen ebensogut Gesellschaft leisten, Sir, solange die Alte den Dreck aus dem Bad scheuert. Janey, weißt du noch den Mr. Bruch, wie der uns geplagt hat? Haben Sie schon mal einen Mann gekannt, der so hieß, Sir?«

»Was?« sagte Mr. Campbell. »Wovon sprechen Sie eigentlich?«

»Von dem Bruch. 's war ein Engländer, aus Birmingham. Und jetzt, Sir, getrunken, und sehr zu Ihrem Wohl!«

Die Bardame hatte ihre Getränke auf die Theke gestellt. Campbell zwang sich, sein Glas leerzutrinken, der Hausbursche aber leerte das seine auf einen einzigen Zug und anscheinend ohne die geringste Mühe, als ob's nur ein Teelöffel voll wäre.

»Muß ich Ihnen den weisen Rat nochmal geben,

* Bier

Sir?« fragte er, sowie er sein Glas hingestellt hatte. Er sprach vertraulich flüsternd und tuschelte Mr. Campbell ins Ohr. »Dem ersten Glas ist's immer ungemütlich, bis das zweite kommt und es warmhält. Also gut, Sir. Das gleiche, Miss Tierney.«

Ich sollte wirklich sofort telephonieren, dachte Mr. Campbell. Es ist schlimm, wie ich Molly behandle. Weiß Gott! Ich benehme mich wie ein Schuft, und jetzt treib ich's wirklich zu schlimm. Nicht zum Abendessen erschienen, als die McDevitts eingeladen waren, nicht telephoniert, die ganze Nacht fort, heut um drei im Gericht fällig, aber hundert Meilen weit von Dublin, und gewissermaßen nackend in einer öffentlichen Bar. 's ist der Gipfel!

»Schicken Sie das da dem ersten nach, Sir«, sagte Paddy und schob Mr. Campbell ein zweites Glas zu. »Und dann wolln wir mal sehn, ob Sie sich nicht wie ein Kampfhahn fühlen. Schütten Sie's runter, Sir, und sehr zu Ihrem Wohl!«

Mr. Campbell schaffte das zweite Glas in zwei Zügen. Er fühlte sich sehr viel besser. Er lächelte und schöpfte tief Atem.

»Hab ich recht oder hab ich unrecht, Sir?« fragte Paddy. »Was macht der Kopf?«

»Sie hatten recht«, sagte Mr. Campbell. »Ich fühl mich beinah wieder normal, danke!«

In diesem Augenblick steckte die alte Frau, die den Fußboden gescheuert hatte, den Kopf um die Ecke des Korridors und sagte:

»Der Herr kann jetzt ins Badezimmer. Ich hab's gründlich gescheuert.«

»Gut«, sagte Paddy. »Einen kleinen Moment, Sir.«

Rasch leerte er sein Glas und fuhr dann fort:

»Bleiben Sie solange hier, und ich geh und mach das Bad für Sie zurecht. Vielleicht nehmen Sie inzwischen noch ein Glas, damit Sie was zu tun haben. Ein Bass und ein Guinness, Miss Janey.«

Er ging zum Badezimmer. Mr. Campbell zündete sich eine Zigarette an, während die Bardame die dritte Runde hinstellte. Mr. Campbell konnte sich jetzt ziemlich genau an die Ereignisse des gestrigen Abends erinnern, nachdem sie im Golf-Klub in Bray angekommen waren.

Im Klub haben wir Buck Flanagan getroffen, dachte er. Und er hat sich uns angeschlossen. Beim ersten Drink. Der Bursche ist heimtückischer als das schlimmste Gift. ‚Was schadet's denn? Eines Tages müssen wir alle sterben!' Das ist immer und ewig seine Entschuldigung, wenn er jemand verführen will. Er war's ja auch, der uns überredet hat, in der Kneipe an der Wicklower Landstraße einzukehren. Ist der Amerikaner mitgekommen? Nein. Der ist mit seinem kleinen Schäferhund nach Dublin zurückgefahren. Gescheiter Mensch! Mein Gott, ich hoffe bloß, daß ich in der Kneipe keinen Blödsinn gemacht habe? Das wär der Gipfel. Aber ich glaub's nicht. Von dort sind wir zu einer Tanzerei nach Rosslare gefahren. Kann mich an die Tanzerei erinnern, und auch, daß ich Rum getrunken habe. Komisch, mitten in der Nacht Rum zu trinken! Wie? Ganz verrückt, muß ich schon sagen. Nachdem ich den Rum getrunken hatte, war's aus mit mir. Wenn's aus ist mit mir, fang ich immer an herumzustrolchen – und das, mein lieber Junge, ist der Anfang vom Ende. Ein untrügliches Zeichen dafür, daß eine bestimmte Krankheit, die mit dem vierten Buchstaben vom Alphabet beginnt, sich ankündigt.

Plötzlich riß ihn ein Ruf aus seinen Grübeleien. Er fuhr zusammen, sah sich um und erblickte Paddy, der ihm vom Korridor zuwinkte. Paddys Gesicht bestand aus lauter Lachfalten.

»Um Gottes willen, kommen Sie bloß her und sehn Sie sich an, was aus dem Hahn läuft!« schrie er. »Sowas hab ich in meinem ganzen Leben noch nicht gesehn!«

»Was ist denn los?« fragte Mr. Campbell.

»Kommen Sie her, Sir, und sehn Sie sich's an«, rief Paddy.

Trotz seiner ziemlich düsteren Grübeleien begann Mr. Campbell unerklärlich zufrieden mit sich selbst zu sein. Als er über den Flur ging, sagte er sich: »Dieser Paddy ist wirklich ne witzige Nummer. Es müßte Spaß machen, ein oder zwei Tage hier in seiner Gesellschaft zu verbringen!«

Er folgte Paddy ins Badezimmer. Früher war es mal ein Schlafzimmer gewesen, und dann war die Wanne, ein billiges Ding aus emailliertem Blech, auf Holzbalken in die eine Ecke gestellt worden. Das Wasser kam aus einem rostigen Eisentank an der Decke, und die vom Tank nach unten führenden Röhren waren auch verrostet. Die Emaille auf dem Grund der Wanne hatte sich schon vollständig abgenutzt, so daß sie wie ein kleiner schwarzer See wirkte, der von glatten weißen Steilklippen eingeschlossen war. In diesen schwarzen See ergoß sich jetzt aus dem Kaltwasserhahn ein dünner Strahl schwarzen Wassers. Es floß nicht regelmäßig oder kräftig. Zuerst rumorte es im Rohr, wie wenn ein Mann sich räuspert, dann bildete sich am Ausfluß des Hahns eine große Blase, die schließlich platzte, und ein dicker schwarzer Klumpen fiel heraus, dem ein schwarzes Bächlein nachfolgte, das beim Abfließen im Halbkreis am Rande des Hahns hing.

»Haben Sie sowas schon mal gesehn?« sagte Paddy.

Mr. Campbell lachte und fragte: »Warum ist das Wasser schwarz?«

»Das weiß Gott allein«, erklärte Paddy. »Vielleicht kommt's von der Brauerei. Oder der Klempner hat das Rohr hier mit einem andern, unaussprechlichen verwechselt, als er das zerbrochene Rohr ausbesserte.«

»Sieht mir gerade nicht so aus, als könnt ich noch baden«, meinte Mr. Campbell.

»Oh, da machen Sie sich nur keine Sorgen«, erklärte Paddy. »Wir lassen's ein Weilchen laufen, dann klärt es sich. Die Natur muß ihren Lauf nehmen, wie man so schön sagt. 's ist ja nicht so eilig. Wir haben's doch gemütlich und nett? Und Sie müssen auch nicht befürchten, daß Sie meine Zeit in Anspruch nehmen, Sir: Sie sind nämlich sehr unterhaltsam, so ein gebildeter Herr wie Sie! Wir gehn jetzt wieder in die Bar, und das schwarze Wasser soll sich setzen.«

Mr. Campbell erhob keinen Einwand. Anstatt wegen der Verzögerung und des unsauberen Wassers ungehalten zu sein, amüsierte er sich königlich. Er merkte überhaupt nicht mehr, daß er sozusagen nackt war. Und Paddy war mindestens ebenso lustig wie der heimtückische Buck Flanagan. Lustige Unterhaltung fand Mr. Campbell einfach unwiderstehlich.

»Sagen Sie mal«, fragte er Paddy, als sie wieder in der Bar standen, »was haben Sie da von Fürstlichkeiten erzählt, die mal hier gewohnt hätten? Sie wollten mich wohl zum Narren halten?«

»Das wollt ich weiß Gott nicht«, beteuerte Paddy. »Hier hat mal ein Herzog übernachtet, eine Königliche Hoheit. Allerdings ist es schon eine Ewigkeit her. Damals stand er sich nicht gut mit seiner Mutter, und darum ist er im Land herumgezogen und herumgestrolcht wie kein zweiter! Er hat seinen Namen in ein Buch eingetragen, aber der vorige Besitzer von dem Hotel hier hat das Buch an einen Amerikaner verkauft, der in der Welt herumreist und Namen kauft, die manche Leute in Bücher reingeschrieben haben. Trinken Sie aus, und sehr zum Wohl!«

Mr. Campbell nahm einen Zug aus seinem dritten Glas. Dann lachte er. Allmählich begann er sich wieder angenehm berauscht zu fühlen.

»Hat die Königliche Hoheit auch die Badewanne benutzt?« fragte er.

»Nein, bewahre!« rief Paddy. »Das Bad haben wir erst seit ein paar Jahren, und es macht mehr Ärger, als die Sache wert ist. Abgesehen hin und wieder mal von einem Herrn wie Ihnen, wird die Wanne kaum je benutzt. Was nützt ein Bad überhaupt? Wolln Sie mir das mal erklären? Mir scheint's, daß die Leute sehr gut auch ohne Bad auskommen können. Aber nehmen Sie mal das Innere von einem Menschen, das ist denn eine besondere Sache! Das Innere von einem Menschen sollte jeden Tag tüchtig gespült und gescheuert werden, entweder mit gutem Bier oder mit Whisky – aber die Außenseite, die soll man in Ruhe lassen. Gibt's etwa nicht genug Regen in unserm Land, der uns tagtäglich plagt, ohne daß wir uns deshalb wie verrückte Selbstmörder in einen großen Wassertank stürzen müssen? Meiner Meinung nach ist ein Mann, der in der Badewanne liegt, ein hilfloses Stück Menschheit, Sir.«

Beide leerten ihr Glas. Mr. Campbell war jetzt ausgesprochen bezecht.

»An dem, was Sie da sagen, ist sehr viel Wahres dran, Paddy«, sagte er, »aber ich bestehe trotzdem auf meinem Bad, und wenn ich so schwarz wie ein Mohr werde. Nur noch eine Runde, und dann werden wir das Problem lösen, wie man das Wasser reinigen könnte. Wie hieß doch gleich der Engländer, sagten Sie?«

»Nochmal dasselbe, Miss Tierney«, rief Paddy. »Er hieß Bruch, der Engländer aus Birmingham.«

»Bruch!« wiederholte Mr. Campbell. »Was für ein komischer Name, wie?«

Beide begannen wiehernd zu lachen. Mr. Campbell, der sonst in seiner Haltung einfachen Leuten gegenüber sehr auf Abstand achtete, schlug Paddy auf den Rücken. Das Lachen machte sie durstig. Die vierte Runde verschwand rasch und unter ausgelassenen Lachsalven und häufigen Wiederholungen des idiotischen Namens, den sich der Engländer aus Birmingham beigelegt hatte. Sie bestellten noch eine Runde. Auch die kippten sie hinunter. Mr. Campbell änderte plötzlich sein Verhalten dem Hausburschen gegenüber. Er wurde hochmütig, was ihm stets passierte, wenn er restlos betrunken war.

»Los jetzt«, schnauzte er Paddy an. »Kümmern Sie sich um mein Bad. Schauen Sie nach, ob das Wasser klar ist. Ich kann nicht den ganzen Tag hierbleiben, verdammtnochmal. Ich muß sofort telephonieren. Haben Sie begriffen, daß ich heut nachmittag um drei im Gerichtssaal erscheinen muß?«

»Jawohl, Sir«, erwiderte Paddy und wunderte sich über den plötzlichen Wechsel in Mr. Campbells Benehmen. Er faßte unterwürfig an den Hut. »Yes, Sir. Ich gehe sofort!«

Er nahm verstohlen noch einen Schluck von seinem neuen Glas und wollte sich dann auf Zehenspitzen ins Badezimmer begeben. Doch auf halbem Weg blieb er stehen, drehte sich um und flüsterte mit hinterlistig sanfter Stimme:

»Wenn ich an Ihrer Stelle wär, würd ich mir keine Sorgen machen wegen des Gerichts, Sir! Ein so genialer Herr wie Sie kann ganze Wagenladungen voll Leute zu verteidigen haben, und jeder wär bereit, Ihnen haufenweise Gold zu zahlen für die Rednergabe, von der ich letzte Nacht eine Kostprobe bekommen habe.«

Er ging weiter, hob die Hände vors Gesicht und fuhr mit lauterer Stimme im Tone höchster Bewunderung fort:

»Himmel nochmal, der große Staatsmann Daniel O'Connell hätt ihm nicht das Wasser reichen können!«

Die Bardame blickte von ihrer Zeitschrift auf, lachte verächtlich über den Hausburschen und ging dann ans andere Ende der Bar, um zwei Herren zu bedienen, die gerade von der Straße hereingekommen waren. Mr. Campbell fiel es auf, daß sie sich entfernte: er folgte ihr mit den Blicken und bemerkte die beiden neuen Gäste. Sie lächelten, flüsterten zusammen und starrten heimlich auf seine nackten Schienbeine. Er hörte, wie einer etwas von der Französischen Riviera murmelte. Anstatt sich zu schämen, weil er öffentlich Ärgernis erregte, wurde er nur noch anmaßender.

»Ordinäre Burschen«, murrte er, nachdem er einen Schluck genommen hatte. »Es wimmelt nur so von vulgären Kerlen. Pah – die Demokratie! Die Menschheit wird eine große Hammelherde von lauter Mr. Bruchs!«

Paddy kam wieder und sagte, das Badewasser liefe jetzt ganz nett.

»Die Farbe ist schon beinah braun, Sir«, sagte er. »Wer nicht heikel ist, der merkt's überhaupt nicht. Aber ein feiner Herr wie Sie hat natürlich recht, wenn er heikel ist!«

»Paddy«, sagte Mr. Campbell und hob die Stimme, um von den Männern am andern Ende der Theke gehört zu werden, »du bist ein gewissenloser Gauner, aber du gefällst mir!«

»Danke, Sir!« sagte Paddy und lächelte freundlich. »Ich hab meine guten Seiten, wie man so sagt.«

»Trink, du Schurke!« sagte Mr. Campbell noch lauter und noch hochfahrender. »Hier! Ich trink auf dein Wohl! Prosit!«

Sie stießen miteinander an und leerten die Gläser. Dann hämmerte Mr. Campbell auf die Theke und bestellte eine neue Runde.

»So ist's richtig, Sir«, meinte Paddy. »Man muß dem Durst gar nicht erst Gelegenheit geben, Fuß zu fassen.«

»Zivilisation«, fuhr Mr. Campbell in der gleichen lauten Stimme fort, »ist im großen und ganzen gesehen die Kunst, mit Grazie unaufrichtig zu sein. Deine Schmeichelei zum Beispiel täuscht mich nicht im geringsten, aber ich lasse sie mir gern gefallen, weil du sie nett anzubringen verstehst. Das ist etwas, was gewöhnliche Menschen nicht begreifen können.«

Hierbei blickte er hochmütig auf die Leute am Ende der Theke. Dann wandte er sich wieder Paddy zu und fuhr fort:

»Für sie bedeutet ein erfolgreiches Leben: schlau sein wie frühreife Straßenbengel und sich in einer Herde zusammenscharen und über die Verrücktheiten von Menschen zu höhnen, die ihnen überlegen sind. Mein guter Junge, du mußt begreifen, daß sich nichts so schwierig erlernt, wie ein verrücktes Benehmen, das jedoch nicht gewöhnlich ist.«

»Und wie ich's begreife, Sir!« sagte Paddy. »Sehr zum Wohl!«

Sie tranken noch eine Runde. Paddy wurde allmählich auch etwas angeheitert. Inzwischen waren noch drei Männer in die Bar gekommen. Am andern Ende der Theke stand nun eine kleine Gruppe beisammen, die Mr. Campbell voller Vergnügen beobachtete. Paddy fand, es sei an der Zeit, die Zecherei zu beenden. Mr. Campbell konnte jeden Augenblick streitsüchtig werden. Es könnte zu einem Wortgefecht kommen, vielleicht gar zu einer Rauferei – und in dem Falle würde Paddys Stellung im Hotel Schaden nehmen.

»Vielleicht gehn wir jetzt beide nach hinten«, tuschelte er Mr. Campbell ins Ohr, »und lassen das Bad einlaufen? Mittlerweile muß sich das Wasser geklärt haben!«

Mr. Campbell trat einen Schritt zurück, schwankte ein wenig und packte Paddy derb bei der Schulter.

»Hör mal zu, junger Mann!« rief er. »Nimm dir gefälligst nichts heraus. Sieh nach dem Bad und komm wieder her und erstatte mir Bericht! Achte drauf, daß das Wasser die richtige Farbe hat! Los jetzt, hurtig!«

»Jawohl, Sir«, sagte Paddy und verbeugte sich unterwürfig.

»Einen Augenblick«, sagte Mr. Campbell, als Paddy schon gehen wollte. »Zuerst mußt du dein Glas leeren. Ex!«

Paddy leerte sein Glas und grinste dümmlich. Dann ging er zum Badezimmer, und seine Bewegungen waren reichlich unsicher und ungefestigt. Mr. Campbell schrie laut nach einer weiteren Runde. Die Bardame schien zu überlegen, ob es ratsam wäre, ihm noch mehr zu trinken vorzusetzen. Er wiederholte die Bestellung.

»Ja, Sir«, sagte sie. »Hab Sie schon beim ersten Mal gehört!«

»Unverschämte Gans«, murrte Mr. Campbell.

Er stützte jetzt die Ellbogen auf die Theke, ließ den Kopf hängen und verfiel in eine angenehm melancholische Selbstbemitleidung. Er sagte sich, daß es mit ihm bergab ginge, daß sein Benehmen während der letzten Monate öffentlich Ärgernis errege, daß bald ein Ende mit Schrecken käme, wenn er so weitermache, und daß seine Frau, die er von Herzen liebte, furchtbar unglücklich über seine Haltlosigkeit sei.

Nachdem er sich ein paar Minuten lang in so düsteren Gedanken ergangen hatte, raffte er sich auf und fiel trotzig in seine anmaßende Stimmung zurück.

»Unser ganzes heutiges Leben«, rief er laut und wandte sich dabei an die Flaschen hinter der Bar, »ist nichts als eintönige Langeweile. Was die Leute als Pflicht und anständigen Lebenswandel bezeichnen, ist nur eine widerliche Form von Spießer-Heuchelei und Kasernenhof-Disziplin der Mittelmäßigen. Die ganze Horde der Straßenlümmel, die unfähig sind, auf eigenen Füßen zu stehen und ihre individuelle Begabung zu pflegen, scharen sich zusammen, um die intelligenteren und stärkeren Individuen ihrer Lebensfreude zu berauben. Stolz! Der fehlt ihnen – der herrliche Stolz, dank dessen Luzifer den Himmel verachten konnte. Herrgott! Ich möchte am liebsten ...«

Er war im Begriff, sich mit Beleidigungen an die kleine Gruppe zu wenden, als er vom Hotel-Eingang her jemand rufen hörte. Er drehte sich um und sah Buck Flanagan eiligst eintreten, hinter ihm Doktor Reilly.

»Da ist er, Jack!« rief Flanagan. »Endlich haben wir ihn aufgestöbert! Was fällt dir denn ein, uns fortzulaufen? Wir hatten es wirklich verdammt schwer, dich zu suchen. Wie bist du bloß hierhergekommen?«

Flanagan schien es durchaus natürlich zu finden, daß Mr. Campbell in einer öffentlichen Bar stand und sozusagen nackend und vollkommen betrunken war. Flanagan war früher internationaler Rugby-Spieler gewesen und noch immer ein fabelhaft starker, hochgewachsener und gut gebauter Mann mit einem hübschen, freundlichen Gesicht. Seine blauen Augen schienen unaufhörlich zu lachen. Unbekümmert wie ein großer, gutmütiger Hund klopfte er Mr. Campbell auf den Rücken und wanderte dann in der Bar umher, als müsse er das neue Lokal beschnuppern und untersuchen. Er öffnete die Weste, während er umherstelzte, zog seine Hosenträger fest und knöpfte die Weste wieder zu. Und dann stellte er sich vor einen Spiegel, um seine Krawatte in Ordnung zu bringen, wobei er der Bardame zublinzelte, die ihm ganz dreist schöne Augen machte.

Doktor Reilly dagegen war über Mr. Campbells Zustand völlig verzweifelt. Er starrte Mr. Campbell mit Tränen in den Augen und mit zitternden Lippen an und schlug die Hände vors Gesicht. Er war ein Fäßchen von einem Mann und hatte hinterhältige graue Augen. Er war aus Cork gekommen, um in Dublin einen Prozeß zu führen. Es handelte sich um das Testament seines Onkels, das von seiner Tante angefochten wurde. Am Nachmittag um drei kam der Fall vor Gericht zur Verhandlung. Mr. Campbell vertrat seine Sache vor Gericht. Deshalb war er jetzt so verzweifelt.

»Was wollt ihr haben, Kinder?« fragte Mr. Campbell. »Einen Drink?«

»Mein Gott, Alex, weißt du denn nicht, daß es halb eins ist?« rief Doktor Reilly. »Um drei Uhr kommt mein Prozeß an die Reihe. Um Gottes willen, Junge, warum bist du bloß von der Tanzerei fortgerannt? Ich hatte mir geschworen, dich nicht aus den Augen zu lassen – und so muß ich dich wiederfinden! Es ist nicht recht, Alex! Es ist wirklich nicht recht! Es hängt sehr viel von dem Urteil ab. Oh, furchtbar viel! Bitte zieh dich an und komm mit! Wenn wir Glück haben, können wir's vielleicht noch schaffen. Bitte zieh dich an und mach rasch!«

»Ich komme, sowie ich gebadet habe«, sagte Mr. Campbell. »Wenn du dir soviel Sorgen um deinen blöden Prozeß machst, warum bist du dann nicht eher gekommen, du dummer Esel? Aber nur keine Hast! Nicht wahr, Buck? Du sagst auch immer ...«

»In diesem Falle«, sagte Flanagan mit seiner schleppenden, sympathisch tiefen Stimme und kam lächelnd näher, »wäre ein wenig Eile wohl doch geboten. Ich muß in die Stadt zurück. Um halb vier läuft eins meiner Pferde bei den Rennen. Ich möchte es gern laufen sehen. Welche Zimmernummer hast du?«

»Er hat Nummer siebenundzwanzig, Sir«, sagte die Bardame. »Den Korridor hinunter und die dritte Türe rechts. Soll ich Sie hinführen?«

»Jetzt nicht«, sagte Flanagan, blinzelte und winkte ihr mit dem Finger. »Ich find's schon.«

»Ich gehe nicht, bevor ich gebadet habe«, rief Mr. Campbell ihm nach. »Reilly, von mir aus kann dein Onkel mitsamt seinem Testament zur Hölle fahren. Wo ist der Hausbursche? Paddy, du Schurke, wie steht's mit dem Badewasser?«

»Hier bin ich, Sir«, sagte Paddy, trat vor und stupfte an seinen Hut. »Jetzt hab ich schon was beisammen. Eine gewisse Tiefe ist bereits da, und nur ein sehr kritischer Mensch könnte behaupten, daß es braun ist. Mr. Bruch ist oft in dunkleres Wasser gestiegen, kann ich Ihnen versichern.«

»Könnten Sie mir bitte Mr. Campbells Rechnung geben?« sagte Doktor Reilly zur Bardame.

Mr. Campbell begann krampfhaft zu lachen. Dann zeigte er mit dem Finger auf Paddy und sagte:

»Wolln uns mal den Mr. Bruch holen und uns mit ihm amüsieren! Komm mit, Paddy!«

»Wie wär's, wenn Sie zuerst baden, Sir?« fragte Paddy.

»Natürlich«, sagte Mr. Campbell, faßte Paddy vertraulich beim Arm und zog ihn auf die Seite. »Ich muß dir was sehr Wichtiges mitteilen.«

Er führte Paddy in eine Ecke und fing an, ihm mit großer Wichtigkeit ins Ohr zu tuscheln. Doktor Reilly bezahlte alle Getränke, die Mr. Campbell und der

Hausbursche konsumiert hatten. Dann ging er ins Büro, um die Zimmerrechnung zu begleichen. Aus dem Korridor tauchte Flanagan auf, der Mr. Campbells Sachen, zu einem Bündel zusammengerollt, unter dem Arm trug. Einer von den Männern am andern Ende der Theke trat auf ihn zu und fragte:

»Verzeihung, Mr. Flanagan, aber hat Ihre Stute wohl Aussichten im Rennen?«

»Gesagt hat sie's mir nicht«, antwortete Flanagan, »doch ich würde mich über nichts wundern, was die zustande bringt.«

Er lachte und ging auf die Straße hinaus, während die andern Männer der Gruppe den Fragenden auslachten. Flanagan warf Mr. Campbells Sachen auf den Rücksitz eines neuen, teuren Wagens, dessen Motor überhaupt nicht abgestellt war. Doktor Reilly winkte ihm aus dem Bürofenster zu, als er zurückkehrte.

»Eine entsetzliche Geschichte«, sagte Doktor Reilly. »Jetzt ist's halb eins, und bis Dublin sind's hundert Meilen, und er ist sternhagelvoll.«

Flanagan stieß sich den Hut auf den Hinterkopf, stützte den Ellbogen aufs Schalterfenster und packte Doktor Reilly bei der Schulter.

»Du kennst Alex nicht so gut wie ich«, sagte er mit seiner schleppenden Stimme. »Er kann einen Prozeß nur gewinnen, wenn er stockbetrunken ist. Denn ein Genie ist er zwar, aber er ist sonst zu scheu und freundlich. So ist er eben veranlagt, mußt du bedenken. Ich weiß ganz genau, wann er am besten in Form ist. Bis wir in Dublin sind, habe ich ihn zurechtgebogen. Überlaß ihn nur mir, Jack. Und wir kommen auch rechtzeitig zurück, weil ich bei den Rennen dabeisein will. Meine Kiste schafft achtzig Meilen die Stunde. Hör zu! Wir stopfen ihn in den Wagen, wie er geht und steht. Anziehen kann er sich im Wagen. Dann klapp ich das Verdeck zurück, und wir wollen ihm den Rausch etwas auslüften. Die nötige Medizin laß ich mir jetzt noch an der Bar zusammenbrauen und nehm sie mit. Ich hab ihn schon in schlimmerer Verfassung ins Gericht gehen sehn, und er hat Wunder verrichtet! Er ist einer der größten Anwälte aller Zeiten. Komm jetzt!«

Doktor Reilly nahm das Wechselgeld in Empfang, und sie gingen wieder in die Bar, wo die Bardame eine Mixtur in eine kleine Flasche goß und Flanagan überreichte. Flanagan ging auf Mr. Campbell zu, der auf Paddy einredete, als hielte er eine Verteidigungs-Ansprache. Flanagan schlang plötzlich die Arme um Mr. Campbell, hob ihn auf und lief mit ihm zur Tür. Mr. Campbell zappelte und schrie:

»Laß mich los, Buck! Ich gehe erst, wenn ich gebadet habe...«

»Alles zu seiner Zeit«, sagte Flanagan und schwankte mit seiner schweren Last zur Tür. »Komm, Jack! Mach mir die Wagentür auf!«

Mr. Campells nackte Beine baumelten hin und her. Er versuchte sich am Türpfosten anzuklammern, als sie auf die Straße gingen.

»Mein Bad!« brüllte er. »Ich will mein Bad nehmen!«

Die Männer an der Bar riefen Beifall und rannten an die Tür, um bei der Abfahrt zuzuschauen.

»Ist doch eine Schande«, sagte die Bardame mit strenger Miene zum Bürofräulein, das den Kopf aus dem Fenster steckte, »wie manche Leute sich aufführen und feine Herren sein wollen. Halb nackend in Anwesenheit von Damen an der Bar zu stehen!«

Paddy nahm den Hut ab, kratzte sich den Kopf und schlurfte zum Badezimmer.

»Da hab ich mir solche Mühe gegeben«, murrte er, »und dann wird doch nicht gebadet!«

Armut und Reichtum

Familie Derrane saß beim Frühstück, als eine Nachbarin namens Kate Higgins in ihre Küche gelaufen kam. Sie kauerte sich rechts neben der Tür auf den Fußboden, schlug die Schürze vors Gesicht und begann aus Leibeskräften ganz herzzerreißend zu jammern und zu heulen.

»Gott bewahre uns vor allem Übel!« rief Mrs. Derrane, stand auf und ging zu ihr hin. »Was ist denn passiert?«

Sie legte ihren Arm um die Schulter der jammernden Nachbarin und fuhr liebevoll fort: »Sagt doch, was passiert ist, damit wir Euern Kummer mit Euch teilen können!«

Colm Derrane, der den Mund noch voller Essen hatte, kam auch herbei, einen Becher Tee in der Hand, und die sechs Kinder hinter ihm drein. Sie standen alle im Halbkreis um Kate Higgins, die nicht aufhörte, über die Maßen zu wehklagen.

»Sprecht doch, in Gottes Namen!« sagte Colm, nachdem er hinuntergeschluckt hatte, woran er gerade kaute. »Sprecht doch, Frau, damit wir Euch helfen können!«

Es dauerte einige Zeit, ehe Kate von ihren Klagen abließ. Dann plötzlich nahm sie die Schürze vom Gesicht, und ihre wilden blauen Augen, die keinerlei Tränenspur aufwiesen, blitzten Colm funkelnd an. Es war eine knochige kleine Frau mit blassem Gesicht, in das der Kummer tiefe Falten gegraben hatte. Ihr Mann war vor einigen Monaten gestorben und hatte ihr eine große Kinderschar hinterlassen, die sie mit so gut wie nichts durchzubringen versuchte.

»Wollt Ihr ein Kalb kaufen?« fragte sie Colm mit zorniger Stimme.

»Ein Kalb?« wiederholte Colm überrascht. »Ich wußte nicht, daß Eure Kuh...«

»Vor einem Weilchen hat sie geworfen«, unterbrach ihn die Frau. »Dann ist sie gestorben! Gott steh uns bei! Sie hat sich aufs Gras gelegt und lang ausgestreckt und mit den Beinen gezuckt, und dann war's aus. Sie ist mausetot. Kein Lebensfünkchen ist noch in ihr. 's muß Gift gewesen sein, das sie mit ihren Zähnen aus der Erde gezerrt hat, als sie beim Kalben wie toll war.«

Die ganze Familie Derrane nahm die Neuigkeit stumm und mit offenem Mund entgegen. Es war ein Unglück, das jeden Haushalt im Dorf betraf. Jede Familie hatte nur eine einzige Kuh. Es war ein unumstößlicher Brauch, daß Familien, die Milch hatten, sie mit denen teilen mußten, die keine hatten. Daher war der Tod einer Kuh, einerlei, wem sie gehörte, ein Unglück, das alle betraf.

»Verdammtes Pech!« sagte Colm schließlich. »Verdammtes, elendes Pech! Das ist ein schrecklicher Schlag für Euch, und dabei habt Ihr erst vor kurzem Euern Mann verloren! Und sitzt nun da, das ganze Haus voller Kinder, und keine Kuh! Oh, verdammtes Pech!«

»Was nützt das Reden, Colm«, rief Kate Higgins wild. »Kauft mir das Kalb ab! Ich bitt Euch um Gottes Barmherzigkeit willen! Es muß rasch was zu saufen bekommen, sonst stirbt's mir vor Hunger. Sonst streckt sich's neben seiner Mutter ins Gras und stirbt mir, wenn's nicht saugen kann. Kauft mir's ab!«

Colm und seine Frau blickten einander sehr bestürzt an. Ihre Gesichter waren von Mitleid zerquält.

»Verdammtes Pech!« stieß Colm zwischen den Zähnen hervor.

In den Gesichtern der Kinder stand kein Mitleid. Nach ein paar Minuten, in denen sie vor Schreck den Mund aufgesperrt hatten, kehrten sie langsam an den Tisch zurück. Über die Schulter hinweg warfen sie Kate Higgins haßerfüllte Blicke zu. Denn jetzt haßten sie die Nachbarin, weil sie begriffen hatten, daß deren Unglück ihre eigene Versorgung mit Milch zu vermindern drohte.

»Ich bitt Euch um Gottes Barmherzigkeit willen«, fuhr Kate Higgins mit einer Stimme fort, die ganz rasend klang. »Mit dem Geld kann ich mir eine neue Kuh kaufen. Ich muß für meine Kinder eine Kuh haben. Der Doktor hat gesagt, sie müssen viel Milch bekommen, vor allem die beiden Kleinsten. Sie sind schwach, die armen Schätzchen. Eure Kuh hat ein schönes Euter, die Gute, und hat erst vor ein paar Tagen gekalbt. Sie wird's gar nicht spüren, wenn außer ihrem eigenen Bürschchen noch mein Kleiner an ihren Zitzen hängt. Die wird auch mit allen beiden fertig, die Gute! Ganz bestimmt, und obendrein noch viel Milch für Euch alle! Gott sei Lob und Dank – noch nie hab ich so ein schönes großes Euter gesehn!«

Colm wollte ihr schon antworten, als seine Frau ihn unterbrach.

»Ihr wißt doch, wie's bei uns steht«, sagte Mrs. Derrane. »Wir geben bereits an drei Familien Milch ab. Deren Kühe kalben erst in drei Wochen, wenn nicht später. Und Euch müssen wir auch noch helfen, weil Eure Kuh tot ist. Wie könnten wir da wohl noch ein zweites Kalb aufziehn? Das wäre ja gegen Gottes- und Menschen-Gebot. Wir können doch nicht die Nachbarn ohne Milch lassen, um dem Kalb den Bauch zu füllen!«

Kate Higgins sprang auf die Füße und stemmte die geballten Fäuste auf die knochigen Hüften.

»Das Kalb wird mir sterben, wenn Ihr's nicht

kauft«, schrie sie wütend. »Keiner sonst kann's nehmen als Ihr allein. Ihr seid die einzigen, bei denen ne Kuh gekalbt hat. Mit dem Geld könnt ich mir wieder eine Kuh kaufen. Ich muß eine Kuh für die Kinder haben. Der Doktor hat gesagt...«

»Hört jetzt auf, Frau!« warf Colm ein. »Ich will Euer Kalb für ein paar Tage an unsre Kuh lassen. Unterdessen findet Ihr vielleicht in einem andern Dorf jemand, der's Euch abkauft.«

Kate Higgins beruhigte sich sofort, als sie sein Anerbieten hörte. Die Tränen schossen ihr in die wilden blauen Augen.

»Gott schenke Euch Gesundheit, Colm«, sagte sie sanft. »Ich hatte Angst, es könnt mir vor Hunger sterben, eh's zu trinken bekommt. Dann wär's aus und vorbei mit mir. Wenn es mir auch noch gestorben wär, dann hätt ich überhaupt nichts mehr gehabt. Wenn man ein bißchen was hat, ist's leichter, sich noch mehr zu borgen, als wenn man rein gar nichts hat. Gott segne Euch beide!«

Colm ging mit ihr zur Weide, wo die tote Kuh schon gehäutet wurde. Er trug das rote Bullkälbchen auf den Armen zur Koppel, auf der seine eigene Kuh graste. Nach einigem Zureden ließ sie den Fremdling an ihr Euter.

»Er ist prächtig, das ist er, weiß Gott!« sagte Colm und blickte voller Bewunderung auf das dunkelweinrote Fell des saugenden Bullkalbs. »Ich hab geglaubt, mein Kalb sieht dies Jahr wie'n kleiner Preisbulle aus, aber wenn ich ihn mit dem da vergleiche, kommt er erst lange hinterdrein.«

»Ja, meins wird ein Preisbulle«, sagte Kate Higgins. »Er hat's im Blut. Wieso denn auch nicht? Mein Mann, Gott hab ihn selig, der mußte ja unbedingt zehn Schilling für den Regierungsbullen ausgeben. Wollte ja keinen schlechteren, um keinen

Preis! Der arme Mann! ’s war ja nicht viel an ihm dran, aber immer wollt er von allem das Beste haben.«

Plötzlich stürzte sie auf Colm zu und hielt ihren Mund dicht an sein Ohr. Jetzt waren ihre wilden blauen Augen voller Hinterlist.

»Ihr solltet mein Kälbchen kaufen, Colm«, flüsterte sie. »Kauft es und stellt’s zu Eurer Kuh! Dann bekommt Ihr die beiden schönsten Jährlinge, die jemals in unsrer Gegend aufgezogen wurden. Dann seid Ihr der reichste Mann im Dorf. In unserm Kirchspiel werden sie Euch beneiden – von einem Ende bis zum andern!«

Colm drehte ihr den Rücken zu und nahm die Mütze ab. Er war noch sehr jung, und doch lichtete sich auf seinem Schädel oben schon das Haar. Er war ein großer, plumper Mensch mit Füßen, die über den großen Zehen latschten, und mit Armen, die so ungewöhnlich lang wie Affenarme waren. In der ganzen Gegend war er bekannt wegen seiner Kraft, seiner ungeheuren Zähigkeit und seiner Schaffensfreude.

»*Arrah!* Wie könnt ich’s Euch wohl abkaufen?« fragte er mit leiser Stimme. »Wie könnt ich’s wohl füttern, wenn soviel Menschen die Milch brauchen?«

Dann wandte er sich plötzlich wieder zu ihr um und hob die Stimme so sehr, daß er fast brüllte, als müsse er seine eigenen aufsässigen Gedanken niederschreien.

»Ich hab nur zwanzig Acker Land!« schrie er zornig. »Und beinah alles ist steiniges Land. Selbst an der tiefsten Stelle geht die Erde nur ein paar Zoll tief, und nicht mehr. Und auf dem Land, das ich hab, könntet Ihr keinen Fußbreit Boden finden, in den Ihr einen Spaten bis an den Griff reinstoßen könnt. Verdammt nochmal, Frau, ich sage Euch, daß ich nicht einen einzigen guten Acker, ja, keinen halben habe. Ich hab kaum genug Gras für meine Kuh, und von meinem armen unglücklichen Pferd will ich gar nicht erst reden. Durchs Fell von meinem armen Pferd könnt ihr all seine Rippen zählen. Und jedes Jahr weiß ich nicht, wo ich für meinen Jährling Gras finden soll. Gute Frau, in dem Dorf hier gibt's keinen Menschen, der zwei Jährlinge großziehen könnt. Ich wär verrückt, wenn ich's auch bloß versuchen wollte.«

»Die Engländer haben wieder angefangen, mit den Deutschen Krieg zu machen«, flüsterte Kate Higgins. »Sie werden nicht eher Ruhe geben, bis sie die ganze Welt in ihren Krieg gezogen haben. Der Krieg wird Jahre und Jahre dauern, genau wie der vorige. Dann wird alles teuer bezahlt, was es an Eßbarem gibt. Ein Mann, der zwei prächtige Tiere zu verkaufen hat...«

»Hört auf, mich mit Eurem dummen Geschwätz zu überreden«, warf Colm dazwischen.

»Eure Kuh kann bestimmt zwei Kälbchen durchbringen«, fuhr Kate fort. »Das wär für sie ganz leicht. Und außerdem hätt sie noch eine Unmenge für Euch und für die Nachbarn. Und mit dem Gras braucht Ihr Euch auch nicht zu sorgen. Im Dorf Pusach kann man immer billiges Weideland pachten. Und für das Gras, das Ihr noch nebenbei braucht, hättet Ihr genug Geld, weil die Kartoffeln und die Fische im Preis steigen, und dann habt Ihr Geld die Fülle, genau wie letztesmal, Mann! Im vorigen großen Krieg haben sie sogar verfaulten Haifisch gekauft. Ich schwör's bei Gott, es ist die Wahrheit! Sie haben die höchsten Preise für den verfaulten Hai bezahlt, den der Sturm da drüben in der Bucht an Land geworfen hat.«

Colm wandte ihr wieder den Rücken zu und senkte die Stimme, so daß er ebenfalls flüsterte.

»Ich wär verrückt, wenn ich's versuchen wollte!«

sagte er. »Kein Mensch in unserm Dorf hat jemals versucht, zwei Jährlinge aufzuziehen. Wir haben alle gleich viel von dem steinigen Land, haben jeder zwanzig Acker pro Kopf.«

»Aber Ihr seid anders als alle, Colm«, sagte Kate und hob die Stimme und sprach nun sehr rasch. »Die andern, die tun bloß, was sie tun müssen. Sie tun gerade soviel, daß sie und ihre Familien nicht verhungern. Aber Ihr, Ihr könnt gar nicht genug Arbeit finden. Ihr nehmt jede Gelegenheit wahr, noch einen Extra-Schilling zu verdienen. Tag und Nacht seid Ihr dahinter her, wenn auch bloß die kleinste Hoffnung besteht. Ihr seid voll Unternehmungslust, und Ihr habt eine unbändige Kraft! Ja, wirklich, jeder weiß, daß Ihr nicht zu halten seid, wenn's irgendwo was zu tun gibt. Ihr spuckt Euch in die Hände, und schon legt Ihr los wie ein wilder Hengst. Weiß Gott, Ihr habt soviel Kraft wie zehn Männer, und Ihr seid nicht zu faul, mit Eurer Kraft was anzufangen. Ihr habt's verdient, daß es Euch gut geht, weil Ihr soviel guten Willen habt. Ihr verdient's, reich und berühmt zu werden. Ihr braucht nichts weiter als Mut.«

»Kein Mensch hat's jemals versucht«, flüsterte Colm heiser. »Keiner! Ich wär verrückt, wenn ich's versuchen wollte.«

Kate Higgins trat einen Schritt zurück und reckte ihre Arme dramatisch in die Höhe.

»Dann müßt Ihr der erste sein«, schrie sie. »Nichts kann Euch dran hindern. Ihr habt nur nicht genug Mut! Ihr müßt der erste sein! Zeigt's den andern, wie man's machen muß, Colm!«

Colm hob ebenfalls seine Stimme und schrie, um ihr wütend zu antworten.

»Hört auf mit Eurem dummen Geschwätz, Frau!« sagte er. »Es kann ein paar Tage bei meiner Kuh stehn, aber mehr versprech ich Euch nicht.«

Kate riß vor ihm aus und warf beide Arme wild um sich.

»Zwei prächtige Tiere!« schrie sie ihm noch zu, als sie in einiger Entfernung war. »Denkt dran: nichts steht Euch im Weg als ein bißchen zu wenig Mut!«

»Kein Wort will ich mehr von Euch hören!« brüllte Colm ihr aus Leibeskräften nach. »Was Ihr da redet, ist gegen Gottes Gebot!«

Doch trotzdem konnte er in der Nacht kaum schlafen, weil er immerzu daran denken mußte, was die Frau zu ihm gesagt hatte. Als er am Morgen mit seiner Frau sprach, streifte er auch den Vorschlag, das Kalb zu kaufen.

»'s ist ein prächtiges Kalb, das Kalb von Kate Higgins«, sagte er. »Was für'n Jammer, daß wir's nicht kaufen können!«

»Kaufen?« rief seine Frau »*Yerrah!* Das können wir doch nicht!«

»Das Vieh wird mächtig im Preis steigen«, fuhr Colm fort. »Wegen des Krieges. Die Engländer und die Deutschen liegen sich schon wieder in den Haaren ...«

»Nimm doch Vernunft an, Mann«, entgegnete seine Frau. »Bist du denn ganz von Gott verlassen? Du weißt ganz genau, wie unmöglich es ist, daß wir das Kalb kaufen. Nicht mal, wenn wir genug Gras hätten.«

»Trotzdem«, sagte Colm. »Mir läuft's Wasser im Mund zusammen, wenn ich den jungen Burschen seh. Solch Champion-Bullkalb hab ich noch nie gesehn.«

»*Yerrah!* Wir können doch die Nachbarn nicht ohne Milch sitzen lassen!« rief seine Frau.

»Ich rede ja auch bloß so«, sagte Colm. »Man wird doch wohl noch reden dürfen?«

»Sag lieber nichts mehr«, entgegnete seine Frau. »Die Leute könnten dich hören und sich entsetzen.«

In der folgenden Nacht konnte er wieder nicht schlafen. Er lag auf dem Rücken, dachte an die ‚zwei prächtigen Tiere' und wünschte, beide zu besitzen. Bei dem Gedanken empfand er Freude und Kummer. Die Freude war so stark wie die Vorfreude auf den Beischlaf. Der Kummer fraß an seinem Gewissen.

Am Vormittag des nächsten Tages kam Kate Higgins wiederum zu ihm. Sie trug ihre Feiertagskleider.

»Ich will jetzt zum Metzger nach Kilmacalla gehn«, sagte sie zu Colm.

»Wieviel verlangt Ihr denn für das Kalb?« fragte er.

Weil er sich so über den Entschluß aufregte, den er gefaßt hatte, willigte er, ohne zu feilschen, in den Preis ein, den sie verlangte.

»Kommt mit ins Haus«, sagte er, »ich will Euch das Geld geben!«

»Gott erhalte Eure Gesundheit«, sagte Kate Higgins. »Mit dem Geld in der Hand kann ich mich gleich nach einer andern Kuh umsehn. Wenn man ein bißchen was hat, ist's leichter, sich noch mehr zu borgen.«

Mrs. Derrane wurde furchtbar zornig, als ihr Mann mit Kate Higgins in die Küche kam und den Geldbeutel verlangte.

»Willst du etwa das Kalb kaufen?« rief sie.

»Gib mir den Geldbeutel!« wiederholte Colm.

»Den Teufel werd ich's tun!« rief seine Frau. »'s wär gegen Gottes Gebot, die Milch für die Nachbarn in den heidnischen Kälberbauch zu tun. Ich geb ihn dir nicht!«

Colm packte sie mit der Linken am Gürtel und schüttelte sie.

»Gib mir den Beutel, Frau«, sagte er mit leiser Stimme.

Ihr Zorn verflog sofort. Sie war eine große, kräftige Frau, beinah so stark wie ihr Mann, und von sehr zähem Willen. Sie hatte auch, solange sie verheiratet waren, stets über Colm und seine einfachere Natur regiert. Sooft er sich gegen ihre Entscheidungen auflehnen wollte, war er stets mühelos besiegt worden. Er hatte gebrüllt und Möbel zerbrochen und ihr sogar hin und wieder ein paar grausame Hiebe versetzt. Stets hatte sie einfach mit verschränkten Armen dagestanden, die Zähne zusammengebissen und abgewartet, bis seine dumme Wut verraucht war. Doch jetzt war es anders. Er schrie sie nicht an, und in seinen blaßblauen Augen glomm etwas, das ihr Angst machte.

Daher ging sie rasch zur großen Truhe und brachte ihm den langen Geldbeutel aus Fries.

»Was ist über dich gekommen?« sagte sie, während er die Schnur aufknotete. »Was sollen die Nachbarn dazu sagen?«

Colm rollte den Beutel auf und steckte seine Hand tief in die lange Innentasche. Wieder blickte er seiner Frau fest in die Augen.

»Halt den Mund, Frau«, sagte er ruhig. »Von jetzt an mischst du dich nicht mehr in Sachen, die dich nichts angehen. Ich bin hier Herr im Haus. Hast du verstanden?«

Wieder bekam sie Angst vor dem, was sie in seinen Augen sah. Sie kehrte ihm den Rücken zu.

»Gott mög's dir verzeihen«, sagte sie. »Ich hoffe bloß, daß du gut darüber nachgedacht hast!«

»Ich hab noch nie in meinem Leben so gut über etwas nachgedacht«, sagte Colm.

Kate Higgins brachte kein einziges Dankeswort hervor, als ihr das Geld ausgehändigt wurde. Sie stopfte die Geldscheine in ihre vordere Rocktasche und rannte aus dem Haus.

Während sie über den Hof lief, schrie sie: »Jetzt versuch ich, den paar Scheinchen noch mehr Kameraden zu verschaffen! Wenn man Geld hat, ist's immer leicht, sich noch mehr zu borgen. Die was haben, geben nur denen, die auch was haben. Die nichts haben, bekommen bloß Brosamen, wie die Hunde.«

Als Colm am Abend zum Versammlungsplatz auf der Klippe eines kleinen Hügels ging, der gegenüber vom Dorf lag, senkte sich Schweigen auf die dort versammelten Männer. Er warf sich auf die Erde, lehnte den Rücken gegen einen Felsblock und zündete sich die Pfeife an. Nach einer Weile begannen die andern mit gedämpfter Stimme über das Wetter zu sprechen. Dann entstand wieder ein Schweigen.

Endlich wandte sich ein Mann namens Andy Gorum an Colm und sagte: »Wir haben gehört, daß du das Kalb von Kate Higgins gekauft hast.«

»Ja«, sagte Colm.

»Hast du's gekauft, weil du's schlachten willst?«

»Nein«, sagte Colm.

»Willst du's aufziehen?«

»Ja«, sagte Colm.

Gorum erhob sich langsam und verschränkte die Hände auf dem Rücken. Er ging zu Colm hinüber und stellte sich vor ihm auf. Gorum war ein ältlicher Mann, sehr klein und dünn und mit einem verrunzelten Gesicht, das eine Farbe wie altes Pergament hatte. Seine Augen waren schwach, und er hatte fast keine Wimpern – wie einer, der von Geburt an blind ist. Wegen seiner Weisheit war er der Dorfälteste.

»Ich bedaure es, Colm, daß du das getan hast«, sagte er. »Du bist ein guter Mann, und jeder aus deiner Familie war gut, viele Generationen hindurch. Aber was du jetzt vorhast, ist schlecht.«

»Wie kann es schlecht sein, wenn man einer Witwe hilft?« fragte Colm.

»Du weißt ganz genau, daß es einer Witwe nichts hilft, wenn du das Kalb mit der Milch für deine Nachbarn aufziehst!« sagte Gorum.

»Sie hatte mich gebeten und gebeten«, sagte Colm und hob die Stimme. »Ewig hat sie mir damit in den Ohren gelegen. Wie konnt ich's ihr abschlagen? Sie sagte, sie braucht das Geld, um sich wieder eine Kuh zu kaufen. Sie sagte, ihre Kinder würden sterben, wenn sie nicht...«

»Du weißt, daß du das Gesetz übertrittst«, unterbrach ihn Gorum. »Es nützt dir nichts, wenn du dich herausreden willst.«

»Wie kann es gegen das Gesetz sein, wenn man einer Witwe hilft?« schrie Colm.

»Das ist es auch nicht«, erklärte Gorum. »Wir wollen ihr alle helfen, so sehr wir können, wenn Gott es will. So leben wir ja hier in unserm Dorf: daß wir einander helfen. Unser Land ist unfruchtbar, und das Meer ist wild. Es ist ein schweres Leben. Wir können nur dann mit dem Leben fertigwerden, wenn wir zusammenhalten. Sonst müssen wir alle sterben. Es ist hier zu wild und zu unfruchtbar, als daß ein Einzelner alleinstehen könnte. Wer hier versucht, alleinzustehen und nur für seinen eigenen Nutzen zu arbeiten, der wird der Feind von uns allen.«

Colm sprang auf die Füße. Er überragte Gorum wie ein Turm.

»Nennst du mich euren Feind, weil ich einer Witwe geholfen habe?« schrie er.

»Wenn du in einen Kälberbauch die Milch tust, die du deinen Nachbarn schuldest, dann wird jeder gegen dich sein«, erklärte Gorum.

»Ich tue, was ich will«, schrie Colm.

Und damit eilte er vom Versammlungsplatz.

»Komm zurück, Nachbar«, rief ihm Gorum mit flehender Stimme nach.

»Ich habe genug Mut, um das zu tun, was ich für richtig halte«, brüllte Colm.

»Wir haben dich alle gern«, sagte Gorum. »Wir wollen uns nicht von dir abwenden. Komm wieder und gehorche dem Gesetz!«

»Ich tu, was ich für richtig halte«, schrie Colm und stieg über den Zaunübertritt in seinen Hof. »Ich zieh die beiden Kälber auf, und wenn ich dabei zugrunde gehe. Es soll sich nur keiner unterstehn und mich dran hindern!«

Von dem Tage an waren die Derranes Ausgestoßene. Keiner im Dorf sprach mit ihnen. Keiner half ihnen irgendwie aus. Keiner betrat ihr Haus. Alle Türen blieben ihnen verschlossen.

Selbst Kate Higgins wandte sich aufs schändlichste gegen ihre Wohltäter. Die unglückliche Frau hatte sich, entgegen ihren Erwartungen, kein Geld borgen können, abgesehen von einem einzigen Pfund, das sie nach langem Betteln von ihrer Tante erhielt. Sie konnte auch keine Kuh finden, die zum Verkauf gestanden hätte, obwohl sie das Kirchspiel wieder und immer wieder von einem Ende bis zum andern abtrabte. Infolge ihrer häufigen Abwesenheit verfiel ihr Hauswesen. Die Kinder verbrannten die Möbel, um nicht zu frieren. Sie verwilderten und verschmutzten so sehr, daß die Nachbarinnen ihre eigenen Kinder von ihnen fernhielten.

Kate geriet durch soviel Unglück ganz aus dem Gleichgewicht, gab ihre bäuerliche Sparsamkeit auf und brachte ihrer hungrigen Kinderschar von jeder ihrer erfolglosen Wanderungen ein paar Leckerbissen mit heim. Die arme Frau hatte nicht den Mut, ihnen mit leeren Händen gegenüberzutreten. So verbrauchte sie bald jeden Penny von dem Geld, das ihr Colm und die Tante gegeben hatten. Nach zwei Monaten war nichts mehr davon vorhanden. Als sie nichts mehr hatte, was sie bei ihrer Rückkehr den Kleinen geben konnte, die sich mit schmutzigen Händen an ihre Schürze klammerten und kläglich um Essen plärrten, verwirrte sich ihr Geist.

Wenn sie bei Anbruch der Nacht heimwärts schusselte, dann begann sie Colm auf der Landstraße vor ihrem Haus mit lauter Stimme zu verwünschen.

»Colm Derrane steht mit dem Teufel im Bund«, kreischte sie. »Er hat Unglück über mich gebracht. Ich war ihm dankbar, als er mein Kalb gekauft hat, und ich hab geglaubt, er tut mir einen Gefallen, und ich könnt mir noch dazu borgen und zusammenlegen und mir eine neue Kuh kaufen. Gott bewahr mich, nein! Auf seinem Geld liegt ein Fluch. Die Leute sagten alle, weil wieder Krieg sei, wollten sie nichts abgeben von dem, was sie besitzen. Sie sagten, aus Angst vor großem Unheil müßten sie alles zusammenraffen, was sie haben. Aber in Wahrheit ist's anders: sie wollten einer Frau kein Geld borgen, die ihr Kalb an einen Volksfeind verkauft hat. Und da steh ich nun ohne einen roten Penny in der Rocktasche, ohne Kuh und ohne Mann, aber mit kränklichen Kindern. Sie werden mir noch sterben, die armen kleinen Würmchen, ohne die Milch, die der Doktor ihnen verschrieben hat! Ich hab keine Kraft mehr und kann nicht für sie sorgen. Jeden Abend nach meinen weiten Gängen bin ich so müde, daß ich ihnen nicht mal die Läuse aus dem Haar lesen kann. Ach, die armen kleinen Würmchen! Gott, erbarm dich meiner Waisen!«

Colm kümmerte sich ebensowenig um ihr Geschimpfe wie um die Feindseligkeit der Dörfler. Seit dem Wutanfall, den er bekommen hatte, als man ihm sagte, er würde von nun an als Ausgestoßener behandelt, hatte er sich gut zu beherrschen verstanden. Er wurde streng und schweigsam und abweisend, und nur, wenn er die beiden jungen Bullkälber sah, war er anders. Dann konnte er lachen und liebevoll einherreden.

»Oh, ihr prächtigen Tiere«, sagte er, wenn er ihnen zuschaute, wie sie an den Zitzen der Kuh saugten. »Sauft tüchtig und werdet mir stark! Laßt ja keinen Tropfen Milch im Euter! Ihr beide sollt mir Preiskälber werden!«

So zärtlich er zu den Kälbern war, so grob war er zu seiner Familie. Er brachte nur soviel Milch ins Haus, daß sie sich damit ihren Tee färben konnten. Alles übrige durften die Kälber verschlingen. Damit es zu keinerlei Betrug kam, verbot er seiner Frau und den Kindern unter Androhung schwerster Strafen, in die Nähe der Kuh zu gehen.

Bald nachdem die Kälber von der Kuh abgesetzt waren, kam seine Frau zu ihm und erhob Einspruch.

»Ich kann ohne Butter auskommen«, sagte sie, »wenn's mir auch das Herz zerreißt, daß die Kinder quengeln. Dauernd fragen sie, wann's wieder Butter gibt. Aber wenn ich nicht genug Buttermilch für den Sauerteig von unserem Brot bekomme, dann ist mir das wirklich zuviel. Ich verlange ja weiter nichts als genug Milch, daß ich ein einziges Mal kirnen kann.«

»Ich geb sie dir nicht«, sagte Colm kalt. »Ich kann die Kälber nicht hungern lassen, bloß, damit unser Brotteig aufgeht. Wir können 's Brot ebensogut flach essen. Kälber müssen während der ersten zwölf Monate eine gute Grundlage bekommen, indem man ihnen dauernd jedes Loch und jede Ecke in ihrem Bauch vollstopft. So bekommen sie Knochen und Muskeln und Kraft und Sehnen, und wenn's dann soweit ist mit ihnen, ist es einfach, gutes festes Fleisch aufzubauen. Dann haben sie ein Gerüst, das die ganze Last tragen kann.«

Seine Frau blickte ihn, während er sprach, voller Bestürzung an. Sie konnte es nicht begreifen, daß ein Mann, der früher so freundlich und so besorgt um das Wohl seiner Familie war, sich plötzlich so rücksichtslos benahm. Als er schwieg, brach sie in Tränen aus.

»Gott wird dich strafen, weil du so grausam bist«, sagte sie zu ihm.

»Still!« sagte Colm. »Nimm dir nur keine Frechheiten heraus!«

Der Hochsommer kam. Er war für die armen Leute im Dorf stets eine Zeit der Fülle. Die neuen Kartoffeln wurden aus dem Boden geholt. Die jungen Zwiebeln in den Gärtchen waren frisch und saftig. In den Häusern war reichlich Milch und Butter vorhanden. Jeden Tag wurden große Körbe voll Kabeljau und Pollack und Brassen und Makrelen vom Meer heraufgebracht. Die Hühner legten wieder, und die überschüssigen Hähnchen von der Frühlingsbrut ergaben eine Brühe für die Schwächlichen. Beim Abendbrot stopften sich die Leute mit ihrem Lieblingsessen voll: mit Kartoffelbrei, Butter, Schalotten und gekochtem Fisch. In die Mitte des dampfenden Gerichts wurde noch ein großer Klumpen gelbe Butter gedrückt. Der Tisch wurde draußen vor der Haustür gedeckt, so daß sie, während sie aßen, die Vögel im einschläfernden Zwielicht singen hören und die rote Pracht des Sonnenuntergangs über dem Meer sehen konnten. Hinterher watschelten die Männer bedächtig zum Versammlungsplatz des Dörfchens hinauf und schickten aus ihren Pfeifen große Wolken Tabakrauch in die Abendluft. Sie streckten sich aus, den Rücken an die Felsen gelehnt, und lauschten hingerissen und zufrieden auf das Vogelkonzert. Hin und wieder erhob einer seine Stimme und sang mit den Vögeln um die Wette, Gott für seine gütigen Gaben zu danken.

Nun aber lehnte sich Mrs. Derrane offen gegen

ihren Mann auf. Eines Abends nahm sie das Schüreisen in die Hand und stellte sich vor ihn hin.

»Jetzt laß ich mir's nicht länger gefallen, Colm«, rief sie wild. »Wir müssen hier von Kartoffeln und Salz leben, während unsre Nachbarn schlemmen. Alles muß für die Kälber aufgespart werden. Der Teufel soll sie beide holen! Du gönnst uns nicht mal ein bißchen frischen Fisch. Jeden Fisch, den du im Frühling ins Haus gebracht hast, den mußte ich doch, weiß Gott, einsalzen, damit du ihn später verkaufen kannst und Geld hast, um Gras für deine Biester zu kaufen. Die Kinder und ich, wir dürfen ruhig den Strand nach Schnecken und Muscheln absuchen, wie's die Leute während der Großen Hungersnot gemacht haben. Großer Gott, die Eingeweide sind uns schon zu Fetzen gerissen, weil die Schnecken so abführen! Es ist eine Schande für uns, daß wir wie die Möwen nach stinkiger Nahrung herumstöbern müssen, während die Dorfleute herrlich und in Freuden schmausen können. Jetzt muß mir das aber aufhören, sonst nehm ich die Kinder und kehr mein Gesicht zum Haus hinaus. Du mußt das Kalb abschaffen, das du gekauft hast. Dann können wir wieder so wie früher leben. Wir wollen nicht mehr wie Ausgestoßene leben!«

Colm stand auf und blickte sie kalt an.

»Ich zieh die beiden Kälber auf«, sagte er feierlich, »sogar wenn du und ich und die Kinder in der Zeit Dung essen müssen. Die andern Leute sollen sich ruhig im Hochsommer den Bauch vollschlagen und arm bleiben. Ich will vorankommen im Leben. Und das kann man nur, wenn man spart.«

Die Frau hob das Schüreisen hoch und bedrohte ihn damit.

»Das laß ich mir nicht gefallen«, schrie sie. »Ich sag's dir ins Gesicht: entweder hörst du auf mich, oder ich spalte dir den Schädel mit dem Schüreisen!«

»Leg das Schüreisen hin!« sagte Colm ruhig.

»Willst du das Kalb abschaffen?« fragte seine Frau.

»Leg's hin!« sagte Colm.

»Erst bring ich dich damit um«, schrie seine Frau hysterisch.

Sie holte mit aller Kraft zum Schlage aus, doch er sprang behende beiseite und wich dem Schlag aus. Dann griff er sie an und verschränkte ihr die Arme auf dem Rücken.

»Jetzt will ich dir eine Lehre erteilen«, sagte er ruhig. »Ich will dich so strafen, daß du's nie vergißt.«

Er schleppte sie vor den Kamin.

»Ruft die Nachbarn«, schrie seine Frau den Kindern zu. »Lauft auf den Hof und ruft, damit die Leute kommen und mich vor dem Mörder erretten!«

Die Kinder liefen auf den Hof hinaus und riefen um Hilfe, während Colm eine trockene Weidenrute ergriff, die neben dem Kaminplatz auf Holzpflöcken lag.

»In Zukunft wirst du mir hübsch gehorchen, meine Beste«, sagte er. »Ich schwör's dir hoch und heilig, daß du mir gehorchen wirst!«

Er begann sie durchzuprügeln. Sie versuchte ihm in die Beine zu beißen. Da drehte er sie um, so daß sie mit dem Gesicht zum Fußboden lag, und setzte seinen Fuß auf ihren Rücken.

»Ich bring dich um, sowie ich kann«, rief sie. »Ich mach dich tot, wenn du im Schlaf liegst!«

Dann verschränkte sie die Arme unter ihrem Gesicht, biß die Zähne zusammen und nahm die Prügel stumm in Empfang. Er mußte sie sehr lange schlagen, ehe das eigensinnige Geschöpf nachgab und um Gnade bat.

»Meinetwegen«, sagte Colm gelassen. »Versprichst du mir, von jetzt an gehorsam zu sein und mich nicht mehr wegen des Kalbs zu ärgern?«

»Ich versprech's«, sagte seine Frau.

»Dann steh in Gottes Namen auf«, sagte Colm sanft, »und ruf die Kinder ins Haus.«

Seine Frau blickte ihn von der Seite her voller Staunen an. Sie stand nicht auf. Sie war verblüfft, weil er so ruhig war und so liebevoll mit ihr sprach, nachdem er sie doch erst so grausam durchgeprügelt hatte.

»Steh auf, Frau«, fuhr er fort. »Wir wollen uns nicht wieder so benehmen. Es ist ein Ärgernis für die Kinder.«

Dann hob er sie sanft auf und stellte sie auf die Füße. Ohne ihn anzuschauen, rannte sie auf den Hof hinaus.

»Geht ins Haus!« gebot sie den Kindern strenge. »Marsch, hinein mit euch!«

Sie drehte sich zu den Nachbarn um, die herbeigelaufen waren, als die Kinder um Hilfe gerufen hatten. Sie standen draußen auf dem Weg und waren unschlüssig, ob sie einen Hof betreten dürften, der einer ausgestoßenen Familie gehörte.

»Was führt Euch denn her?« schrie Mrs. Derrane sie an. »Gutes wollt Ihr uns ja doch nicht antun! Fort mit Euch! Kümmert Euch um Euern eigenen Kram!«

Als sie in jener Nacht im Bett lag, umklammerte sie Colm mit beiden Armen und legte ihre Wange an seine Brust.

»Ich hab geglaubt, der Teufel wär über dich gekommen«, flüsterte sie, und die Tränen rollten ihr übers Gesicht. »Jetzt weiß ich's besser. Du möchtest, daß deine Familie vorankommt im Leben, und ich hab dich dran gehindert und war wie ein Mühlstein an deinem Hals.«

Colm nahm ihren Kopf in seine großen, rauhen Hände und küßte sie aufs Haar.

»Gott erhalte deine Gesundheit, Kind«, sagte er. »Mit deiner Hilfe muß uns alles glücken!«

Da die Kinder ihre Eltern wieder glücklich vereint

sahen, wurden auch sie von deren Begeisterung angesteckt. Sie waren jetzt mit Freuden bereit, für das allgemeine Wohl Opfer zu bringen. Selbst der kleinste Junge, der erst fünf Jahre alt war, hatte tagtäglich eine andere Pflicht. Die ganze Familie arbeitete wie die Bienen in einem Bienenkorb.

Die Wendung der Dinge machte solchen Eindruck auf die Dorfleute, daß sie sich zu fragen begannen, ob sie sich der Familie Derrane gegenüber gerecht verhalten hätten.

»Wenn es schlecht ist, was er tut, warum kommt er dann voran?« fragte der eine den andern. »Ist es nicht eher so, daß Gott seine Bemühungen, im Leben voranzukommen, gesegnet hat? Vielleicht sind wir's, die schlecht sind – wegen unsrer Faulheit?«

Mit all seiner Geschicklichkeit bemühte sich Andy Gorum auf dem Versammlungsplatz, daß die Männer nicht andern Sinnes wurden.

»Ihr werdet's bald erleben, daß er auf den Knien zu uns kommt«, sagte Gorum, »und uns um Erbarmen bittet. Es scheint jetzt vielleicht so, als ob er gut vorankommt. Seine beiden Kälber gedeihen unerhört. Seine Frau und seine Kinder und er selbst arbeiten Tag und Nacht. Er hat eine geschickte Hand in allen Dingen, die Geld einbringen. Aber wartet nur, bis der Winter kommt! Dann findet er kein Gras mehr für seine beiden Tiere. Der Metzger von Kilmacalla hat eine Herde schwarzer Rinder gekauft, die will er für die kriegführenden Engländer fett füttern. Im Dorf Pusach hat er deshalb alles übrige Weideland gepachtet. Viele reiche Leute im Distrikt haben sich Herden gekauft, weil Krieg ist. Nirgends wird auch nur ein einziger Grashalm stehen, den ein Armer sich pachten könnte. Die Reichen haben es alles in ihren Krallen. Dann muß Colm das Kalb mit dem dunklen Fell schlachten. Ich schwör's bei Gott, wenn die Weihnachtskerzen brennen, essen wir das Fleisch von dem dunklen Bullkalb!«

Gorums Prophezeiung erwies sich als falsch. Colm gelang es, Gras zu finden, denn die Familie Higgins war wieder ins Unglück geraten. Als der Sommer zu Ende ging, konnten die Dörfler der Witwe und ihren Waisen nicht viel mehr als das allernotwendigste an Hilfe geben. Und das wenige, was die zerrüttete Frau erhielt, verbrauchte sie auf törichte Art. Ja, sie wandte sich jetzt sogar gegen das ganze Dorf – wie sie sich früher gegen Colm gewandt hatte – und beschimpfte die Gemeinde, so laut sie nur konnte.

»O je und o weh!« schrie sie jetzt, wenn sie barfuß von einem Haus zum andern lief. »Der Allmächtige war grausam, als er mich arme Witwe unter Leuten leben ließ, die schlimmer als Türken und Heiden sind! Da sitz ich mit meiner kranken Kinderschar, und ohne Essen und Trinken vom Morgen bis zum Abend! Kein Rauch steigt aus meinem Schornstein auf – die ganze Woche durch von Montag bis Samstag. Ich kann auf meinem Herd nichts weiter brennen als Kuhdung und armselige Brombeerranken. Kein heißer Schluck für den Magen meiner Kleinen! O je und o weh! Verflucht solln sie sein, meine hartherzigen Nachbarn!«

Gegen Ende September wurde es kalt, und die beiden Kleinsten überlebten die Kälte nicht. Sie starben beide in der gleichen Woche an Lungenentzündung. Nach dem Tod des zweiten Kindes geriet der Verstand der Mutter vollkommen in Verwirrung. Sie ließ das Kind unbeerdigt im Haus liegen und wanderte mitten in der Nacht mit kaum einem Faden auf dem Leib aus dem Haus. Am Abend des folgenden Tages wurde sie gefunden, wie sie oben über die Steilklippen lief. Sie wurde ins Irrenhaus gebracht. Die überlebenden fünf Kinder, die keine Unterkunft bei Verwandten finden konnten, wurden ebenfalls in staatlichen Anstalten untergebracht. Und dann stellte es sich heraus, daß die Witwe rechts und links Geld schuldete. Ihre Gläubiger, hauptsächlich Laden-Inhaber von Kilmacalla, gerieten sich wegen der Verfügung über das Haus und das Land in die Haare. Die Sache gelangte vors Bezirksgericht.

»Das ist eine gute Gelegenheit für mich«, sagte Colm zu seiner Frau. »Vielleicht kann ich den Winter über dort Gras für meine Tiere bekommen.«

Am Tage, als der Fall vor Gericht verhandelt wurde, zog Colm seine Feiertagskleider an, nahm den großen Geldbeutel und ging zum Gericht in Kilmacalla. Nachdem er sich die Argumente der verschiedenen Advokaten eine Zeitlang angehört hatte, wurde ihm erlaubt, sich an den Richter zu wenden.

»Euer Gnaden«, sagte er, »es wäre eine Ungerechtigkeit gegen die Kinder, wenn das Anwesen jetzt versteigert oder zwischen den Ladeninhabern aufgeteilt würde. Damit würde man den Kindern das Brot vom Munde nehmen. Sie haben ein Recht, später mit dem Land zu machen, was ihnen paßt. Wenn sie erwachsen sind und ihr Leben selbst in die Hand nehmen, sollten sie selber entscheiden, ob das Land verkauft werden oder einem von ihnen zufallen soll, damit er sich dort seine eigene Familie gründet. Und bis dahin lassen Sie mich's von ihnen in Pacht nehmen, Euer Gnaden. Jahraus, jahrein will ich pünktlich meinen Pachtzins dafür zahlen. Jeder kennt mich, Sir, und weiß, daß ich Wort halte. Nie in meinem Leben hab ich ein Versprechen nicht gehalten. Jeder kann Ihnen das bestätigen, vom Priester angefangen. Die Schulden der Mutter können im Nu aus dem Pachtzins bezahlt werden. Und was könnten die Laden-Inhaber sonst noch wollen – falls sie nicht Landwucherer sind? In Gottes Namen, Euer Gnaden, wenn Sie mich das Land pachten lassen, anstatt daß die Leute hier es unter sich zerschnitzeln, dann verhalten Sie sich wie ein wahrer Christ. Gott mit Ihnen, Sir!«

Der Richter genehmigte schließlich Colms Vorschlag, den Streit auf solche Art beizulegen.

»Gelobt sei Gott!« rief Colm bei seiner Heimkehr. »Jetzt bin ich vor dem Winter sicher. Nun kann mir nichts mehr in die Quere kommen. Die beiden Tiere sind schon so gut wie aufgezogen, und damit Gott befohlen.«

Gorum war über die Wendung erbost. Abends auf dem Versammlungsplatz griff er Colm wutentbrannt an.

»Ein verdammter Heide bist du!« rief er. »Die beiden Kleinen sind kaum im Grabe kalt geworden, und schon stellt der Blutsauger, der sie um ihre Milch gebracht hat, seine beiden Kälber auf das Weidland ihrer Mutter. O ja, seine beiden Kälber sind prächtig, das stimmt. Warum auch nicht? So fett und stark sind sie durch die Milch geworden, die eigentlich die beiden kleinen Toten hätten trinken sollen. Oh, die armen kleinen Würmchen! Das ist wahrhaftig ein wunderbarer Zustand: zwei Kinder mußten sterben, und zwei Tiere platzen vor Fett, weil sie das Essen der Kinder bekommen haben. Heilige Mutter Gottes! Das ist ein ganz verfluchter Zustand. Den Tieren wird das beste Futter gegeben, und die Kinder läßt man Hungers sterben! Verdammnis über unser Dorf, wenn solche Sachen hier passieren dürfen!«

Die Männer spotteten über seine Reden. Sie hatten das Vertrauen zu dem alten Mann verloren.

»Du bist neidisch auf Colm«, sagten sie zu Gorum. »Du bist eifersüchtig auf seinen Erfolg und seine Klugheit. Du bist nicht länger ein weiser Mann. Der Haß hat einen Schafskopf aus dir gemacht!«

Einer nach dem andern gingen sie in Colms Haus

und saßen an seinem Kaminplatz und rauchten zusammen die Pfeife. Die Frauen brachten Mrs. Derrane Geschenke, und am Sonntag nach der Messe saßen sie mit ihr auf dem Frauenhügel und strickten. Die Männer ließen sich von Colm beraten, wie sie sich vorher bei Gorum Rat geholt hatten. Auf dem Versammlungsplatz ließen sie Colm den Ehrensitz einnehmen. Wenn er sprach, herrschte Stille.

»Gott ist gut zu uns«, sagte Colm zu seiner Frau.

»Das ist er wahrhaftig«, sagte Mrs. Derrane. »Gepriesen sei sein Name!«

Und doch wurde es für die Familie Derrane immer schwieriger, den Winter zu überstehen. Die Pacht für das Land der Witwe riß ein großes Loch in den Geldbeutel. Die Begeisterung der Kinder flaute ab, je mehr der Winter vorrückte und je mehr sie hungern mußten. Bald konnte keiner sie dazu bringen, ihren Eltern zu helfen.

Mrs. Derrane vergaß ihr feierliches Versprechen, ihrem Mann beizustehen. Sie murrte laut, als Colm für das Weihnachtsessen nicht einmal ein Ei bewilligte.

»Großer Gott!« sagte sie. »Man kann's auch übertreiben. Seit dem Frühling haben wir weder Fisch noch Fleisch gegessen. Du hast nicht mal erlaubt, daß wir uns einen Stechpalmenzweig oder eine Weihnachtskerze kauften. Wir sind ein Schandfleck fürs ganze Dorf, wenn wir am Ehrentag unsres Herrn nur Kartoffeln mit Salz auf den Tisch stellen.«

»Ruhig!« sagte Colm. »Das ist nicht der rechte Augenblick, um dreist zu werden!«

Und obendrein befahl er noch, daß alles Tuch, das von der diesjährigen Wolle gesponnen worden war, verkauft werden müßte, anstatt daß Sachen für die Familie daraus genäht wurden.

»Unsre Lumpen reichen auch noch ein Jahr länger«, sagte er. »Und überhaupt wärmen geflickte Sachen genausogut wie neue.«

Jedermann in Colms Familie wurde schrecklich mager und schwach, doch Colms eiserner Wille riß sie hoch, so daß keiner krank wurde.

»Wir müssen nur noch kurze Zeit durchhalten«, sagte er ihnen stets, »und den Mut nicht sinken lassen. Und dann wird's uns gut gehn, und im ganzen Kirchspiel werden wir reich und berühmt sein!«

Er sah selber wie das reinste Skelett aus, denn er aß so gut wie gar nichts, damit die Kinder möglichst viel zu essen bekämen.

»Du wirst dich noch zugrunde richten«, sagte seine Frau, als er das Land für die Frühlingssaat vorbereitete. »Du siehst wie ein Kranker aus. Laß mich doch um Gottes willen Geld aus dem Beutel nehmen und dir ein bißchen Schweinebacke kaufen!«

»Ruhig, Frau!« sagte er. »Nicht ein Penny wird angerührt. Ich habe einen Plan! Wir brauchen alles, was wir haben, und noch mehr, damit mein Plan klappt. Es ist nicht so einfach, reich zu werden, das kannst du mir glauben.«

Die verzweifelte Lage der Familie wurde etwas erleichtert, als die Kuh ihr Kälbchen einen Monat früher als gewöhnlich bekam, nämlich in der ersten Märzwoche. Die Kinder wurden wieder fröhlich, denn jetzt durften sie viel frische Milch trinken. Und Buttermilch war auch da, um den Brotteig zu säuern. Sogar herrliche, gesalzene gelbe Butter gab es, die frisch aus dem Kirnfaß kam: blasse Wassertropfen schimmerten noch auf ihrer Oberfläche, wenn sie dick auf die langen Scheiben knusperigen Kuchenbrots aufgetragen wurde.

Die glücklichen Kinder tuschelten abends aufgeregt vom bevorstehenden Frühlingsmarkt, denn durch den Verkauf der Schweine und der beiden

Jährlinge würden große Reichtümer ins Haus kommen. Wieder und immer wieder unterhielten sie sich über die Spielzeuge und hübschen Sachen, die ihre Mutter ihnen am Jahrmarktstag in der Stadt kaufen würde, um sie zu belohnen, weil sie auch mitgeholfen hatten, die beiden Jährlinge aufzuziehen.

Wer weiß wie oft liefen sie auf die Weide, wo sich die beiden Jährlinge am saftigen jungen Gras satt fraßen.

»Es sind Champions«, riefen sie prahlerisch, wenn sie über die Feldsteinmauer auf die beiden Tiere starrten. »So prächtige Tiere hat noch kein Mensch gesehen!«

Ein paar Tage vor dem Jahrmarkt machte Colm den Träumen der Kinder ein Ende.

»Hört mal alle her«, sagte er eines Abends nach dem Essen zu seiner Familie. »Ihr habt schwer gearbeitet und tüchtig geholfen mit den beiden Tieren. Es sind jetzt zwei schöne Jährlinge, gottlob. Aber nun müssen wir alle noch ein bißchen schwerer arbeiten, und dann haben wir die beiden besten Ochsen, die es jemals gegeben hat.«

Mrs. Derrane war sprachlos, als sie die Neuigkeit hörte. Sie sank auf einen Schemel und fächelte sich mit der Schürze ihr Gesicht.

»Bist du verrückt geworden, Colm?« rief sie schließlich. »Wie können wir die beiden Tiere denn noch ein Jahr halten? Wie können wir zwei Ochsen halten? Wir haben doch auch noch unser diesjähriges Kälbchen, das größer wird und auch fressen will?«

»Ich habe einen Plan«, sagte Colm. »Wir richten uns einen Laden ein.«

Seine Frau bekreuzigte sich und blickte ihn voller Entsetzen an.

»Warum nicht?« sagte Colm. »Bloß die Laden-Inhaber bringen es zu etwas in der Welt.«

»Bist du verrückt?« rief seine Frau. »Wo sollen wir das Geld hernehmen, um einen Laden einzurichten?«

»Wir brauchen nichts weiter als Mut«, sagte Colm. »Die paar Pfund, die wir gespart haben, und dazu das Geld für die Schweine, das genügt, um den Laden zu eröffnen. Ich sage dir, Frau, daß wir nichts weiter brauchen als Mut und guten Willen. Wenn wir alle zusammen Tag und Nacht schwer arbeiten...«

»Allmächtiger Gott!« unterbrach ihn seine Frau. »Du bist wahnsinnig geworden! Die beiden Tiere sind dir zu Kopfe gestiegen!«

»Aber, aber!« sagte Colm. »Das ist ja alles nicht wahr. Ich bin noch nie im Leben so gescheit gewesen. Der Krieg wird noch jahrelang dauern. Die richtige Kampfstimmung hat die im Kampf liegenden Völker erst jetzt gepackt. Meinetwegen. Während die verrückten Nationen sich gegenseitig bekämpfen und totschlagen, wollen wir unsern Vorteil daraus ziehen und es in der Welt zu etwas bringen. Für alles Eßbare wird bald eine große Nachfrage sein. Alles, wovon einem der Mund wässerig wird, kann höchste Preise erzielen. Lebensmittel werden bald wertvoller als Gold sein. Kleidungsstücke ebenfalls. Darum wollen wir in Gottes Namen einen Laden einrichten und ihn mit Ware ausstatten. Wir wollen mit unserm Pferd und dem Wagen durchs Kirchspiel ziehen und alles aufkaufen, was die Leute zu verkaufen haben: Eier und Butter und Karragheen-Moos und Fische und Wolle und Häute und Kartoffeln. Wir wollen alles kaufen, was man verkaufen kann. Und für das, was wir kaufen, können wir mit Ware aus dem Laden bezahlen. Dann können wir das, was wir hier aufgekauft haben, in der Stadt mit Gewinn verkaufen, begreifst du? Später können wir auch Schafe kaufen und...«

»*Arrah!* Du bist vollkommen verrückt geworden!«

unterbrach ihn seine Frau ärgerlich. »Hör doch auf, so vor den Kindern zu sprechen, Mann!«

Doch nun war für die Kinder der Augenblick gekommen, wo sie in Tränen ausbrachen, denn sie konnten ihre Enttäuschung nicht länger verbergen.

»Hört auf zu jammern!« schrie Colm und sprang auf. »Weint ihr etwa, weil ihr nichts vom Jahrmarkt bekommt? Weil ihr Bonbons und Knallerbsen und Spielzeug haben wollt? Gut! Dann sag ich euch jetzt, daß ihr haufenweise Bonbons und Spielzeug bekommt, wenn wir erst den Laden haben. Jeden Tag könnt ihr dann Bonbons bekommen, und Spielzeug auch. Habt ihr verstanden? Dann ist jeder Tag vom Jahr für euch wie ein Jahrmarkt.«

Seine groben, durch Entbehrungen und Sorgen bis auf die Knochen abgemagerten Gesichtszüge strahlten jetzt vor Begeisterung, während er seine Familie dazu überredete, ihn in seinen ehrgeizigen Plänen zu unterstützen, um ‚es in der Welt zu etwas zu bringen'. Und solche Macht hatte der Plan, von dem er besessen war, daß die Kinder im Nu zu weinen aufhörten. Voller Eifer hörten sie sich seine phantastischen Versprechungen an. Ihre kleinen Gesichter strahlten bald ebenso wie sein eigenes.

Auch seine Frau ließ sich anstecken, als sie sah, wie ihr strenger Mann seine Kinder mit Lächeln und Scherzen und schmeichlerischen Worten für seinen Plan zu gewinnen versuchte.

»Ich würd's nicht glauben«, sagte sie bei sich, »wenn ich's nicht mit meinen eigenen Augen sähe.« Die Tränen rollten ihr übers Gesicht, und ihre Oberlippe zitterte.

»In fünfzehn Jahren hab ich nicht ein einziges Mal gesehn, daß er eins von den Kindern auf seinen Knien reiten ließ«, stammelte sie vor sich hin und wischte sich die Augen mit dem Schürzenzipfel trocken.

»Und ich hab wahrhaftig niemals gesehen, daß er vor einem weinenden Baby mit der Rassel geklappert hat. Und da steht er nun auf einmal und macht sich zum Marktschreier! Allmächtiger Gott! Wenn ich's nicht mit meinen eigenen Augen sähe...«

»Und wenn wir erst Laden-Inhaber sind, dann haben wir die schönsten Sachen in Hülle und Fülle«, fuhr Colm fort. »Wir können sogar Speck zum Frühstück essen. Ja, bestimmt, jeden Morgen können wir große, dicke Streifen knusprigen Speck essen, nur nicht freitags, natürlich. Die Dorfleute werden auf unsern Hof kommen, um das leckere Essen zu riechen, das in unsrer Pfanne brutzelt. Oh, ich sag euch, wir können Bäuche bekommen – so dick wie die von den Touristen! Wir werden kaum noch die Straße entlanggehen können, weil wir unser ganzes Fett schleppen müssen. Und wir haben Bänderkram und Samt und in jedem Zimmer einen Spiegel!«

Wieder einmal hatte er seine Frau und die Kinder vollständig für seine Idee gewonnen. Sie gingen also alle mit Begeisterung an die Arbeit, und der Laden wurde schleunigst eingerichtet. Es war sofort ein Erfolg. Die Leute kamen von weither, um mit dem mutigen Mann Geschäfte zu machen, der versuchte, auf zwanzig Ackern steinigen Landes zwei Ochsen aufzuziehen.

»Tod und Teufel!« sagten die Leute. »Es wird ihm bestimmt nicht glücken, aber trotzdem muß man seinen Mut bewundern. Wahrscheinlich wird er bei Kate Higgins im Narrenhaus enden, doch deshalb muß man ihn erst recht bewundern, weil er's versucht. Er macht dem Kirchspiel Ehre.«

Wenn Colm mit seinem Wagen herumzog und immer eins von den Kindern bei sich hatte, dann war jeder darauf erpicht, mit ihm ein Geschäft zu machen. Die Leute verkauften ihm alles, was sie bei der Hand hatten, und sie bemühten sich, nicht zu viel dafür zu verlangen. Bald mußte er das Haus und die Scheune von Kate Higgins hinzunehmen, um all seine Waren unterzubringen. Nach wenigen Monaten konnte er schon Fahrten in die Stadt machen und erzielte dort für alles, was er zu verkaufen hatte, hohe Preise.

Das Geld strömte so rasch und so reichlich ins Haus, daß seine Frau sich zu fürchten begann.

»Daß Gott unsre Herzen reinhalte von Stolz und Hochmut«, sagte sie, wenn sie die Geldscheine in den langen Friesbeutel steckte. »Es ist gefährlich, so rasch reich zu werden.«

»Du brauchst dich nicht zu fürchten, Frau«, sagte Colm zu ihr. »Als die Zeiten schlecht waren, haben wir uns alles versagt und den Mut nicht verloren. Darum gibt uns Gott jetzt ein tüchtiges Draufgeld als Belohnung. Sei dankbar, Frau, und fürchte dich nicht!«

Die Versprechen, die er den Kindern gegeben hatte, erfüllten sich. Es war alles in Hülle und Fülle vorhanden. Die kleinen Mädchen hatten Bänder im Haar und Spielzeug, mit dem sie sich in ihrer Freizeit vergnügen konnten. Seine Frau bekam ein Samtkleid und einen Federhut. Zum Frühstück aßen sie Speck.

»Sicher ist er auf einen Glücksstein getreten«, sagten die erstaunten Dörfler. »Aus allem, was er in die Hand nimmt, macht er einen Haufen Geld.«

Nur Andy Gorum hielt an seiner Prophezeiung fest, daß Colm mit Unglück geschlagen würde, weil er versuchte, ‚allein zu stehen und sich über die andern zu erheben'.

»Wartet's nur ab«, schrie Gorum immer wieder auf dem Hügel vor dem Dorf. »Gott wird ihn schlagen, wenn er's am wenigsten erwartet. Die beiden Tiere, die jetzt so prächtig sind, kommen bestimmt nicht auf ihren lebendigen vier Beinen zum Viehmarkt.«

Diese Prophezeiung erwies sich als ebenso falsch

wie die vorhergehende. Während des ganzen Winters und im darauffolgenden Frühling verwendeten Colm und seine Familie die größte Sorgfalt an die beiden Tiere, die ihnen zum Wohlstand verholfen hatten. Daher waren sie tatsächlich die beiden Champions auf dem Jahrmarkt. Der Ochse mit dem dunkelweinroten Fell wurde von allen als das schönste Tier gepriesen, das man je in der Gegend gesehen hätte. Er erzielte den höchsten Preis.

Tränen rannen Colm über die Wange, als er, nachdem er sich von den Tieren getrennt hatte, mit seiner Frau vom Bahnhof fortging.

»Die beiden prächtigen Tiere haben mir Glück gebracht«, sagte er. »Mir ist jetzt einsam zumute, weil sie nicht mehr da sind. Wenn sie nicht gewesen wären, hätt ich mir nie vorgenommen, in der Welt voranzukommen. Gelobt sei Gott! Seine Wege sind wundersam. Den einen schlägt er nieder, und den andern erhebt er.«

»Du hast recht«, sagte seine Frau. »Gepriesen sei sein heiliger Name! Wir sind nur armselige Sünder und können seine geheimnisvollen Wege nicht erkennen.«

»Wenn die Kuh von Kate Higgins nicht gestorben wäre, dann wären wir noch heutigentags armselige Knechte auf unserm bißchen Land und müßten uns bis ans Ende unsrer Tage mit dem Hunger herumschlagen und würden niemals mit dem Mißgeschick fertig werden. Und sieh uns jetzt mal an, Frau! Wir können bald steinreich sein! Weiß der Himmel, wie weit wir's noch mal bringen!«

»Hör jetzt auf, so zu reden«, sagte seine Frau. »Wir dürfen nicht hochmütig werden. Und wir dürfen uns nicht rühmen. Die Leute werden schon neidisch auf uns. Ich seh schon den mißgünstigen Blick in den Augen unsrer Nachbarn.«

»Das stimmt«, sagte Colm. »Und deshalb habe ich daran gedacht, in der Stadt einen Laden aufzumachen. Es könnte besser sein, wenn wir nicht länger den Leuten vor Augen stehen, die uns als Arme gekannt haben.«

»In der Stadt?« rief seine Frau. »Nimm dir nur nicht zuviel vor, Colm!«

»Keine Bange!« erwiderte Colm. »Ich weiß, was ich will. Ich stelle ein paar Leute an und beginne im Großen einzukaufen. Das Geld liegt nur so auf der Straße. Man braucht weiter nichts als Mut, Frau!«

»In Gottes Namen!« sagte seine Frau.

Als sie die Stute für die Heimfahrt vor den neuen zweiräderigen Wagen spannten, kam Andy Gorum mit einer Gruppe betrunkener Männer des Wegs.

»Gottes Mühlen mahlen langsam«, grölte Andy, »doch sie mahlen trefflich fein! Die Blutsauger schleppen die Lebensmittel aus unserm Land und geben sie den kämpfenden Ausländern, und unsre Kinder müssen verhungern und sterben. Wir sind barfuß und in Lumpen, und sie verkaufen unsre Wolle und unsre Felle an die Kriegführenden. Sie schaffen all unsre prächtigen Tiere übers Meer, um den Heiden die Bäuche zu füllen. Doch bald wird die Zeit kommen, wenn die Hand des allmächtigen Gottes die Blutsauger niederschlägt, die uns ausplündern. Sie müssen in alle Ewigkeit in der Hölle schmoren!«

Als Colm in seinem neuen grünen Sportwägelchen fortfuhr, pfiffen ihm eine Menge Leute voller Haß und Hohn nach. Jetzt, da er sich so hoch erhoben hatte, war er wieder zum Feind geworden.

Sein hageres Gesicht war vollkommen gleichgültig gegen ihre Hohnrufe. Seine blassen Augen blickten starr geradeaus: voller Kälte und Entschlossenheit und Rücksichtslosigkeit.

Der neue Anzug

Die Großmutter mußte daheim bleiben und das Haus hüten, und die Familie Dillon zog aus, um die Schafe zu scheren. Die beiden ältesten Kinder, Mary und Thomas, gingen mit ihren Eltern. Mary war achtzehn und Thomas war sechzehn, daher hatten sie die würdevolle Miene von Erwachsenen aufgesetzt, für die ein solches Ereignis nicht länger ein aufregendes Abenteuer ist. Mary erzählte ihrer Mutter sogar flüsternd von einer bevorstehenden Hochzeit in einem Nachbardorf, als sie neben ihr herlief, während Thomas mit seinem Vater die Nachhut bildete und mit lauter Stimme und mit aller Anmaßung eines unreifen Burschen über die Ernte-Aussichten sprach.

Doch die andern vier Kinder schossen wie der Blitz aus dem Hof und rannten aus Leibeskräften, bis sie an den schmalen Feldweg kamen, der zum Binnenland östlich des Dorfes führte. Drei von ihnen waren Mädchen, und alle drei trugen weiße Schürzen und hatten bunte Haarschleifen in ihren Zöpfen. Sie schwatzten und sangen im Chor kleine Liedchen, während sie barfuß über die glatten Steine des Weges hüpften.

Das jüngste Kind war ein Junge namens Jimmy, der jetzt sieben war. Er lief den andern weit voraus und blieb hin und wieder stehen, um sich umzudrehen und die langsamer Schlendernden zu größerer Eile anzuspornen. Sein rundes Gesicht war so feierlich ernst, daß man kaum sagen konnte, ob er glücklich oder unglücklich war. Es handelte sich nämlich darum, daß man ihm von der diesjährigen Wolle einen neuen Anzug versprochen hatte. Das Versprechen war ihm schon vergangene Weihnachten gegeben worden, und seither war es auf sein inständiges Drängen hin mehrfach von seinem Vater wie auch von seiner Mutter bestätigt worden. Doch er konnte es noch immer nicht ganz glauben, daß er den Anzug wirklich bekommen würde, und die Qual, solange warten zu müssen, war fast ebenso überwältigend wie die ekstatischen Wonnen seiner Vorfreude.

Bisher hatte er seine Kleidung nur bruchstückweise erhalten. In einem Jahr bekam er eine Hose, und im nächsten Jahr bekam er eine Jacke. Noch nie hatte er das Vergnügen gehabt, einen ganzen Anzug zu bekommen, bei dem alle Stücke aus dem gleichen Jahrgang stammten. Die Hose war schon geflickt, ehe er eine neue Jacke erhielt. Dann wieder war die Jacke verschossen und fadenscheinig, ehe er eine neue Hose bekam. Der Gedanke, einen neuen, vollständigen Anzug tragen zu dürfen, war trotz aller Versprechen zu schön, um wahr zu sein. Deshalb war er fest entschlossen, die Wolle vom Augenblick an, da sie dem Schaf vom Rücken geschoren wurde, nicht mehr aus den Augen zu lassen, bis sie zu Tuch geworden und in den Händen des Schneiders war.

Die Schafe befanden sich in einem langen, schmalen Tal, das ringsherum eingezäunt war. Als Jimmy dorthinkam, standen sie in einer Reihe am Zaun. Obwohl es noch früh am Morgen war, brannte die Sonne doch schon heiß, und die Tiere suchten den Schatten. Jetzt im Sommer war ihnen die schwere Wolle lästig. Sie keuchten ermattet und drängten sich mit gesenkten Köpfen dicht an den Zaun.

»Schäfchen, Schäfchen«, rief Jimmy ihnen zu. »Bald lauft ihr halb nackt herum, wartet nur!«

Die Schafe hoben eifrig die Köpfe und sahen den Jungen an.

»Mäh«, sagten sie erwartungsvoll.

Dann drängten sie sich dicht zusammen und starrten ihn furchtsam an, weil sie Angst hatten, er könnte seinen Hund bei sich haben, der sie gern einschüchterte. Sechs Schafe waren groß und weiß, und sie hatten einen so schweren Wollpelz, daß ihr Rücken ganz platt war. Die andern fünf waren kleine Bergschafe mit dunkler Wolle, die in kurzen, krausen Locken wuchs. Fünf Lämmer waren auch dabei. Drei waren schon beinah ausgewachsen, und der Schwanz war gestutzt. Sie waren zur Aufzucht zurückbehalten worden. Die beiden andern Lämmchen waren sehr jung. Sie versuchten dauernd, an den Zitzen ihrer Mutter zu saugen.

Jimmy und seine drei kleinen Schwestern hatten die Schafe schon allesamt in eine Ecke getrieben, als die andern von der Familie kamen. Nun wurden vier von den weißen Schafen auf den Rücken geworfen, und die Schafschur begann. Jimmy drückte den Kopf des Tieres, das seine Mutter scherte, nach unten. Zuerst versuchte das Schaf andauernd, auf die Beine zu kommen, weil es die Schere spürte.

»Es zappelt so rum«, sagte Jimmy, »als ob es seine Wolle nicht hergeben will.«

»Es hat Angst«, antwortete die Mutter, »deshalb möchte es gern aufstehen.«

»Glaubt es denn, wir wollen's totmachen?« fragte er.

»Vielleicht«, sagte die Mutter.

»Aber du hast mir doch gesagt, ein Schaf ist ein gesegnetes Tier«, sagte Jimmy. »Du hast mir erzählt, daß Gott ihm die Wolle gegeben hat, damit wir neue Sachen haben können.«

»Das stimmt auch«, sagte die Mutter. »Es ist ein gesegnetes Tier, und nicht so wie die bösen Ziegen, die keine Wolle haben und obendrein noch diebisch sind.«

»Warum hat's dann Angst, wir könnten es totmachen?« fragte Jimmy. »Gott muß ihm doch erzählt haben, warum er ihm die Wolle gegeben hat, und daß es ein gesegnetes Tier ist.«

»Halt ihm lieber den Kopf fest, und hör auf zu reden«, sagte die Mutter. »Sonst könnt ich's noch schneiden.«

»Du darfst es aber nicht schneiden, Mutter«, sagte Jimmy. »Es wär ja eine Sünde, wenn du ein gesegnetes Tier schneiden würdest! Dann würde es mir in meinem neuen Anzug vielleicht Unglück bringen!«

»Also gut«, sagte die Mutter. »Halt's jetzt fest, dann schneide ich's auch nicht.«

Als sämtliche Wolle vom Hals und von den Schultern geschnitten war, lag das Schaf ganz still. Nun schnitt die Schere dicke Büschel aus der Wolle auf dem Rücken. In der Nähe der Wurzeln waren die feinen, eng beisammenstehenden Haare so zart wie Seide. Sie waren feucht vor Öl und glänzten und leuchteten im Sonnenschein.

»Hat Gott den Leuten gesagt, wie sie sich aus der Schafwolle Kleider machen sollten?« fragte Jimmy.

»Ja«, sagte die Mutter.

»Wem hat Er's gesagt?« fragte Jimmy.

»Er hat es einem Heiligen gesagt!« antwortete die Mutter.

»Hat Er ihm gleich alles auf einmal gesagt?« fragte Jimmy. »Wie man scheren und spinnen und weben und ein Schneider werden muß?«

»Ja«, sagte die Mutter.

»Wie heißt der Heilige?« fragte Jimmy.

»Ich weiß es nicht«, antwortete die Mutter.

»Das ist aber schade«, sagte Jimmy. »Ich würde gern zu dem Heiligen beten und ihn bitten, er soll auf den Schneider Neddy achtgeben, damit er nicht trinkt, wenn er meinen neuen Anzug macht. Aber wie kann ich denn zu ihm beten, wenn ich seinen Namen nicht weiß? Es ist aber komisch, daß du den

Namen von einem so großen Heiligen nicht kennst! Er müßte der berühmteste von allen Heiligen sein, weil er den Leuten gezeigt hat, wie man aus der Wolle Kleider macht. Wenn er nicht gelebt hätte, dann müßten die Leute im Winter vor Kälte umkommen.«

»Wenn du ein guter Junge bist, bis Neddy der Schneider kommt, um dir deinen Anzug zu nähen, dann wird Gott dafür sorgen, daß Neddy nüchtern bleibt«, sagte die Mutter. »Dann macht er keinen Pfuschkram, wie er's immer tut, wenn er betrunken ist. Aber wenn du kein guter Junge bist, dann könnte er sich betrinken, und dein Anzug wird so schrecklich, daß du dich schämen wirst, ihn anzuziehen. Jetzt mußt du mir keine Fragen mehr stellen über alle möglichen Heiligen. Du mußt ein guter Junge sein und nicht immerzu dumme Fragen stellen.«

»Ja, ich versprech's, Mutter!« sagte Jimmy. »Ich will alles tun, was du mir sagst, und es ist mir ganz gleich, wer der Heilige war.«

Das Scheren nahm seinen Fortgang, bis alle Schafe von Wolle entblößt waren. Jedesmal, wenn ein Schaf von seiner Wolle befreit war, schüttelte es sich und begann mit großem Eifer zu grasen, und nur hin und wieder hielt es inne, um befriedigt zu brummeln, weil es die Last nicht mehr spürte. Die Mutter der beiden kleinsten Lämmer hatte jedoch die größte Mühe, daß ihre Sprößlinge sie in ihrer Nacktheit auch erkannten. Als sie die Mutter ohne Wolle auf sich zukommen sahen, erschraken sie und liefen von ihr fort und kümmerten sich nicht um ihr herzzerreißendes Blöken. Schließlich mußten sie eingefangen und unter ihr Euter gestellt werden. Da erkannten sie ihre Mutter und saugten.

Die Wolle wurde eingesammelt, in Säcke gestopft und nach Hause gebracht. Nun übernahmen es die

Frauen, sie für den Weber vorzubereiten. Jimmy half aus Leibeskräften bei all den verschiedenen Vorgängen mit. Als die Wolle gewaschen und auf einer Wiese zum Bleichen ausgebreitet worden war, kam er sich sehr wichtig vor, weil er den ganzen Tag davor Wache halten durfte. Dann wurde die Wolle gekrempelt und kardätscht, damit sie gesponnen werden konnte. Auch beim Spinnen half er. Er hielt die Garnschlingen hoch, die gesponnen von der Spindel kamen, und seine Schwester Mary wickelte sie auf ein Knäuel. Der weiße Wollfaden wurde auf das eine Knäuel gewickelt, und der graue Faden, der von der dunklen Wolle der Bergschafe stammte, auf ein anderes, und als die ganze Wolle versponnen war, bildete das weiße Knäuel eine riesengroße Kugel.

Jimmy begleitete seine Mutter, als sie mit dem Wollgarn zum Haus des Webers ging. Es lag in einem andern Dorf, etwa drei Meilen entfernt. Sie zog ihr bestes Kleid dafür an, und Jimmy schämte sich schrecklich wegen seiner geflickten Hose, als er neben seiner Mutter einherstapfte. Doch wollte er auf keinen Fall daheim bleiben, denn er war bange, der kostbaren Wolle könnte in seiner Abwesenheit etwas Furchtbares zustoßen. Außerdem wollte er sich beim Weber nach dem Namen des berühmten Heiligen erkundigen, dem Gott das Geheimnis des Kleidermachens anvertraut hatte. Dann würde er jeden Abend zum Heiligen beten können und ihn bitten, dafür zu sorgen, daß Neddy der Schneider nüchtern blieb.

Doch als sie im Hause des Webers anlangten, verlor er allen Mut. Er stand in der Küchentür und starrte in stummen Staunen auf den Webstuhl. Er war in einem tiefer gelegenen Raum aufgestellt, der zur Küche hin keine Trennungswand aufwies, so daß Jimmy von dort, wo er stand, beim Weben zuschauen konnte.

Die verzwickten Bewegungen der Schiffchen und der geheimnisvolle Vorgang, wie aus dem Wollfaden plötzlich Stoff wurde, bestärkten den kleinen Jungen in seinem Glauben, es sei ein Geheimnis, ähnlich dem, das sich auf dem Altar während der Messe vollzog. Es betraf Gott, und da war es besser, seine Nase nicht hineinzustecken, damit Gott nicht zornig wurde. Doch trotzdem zog ihn der geheimnisvolle Vorgang wie mit magnetischer Kraft an. Schrittchen für Schrittchen drückte er sich an der Küchenwand entlang, bis er dicht vor dem Weber stand.

»Hallo, junger Mann«, sagte der Weber, »möchtest du gern lernen, wie man Tuch macht?«

»Komm hierher, Jimmy«, rief seine Mutter, die am Kaminfeuer saß, »und störe ihn nicht bei seiner Arbeit!«

»Er stört mich nicht«, sagte der Weber, »lassen Sie ihn nur hierbleiben.«

Der Weber war ein kleiner Mann mit schwarzem Haar und sehr fahler Haut. Er hatte so lustige Augen, daß Jimmy sich kein bißchen vor ihm fürchtete. Darum faßte sich das Kind plötzlich ein Herz und beschloß, die Gelegenheit nicht vorübergehen zu lassen.

»Kennen Sie den Namen von dem Heiligen?« fragte es den Weber.

»Beachten Sie ihn nicht«, entschuldigte sich die Mutter beim Weber. »Er stellt immer so seltsame Fragen.«

Der Weber beugte sich zum Kind hinüber und fragte: »Was für einen Heiligen meinst du, Freundchen?«

»Der Heilige, der den Menschen gesagt hat, wie sie aus der Wolle Kleider machen können!« sagte Jimmy.

»Aha«, sagte der Weber und sah auf einmal sehr ernst aus. »Tja, das ist eine lange Geschichte, aber ich will dir etwas darüber sagen. Es ist auch eine traurige

Geschichte, und nicht nur eine lange. Es ist nämlich leider so, daß die Menschen den Namen des Heiligen nicht mehr wissen, der sie gelehrt hat, aus Wolle Kleider zu machen, und auch den Namen des andern Heiligen kennen sie nicht, der ihnen gezeigt hat, wie man pflügen muß oder wie man Häuser baut.«

»Ach, das ist furchtbar schade«, sagte Jimmy niedergeschlagen. »Weiß es denn keiner mehr, nicht mal der Priester?«

»Nein, keiner«, sagte der Weber ernst. »Nicht mal der Priester. Die Menschen haben die Namen dieser großen Heiligen vergessen. Das kam daher, weil die Leute früher Heiden waren, und es gab nicht viel gute Menschen unter ihnen. Die guten Menschen waren die Heiligen. Alle andern waren sündig und verstockt. Sie merkten sich bloß die Namen von Leuten, die so böse waren wie sie selber, Namen von Königen und Tyrannen und bösen Gutsherren und Generälen, die Kriege führten, und von Wucherern, die den Armen ihr Geld nahmen, und von allen möglichen berüchtigten Verbrechern. Und sie haben die Namen der Heiligen, die ihre Wohltäter waren, nicht nur vergessen, sie haben die Heiligen auch verfolgt und sie manchmal sogar umgebracht.«

»Das ist schlimm«, sagte Jimmy. »Und ich hab geglaubt, Sie wüßten ganz bestimmt den Namen von dem Heiligen, der den Menschen gezeigt hat, wie sie aus Wolle Kleider machen können. Ich will's nämlich aus einem ganz bestimmten Grund wissen.«

»Bist du jetzt still?« sagte Jimmys Mutter. »Du hast genug geredet.«

Sie nahm Jimmy mit sich fort, ehe er dem Weber noch mehr Fragen stellen konnte. Als der kleine Junge abends im Bett lag, weinte er, weil er so entsetzt war über des Webers traurige Schilderung von der Menschheit, und weil er überzeugt war, daß im letzten Augenblick irgendein Unglück geschehen würde, das seine Aussichten auf einen neuen Anzug zunichte machte.

Dann, als das fertige Tuch vom Weber zurückkam, stiegen seine Hoffnungen zu einer neuen Höhe an. Der Walktrog wurde in die Küche gebracht. Seine Mutter und seine Schwester Mary setzten sich auf die beiden Enden des langen Holztroges und ließen ihre nackten Füße hineinhängen. Das Tuch wurde in die Mitte des Troges gelegt, jeweils ein paar Meter. Saures Wasser wurde darüber geschüttet, um es weich zu machen. Nun stießen die Frauen gleichmäßig danach, bis es die richtige Dichte erreicht hatte.

Endlich war der große Augenblick gekommen. Das Tuch lag für den Schneider bereit. Am Tage, da Jimmys Bruder Thomas im Wagen wegfuhr, um die wichtige Persönlichkeit zu holen, war Jimmy schon seit dem Morgengrauen wach. Er war in einer so hellen Aufregung, daß seine Mutter die größte Mühe hatte, ihn zum Frühstücken zu bewegen. Nachdem sein Bruder abgefahren war, nahm seine Aufregung noch zu. Seine Mutter konnte keinen einzigen Schritt im Hause tun, ohne daß er sich an ihren Schürzenzipfel hängte. Schließlich sprach sie ein ernstes Wörtchen mit ihm.

»Was fehlt dir eigentlich?« fragte sie ihn. »Hast du immer noch Angst, du könntest deinen Anzug nicht bekommen?«

»Nein, Mutter«, erwiderte Jimmy, »aber ich hab Angst, daß Neddy gestern abend getrunken hat, und dann verpfuscht er mir den Anzug. Und den Namen des Heiligen konnte mir keiner sagen, darum konnt ich auch nicht zu ihm beten und ihn bitten, daß er Neddy vom Trinken abhält.«

»Das macht nichts«, sagte seine Mutter. »Wir können's rasch herausbringen, ob er gestern abend getrunken hat. Wir wissen es, sowie er über die Schwelle getreten ist.«

»Wie können wir das denn wissen?« fragte Jimmy.

»Es ist ganz leicht«, antwortete seine Mutter. »Sowie er über die Schwelle tritt, biete ich ihm eine Tasse Tee an. Wenn er den Tee ausschlägt und statt dessen um einen Schluck Buttermilch bittet, dann hat er getrunken. Aber wenn er Tee trinkt und wenn ihm nach dem Trinken der Schweiß übers Gesicht rinnt, dann ist er gestern abend nüchtern gewesen und kann gute Sachen schneidern.«

Als der schwere Wagen endlich die Dorfstraße heraufgerumpelt kam, lief ihm Jimmy bis zum Hoftor entgegen. Da saß der Schneider im Wagenkasten und hatte die Beine unter sich verschränkt und ließ den Kopf trübselig hängen. Der kleine Junge verlor alle Hoffnung. Die Haltung des Schneiders ließ ihn glauben, daß er am Abend vorher ganz besonders schlimm getrunken hatte. Dann hielt der Wagen auf dem Hof. Thomas sprang vom Bock und trug das Handwerkszeug des Schneiders ins Haus. Auch der Schneider stieg ab, nachdem er sich fast eine Minute lang in düsterem Schweigen umgeschaut hatte, und humpelte über die Schwelle.

Er war ein sehr magerer Mensch mit einem Klumpfuß und einem riesengroßen Adamsapfel. Sein Gesicht war totenbleich, und er hatte buschige graue Augenbrauen, die seinen blauen Augen einen wilden Ausdruck verliehen. Er litt an Asthma, deshalb rang er ständig und mit zischendem Laut nach Atem. Jedesmal, wenn er tief Atem schöpfte, stieg sein Adamsapfel wie eine kleine Kartoffel in der Kehle empor, blieb oben und rutschte dann wieder hinunter.

»Hunderttausendmal willkommen, Schneider«, sagte Jims Mutter. »Setzt Euch und trinkt eine Tasse Tee!«

»Besten Dank, Madam«, sagte der Schneider.

»Ich nehme gern eine Tasse Tee, wenn's Ihnen nicht zuviel Mühe macht.«

»Ach, 's macht überhaupt keine Mühe«, rief Jimmy, der unmöglich noch länger schweigen konnte, so überwältigt von Glück war er. »Wir haben ihn schon fertig, weil wir sehen wollten, ob Sie ihn trinken können. Wir hatten Angst, daß Sie vielleicht lieber Buttermilch wollen.«

Die Mutter hob die Feuerzange auf und drohte Jimmy damit. Der Junge wurde bis an die Haarwurzeln rot und verkroch sich in eine Ecke, so erschrocken war er wegen des Fehlers, den er gemacht hatte. Doch der Schneider sah den Kleinen nur ein paar Sekunden ernsthaft an, und dann brach er in Lachen aus.

»Himmeldonnerwetter«, sagte er, nachdem er sich satt gelacht hatte. »Ich näh dir den schönsten Anzug, den ich je in meinem Leben gemacht hab, und bloß, weil du mich zum Lachen gebracht hast. Ein Junge, der mich zum Lachen bringt, verdient den schönsten Anzug von der Welt. Tüchtig lachen – das ist noch allemal einen guten Anzug wert. Mach dich fertig, daß ich maßnehmen kann!«

So wurde Jimmy wieder glücklich. Das Handwerkszeug des Schneiders wurde auf dem großen Tisch ausgebreitet, und als der Schneider seinen Tee getrunken hatte, holte er sich Jimmy zum Maßnehmen. Dann begann er mit wildem Eifer zu nähen und unterbrach sich nur von Zeit zu Zeit, um wieder ein tolles Gelächter anzustimmen.

»Himmeldonnerwetter!« wiederholte er nach jedem Lachanfall, »das muß mit einem guten Anzug belohnt werden!«

Und er hielt sein Versprechen, denn der kleine Anzug saß wie angegossen, und als Jimmy am nächsten Sonntag in die Kirche ging, beneideten ihn alle Dorfjungen.

Die Bettler

Die Augen des Blinden waren weiß. Die blicklosen Pupillen waren hinter den niederhängenden Lidern versteckt. Die Lider waren kahl. Er war blind geboren, daher waren die Wimpern infolge von Untätigkeit verschwunden. Die unteren Lidränder waren nach außen gestülpt und beschrieben unterhalb der weißen Augäpfel einen Halbkreis feuchten, rötlichen Fleisches.

Den Kopf hatte er erhoben und leicht auf die Seite geneigt, als warte er ewig auf das Kommen des Lichts. Dadurch wirkte der Kopf – mit den länglichen weißen Schlitzen im Halbkreis feuchten rötlichen Fleisches an Stelle der Augen – wie eine Skulptur. Seine Ohren waren schön. Sie hatten die Aufgabe des Gesichtssinnes übernommen. Das leiseste Geräusch entging ihnen nicht. Ihre ständigen Warnrufe verliehen dem Gesicht einen gequälten Ausdruck. Nicht nur seine Nase und sein Mund, sondern auch sein Kinn zitterte bei jeder neuen Warnung.

Sein Kopf wirkte in dieser reglosen skulpturartigen Haltung hochmütig und priesterhaft. Seine Wangen waren rot und ziemlich fleischig. Die Stirne war hoch und breit. An den Schläfen war er kahl, doch sonst war sein Schädel mit einer dicken Matte grauen Haares bedeckt, das kurz geschnitten und gut gekämmt war. Seine Haut war klar und frisch.

Auch seine Stimme klang so hochmütig wie die eines reichen Priesters, als er denen, die durch das Tor gingen, zurief:

»Ich wünsch euch allen einen glücklichen Tod. Keiner von euch kennt die Stunde oder den Ort oder die Ursache. Darum ist's gut, wenn man vorbereitet ist. Da gibt's kein besseres Mittel, als wenn man den Armen hilft. Verdient euch den Segen des Blinden! Helft dem Blinden, und er wünscht euch allen einen glücklichen Tod!«

Nicht einer in der ganzen Menge beachtete ihn oder den kleinen Beutel, den er in der ausgestreckten Linken hielt. Es war ein Lederbeutel, der oben mit einer grünen Schnur zusammengezogen werden konnte. Seine runden, sauberen Finger tasteten über die Öffnung des Beutels, wenn er ihn vor den Vorübergehenden schüttelte. War er fertig mit seiner Ansprache, dann lauschte er ein paar Sekunden mit auf die Seite gelegtem Kopf. Dann leckte er sich die Lippen, zuckte die Achseln und begann wieder von vorn:

»Ich wünsche euch allen einen glücklichen Tod. Keiner von euch kennt die Stunde...«

Er saß zusammengekauert auf einem Steinblock neben dem Tor. Ein langer schwarzer Mantel bedeckte seine plumpe Gestalt. Es hatte die ganze Nacht und einen Teil des voraufgegangenen Tages geregnet. Die Erde am Tor, die von Hufen niedergetrampelt war, bildete jetzt einen einzigen Schlammtümpel. Der Zipfel seines Mantels tauchte in den feuchten Schmutz. Er hatte seine Melone mit der Öffnung nach unten neben sich auf die Erde gestellt. Sie war vollständig mit Schlamm überzogen, den die watenden Füße der Vorübergehenden daraufgeschleudert hatten.

Das Tor stand mitten auf dem Rennplatz. Hier mußten die Leute hindurch, wenn sie von der Straße zu den Tribünen mit den grünen Dächern wollten, die jenseits den ansteigenden Hang überragten. Die Landstraße lag zwei Felder entfernt auf der gegenüberliegenden Seite. Dort parkten mehrere Autobusse und zweirädrige Wagen. Und die Menschenschlange, die zu den Tribünen eilte, wurde unterwegs von vielen Bettlern belästigt. Alle andern Bettler erhielten Geldmünzen.

Auf dem Feld dicht an der Straße stand ein magerer Mann und verkaufte Tips. Er trug eine Schirmmütze und eine schäbige graue Jacke mit Gürtel. Die Tips waren auf Papierstreifen geschrieben, die in winzigen Umschlägen steckten und die er für Threepence das Stück verkaufte. Sein Geschäft ging gut, denn er war sehr behende und hatte ein lautes Mundwerk. Er rannte die hastende Menschenschlange auf und ab: wie ein Schäferhund, der die Schafe beunruhigt, kläffte er und bot seine Umschläge an.

Zwischen diesem Feld und dem nächsten lag die Rennbahn, auf der die Pferde laufen sollten. Auf jeder Seite der Rennbahn befanden sich weiße Holzzäune. Wenn die Leute durch zwei kleine Staket-Pforten geschritten waren, blieben sie stehen, um die Hindernisse anzuschauen. Auf der einen Seite war ein Wassergraben, auf der andern ein Doppelwall. Eine junge Frau mit rotem Haar, die einen schwarzen Schal über einem zerlumpten blauen Kleid trug, stand singend auf dem leuchtend grünen Rasen in der Mitte der abgezäunten Rennbahn. Ihre Tochter, ein zehnjähriges Kind, ging mit einem Blechbecher zu den stehengebliebenen Leuten. Es war kaum einer dabei, der dem kläglichen Ruf und dem trostlosen Ausdruck in dem abgehärmten Gesicht widerstehen konnte.

»Viel Glück für jedermann«, sang sie. »Der Segen der kleinen Waise bringt euch Glück!«

Das zweite Feld fiel vom Tor, an dem der Blinde saß, steil ab. Auf diesem Feld waren längs des ganzen Abhangs, über den die Leute hasteten, viele Bettler. Der auffallendste war ein junger Mann, der auf einer kleinen Kuppe stand und Harmonika spielte. Der junge Mann hatte ein hübsches, mädchenhaftes Gesicht mit einem üppigen schwarzen Haarwust darüber. Sein Liebchen ging für ihn betteln und benützte seine Mütze, um die Münzen zu sammeln. Sie bekam so viele Pennies, daß sie die Mütze hin und wieder in die beutelnden Taschen ihres Regenmantels ausleeren mußte.

Die eilende Menschenmenge, die zu den andern Bettlern so freigebig war, ging am blinden Mann im Tor mit dem starren Blick von Rindvieh vorbei, das in einer Herde dahinstürmt. Die Behenderen sprangen über den Schlammtümpel hinweg. Die Mehrzahl watete stumpfsinnig hindurch und spritzte mit gleichgültigen Schritten Schlamm auf seinen Hut und seinen Mantel. Und doch wiederholte er andauernd seine hochmütige Ansprache, unberührt von ihrer Gleichgültigkeit.

Wie eine sprechende Statue thronte er auf dem Steinblock am Tor und leierte mit priesterhafter Stimme:

»Ich wünsche euch allen einen glücklichen Tod. Keiner von euch kennt die Stunde ...«

Die Scharen lichteten sich. Oben bei den Tribünen riefen die Buchmacher schon die Chancen des ersten Rennens aus. Ein großer Mann kam im vollen Lauf den Hang hinab zum Tor gerannt. Er trug seinen Hut in der einen Hand und in der andern einen schweren Schwarzdorn-Knüppel. Sein grauer Mantel war nicht zugeknöpft. Die Aufschläge seiner Hose hatte er mit Radfahrer-Klammern verengt. Die Schuhe waren vor Schlamm weißverkrustet. Der blaue Serge-Anzug war bis zum Gürtel hinauf voller Schlammspritzer. Eine goldene Uhrkette hing quer auf dem ein wenig vorstehenden Bauch. Das ziegelrote Gesicht war mit Schweißtropfen übersät. Sein Schädel war oben auf dem Scheitel schon kahl, und dünne Strähnen blonden Haares waren querüber gekämmt. Sie lagen wirr auf der erhitzten weißen Haut. Er hatte Raffzähne.

Als er schon halbwegs durch die große Pfütze gekommen war, begann der Blinde seine Ansprache von neuem. Er fuhr zusammen, blickte den Blinden an und verlangsamte seine Schritte. Ein paar Meter hinter dem Tor blieb er stehen. Dann runzelte er die Stirn und schwenkte seinen Stock hoch über den Kopf, als wolle er dem Blinden damit drohen. Mit dem so erhobenen Stock ging er zurück und stellte sich ins Tor, dem Bettler gegenüber. Seine kleinen blauen Augen blickten erschrocken drein, und er stammelte etwas Unverständliches. Der Blinde beendete seine Ansprache und leckte sich die Lippen. Der große Mann ließ seinen Stock sinken, runzelte die Stirn, blickte sich verstohlen um und riß den Mund weit auf. Er grinste von einem Ohr zum andern. Er bückte sich, zog die Schultern ein, spuckte auf seinen Stock und stieß einen gellenden Schrei aus.

»Ich hab's! « rief er frohlockend. »Ich hab's! «

Der Blinde war bei dem Schrei zusammengefahren und hatte sich halb von seinem Steinblock erhoben; dann verharrte er mit krummen Knien und lauschte angespannt. Als er die Worte des großen Mannes vernahm, zog er eilig die Hand zurück, die den kleinen Beutel hielt.

»Heh? « rief er wild. »Was hast du, du Dieb? Bestiehlst du einen Blinden? «

Der Fremde rannte schleunigst den Hang hinauf zu den Buchmachern, wobei er den Stock schwenkte und von Zeit zu Zeit rief:

»Ich hab's! Tod und Teufel! Ich hab's! «

Der Blinde durchwühlte in größter Aufregung seinen kleinen Beutel. Es war nur ein Penny drin, einer, den er selbst zu Anfang hineingesteckt hatte, um die Mildtätigen anzuspornen. Er setzte sich wieder hin und sah verblüfft aus. Seine Nase zuckte, und er wandte die Ohren bald hierhin, bald dorthin und versuchte, ein Geräusch zu erhaschen, das ihm den seltsamen Vorfall erklären könnte. Dann fuhr er zusammen und tastete den Boden nach seinem Hut ab. Er fand ihn, hob ihn auf und legte ihn auf seine Knie. Seine Finger glitten argwöhnisch über den Hutkopf. Als er entdeckte, daß er verschmutzt war, verzog sich sein Gesicht vor Wut.

»Den Fluch des Blinden auf den, der's getan hat!« rief er.

Seine Stimme hatte ihre priesterhafte Anmaßung verloren. Sie war jetzt gehässig, rauh und undeutlich. Sein Ausdruck war boshaft.

»Ich will ja nichts sagen, wenn sie vorbeigehen, ohne einen roten Penny in meinen Beutel zu werfen«, fuhr er fort. »Das ist der Preis, den ich zahlen muß, weil ich zu diesem Sündenort kam und Barmherzigkeit erwartete. Aber er hat mich ausgelacht!«

Plötzlich geriet er in sinnlose Raserei. Er beugte sich vor, den Hut zwischen den Knien, spuckte aus und trampelte dann mit beiden Füßen rasch hintereinander auf den Boden. Er schüttelte sich wie ein nasser Hund und schrie mit lauter Stimme, die vor Übergeschnapptheit ganz heiser klang:

»Ausgelacht hat er mich! Er hat Dreck auf meinen Hut geworfen und mich ausgelacht! Hat den armen blinden Mann ausgelacht! Verflucht soll er sein!«

Die letzten Nachzügler kamen jetzt durch das Tor. Sie blickten verständnislos auf den wütenden Bettler. Dann eilten sie den Hang hinauf, den Blick starr auf die Tribünen geheftet, bei denen die Buchmacher ihre verrückten Schreie ausstießen. Das erste Rennen sollte beginnen. Die Pferde waren schon aus dem Paddock aufgetaucht und kanterten an den Tribünen vorbei. Die andern Bettler, die sich hinter den Nachzüglern als eine Art Nachhut eingefunden hatten, machten am Tore Halt. Sie interessierten sich nicht für die

Rennen und scharten sich um ihren blinden Kollegen.

»Was fehlt Ihnen, Sie Armer?« fragte die Frau, die gesungen hatte. »Warum schreien Sie denn so?«

Der Blinde brach sein Klagelied ab, sobald er angeredet wurde. Eine Zeitlang gab er keine Antwort. Das Zittern seines Körpers ließ allmählich nach. Sein Gesicht wurde listig. Seine sensiblen Ohren wandten sich rastlos umher, damit er sich die Stimme der Sprechenden erklären konnte. Seine Stirn war in Falten gelegt.

»Wer spricht da?« fragte er endlich.

»*Musha*, Sie Armer«, antwortete sie, »'s ist bloß eine Bettel-Sängerin, die gehört hat, wie Sie gewettert haben. Deshalb hab ich gefragt, was Ihnen fehlt. Hat Ihnen vielleicht ein Gauner Ihren Bettelsack gestohlen?«

Wiederum wartete der Blinde, ehe er eine Antwort gab. Er atmete tief und langsam durch die Nase und bemühte sich, seine priesterhafte Würde zurückzuerlangen. Genau wie ein Igel seine Stacheln aufrichtet, hatte er vor Schreck einen Wutanfall bekommen. Jetzt, da die Gefahr vorbei war, wollte er sein wildes Ungestüm hinter einer Maske verstecken. Sein Kopf wurde wieder so reglos wie der einer Statue: leicht auf die Seite gelegt, und mit länglichen weißen Schlitzen anstelle der Augen. Als einziges Anzeichen seiner Wut war ein leichtes Zucken seiner feinen Nüstern übriggeblieben.

»Aber nein«, sagte er hochmütig, »keiner hat etwas aus meinem Beutel gestohlen, denn es war nichts drin außer dem einen Penny, den ich selbst hineingesteckt hatte. Ein Mann hat mich ausgelacht, nachdem er zuerst Schmutz auf meinen Hut gespritzt hat. Ein schlechter Mensch. Ich hab ihm den Fluch der Blinden nachgeworfen.«

»*Arrah*, der hat Sie überhaupt nicht ausgelacht«,

sagte der schwarzhaarige junge Mann mit der Harmonika. »Ich hab's gesehen, wie er vor Ihnen einen Freudensprung gemacht und geschrien hat. Der war doch einfach betrunken! Vor mir hat er auch Sprünge gemacht, aber er hat Dulcie ein Sixpenny-Stück gegeben. Der hat nichts Böses getan!«

»Ja, so war's«, sagte das Liebchen des Musikanten. »Er hat Sixpence in die Mütze geworfen und wie ein Verrückter gegrinst, Gott steh uns bei!«

»Er hat mich ausgelacht«, sagte der Blinde eigensinnig, »und er hat Schlamm auf meinen Hut gespritzt. Ich hatte meinen Hut neben mich auf den Boden gestellt, wie ich's immer mache. Jetzt ist er über und über voll Schmutz.«

»Sie Armer«, sagte die Bettel-Sängerin. »Geben Sie den Hut her, ich will ihn putzen!«

Der Blinde duldete es, daß sie den Hut nahm, und sagte dann:

»Den Blinden ward große Macht von Gott verliehen. In ihrem Fluch steckt sehr viel Kraft!«

Die Bettel-Sängerin bekreuzte sich und fing an, den Hut zu putzen. Der magere Tip-Verkäufer ließ sich vor dem Blinden auf ein Knie nieder und holte den Rest seiner kleinen Umschläge aus der Brusttasche seiner Jacke.

»Herrjemine!« rief er. »Kein Wunder, daß Dreck auf'm Hut ist, wenn Sie'n da in die Pfütze legen! Das war dumm von Ihnen! Sie hätten sich überhaupt nicht hierher setzen sollen. Sie waren zu nah bei den Tribünen. Ist doch allbekannt, daß ein Bettler sich bei den Rennen nicht dort aufstellen muß, wo man noch die Buchmacher hören kann.«

»Was fällt Ihnen ein, mir Ratschläge zu geben?« rief der Blinde in beleidigtem Stolz. »Mir wollen Sie Ratschläge geben? Mir, der im ganzen Land bekannt ist?«

»Ich hab Sie doch nicht beleidigen wollen«, erwiderte der Tip-Verkäufer. »Sie brauchen nicht so empfindlich zu sein. Und überhaupt hab ich Sie noch nie bei den Rennen gesehen.«

»Klar«, sagte der Blinde. »Hab auch noch nie hier gebettelt. 's ist heut das erste Mal, daß ich meinen Fuß an solchen Ort gesetzt habe.«

»Und keinen Penny haben Sie für all Ihre Mühe bekommen, Sie Armer«, sagte die Frau. »Das beweist mal wieder, wie wahr das alte Sprichwort ist: ‚Jeder Bettler hat seinen Stand.'«

»Sehr richtig«, sagte der Tip-Verkäufer und nahm die Papierstreifen aus den kleinen Umschlägen. »Wahrscheinlich verdient er viel mehr Pennies an der Kirchentür als auf der Rennbahn.«

»Und auf den Kirchhöfen«, sagte der Blinde. »Am Friedhofstor oder bei einer großen Beerdigung bekomm ich eine Menge Geld. Aber heutzutage sind die großen Beerdigungen selten geworden, sogar die mittelmäßigen. Beerdigungen gehören auch der Vergangenheit an. Jahrmärkte waren früher auch gut, und die werden von Jahr zu Jahr schlechter. Heutzutage könnt ich verhungern, wenn's nicht die Missionen gäbe.«

»Die Missionen?*« fragte der Harmonika-Spieler. »Warum denn die?«

»Das kann ich Ihnen erklären«, sagte der Blinde. »Die Leute helfen den Blinden, weil sie Angst vor dem Tod haben. Ein Blinder ist halbwegs zwischen dieser Welt und der nächsten. Deshalb haben die Leute Angst vor ihm und denken, er könnt ihnen einen Fluch anhängen. Sie denken, er weiß alles über das Dunkel nach dem Tod. Deshalb sind sie während

* In der römisch-katholischen und anglikanischen Kirche sind Missionen eine Reihe von Gottesdiensten zur Belebung der Frömmigkeit und Bekehrung der Unbußfertigen.

der Missionen so freigebig. Die Priester, die dann predigen, haben eine wunderbare Rednergabe. Einer ist da, hab ich gehört, der redet sich in Feuer und Begeisterung rein, und dem zieh ich nach, durchs ganze Land, einerlei, wohin er geht. O ja, gut sind sie alle, die Missionen-Priester. Sie jagen den Leuten die Angst vor der Hölle in die Knochen. Sie machen ihnen entsetzlich bange. Die Leute kommen aus der Kirche und schlottern an allen Gliedern. Und dann sitz ich da und warte auf sie. Ich wünsch ihnen allen einen glücklichen Tod. Dann geben sie mir ihren letzten Penny. O ja, Missionen sind wunderbar, gelobt sei Gott!«

»Amen«, sagte die Bettel-Sängerin. »Hier ist Ihr Hut. Ich hab ihn so gut geputzt, wie's nur anging.«

»Gott segne Sie!« sagte der Blinde.

Als er den Hut entgegennahm, erhob sich auf den Tribünen ein großes Gebrüll.

»Jetzt laufen sie«, sagte der schwarzhaarige Musikant.

Er hatte sich die Harmonika auf den Rücken geschnallt und kletterte auf die Steinmauer hinauf. Der Tip-Verkäufer und ein paar von den andern Bettlern taten es ihm nach.

»Was ist los?« fragte der Blinde empfindlich. »Was ist das denn für'n Getöse?«

»Die Pferde laufen jetzt«, erklärte die Bettel-Sängerin. »Komm mal zu mir, Lizzie! Du mußt mir was besorgen!«

Das Kind kletterte unwillig von der Steinmauer herunter und ging zu seiner Mutter, die in der einen Hand eine Kanne und in der andern ein in Papier gewickeltes Päckchen hatte. Sie gab dem Kind die Kanne und sagte:

»Geh zum Zelt rauf, zum ersten von hier. Laß dir die Kanne mit Tee füllen und komm rasch wieder her!

Sag ihnen, sie sollten auch Zucker reintun! Kannst sie bitten, es dir um einen Gotteslohn zu geben, aber wenn sie das nicht wollen, dann nimm hier das Geld!«

Sie gab dem Kind ein paar Kupfermünzen.

»Alle über die zweite Hürde!« rief der Tip-Verkäufer oben auf der Mauer. »Alle zehn Pferde! Das wird ein großes Rennen, wenn sie alle durchhalten. Da, jetzt laufen sie an den Tribünen vorbei!«

Das dumpfe Donnern der Hufe vermischte sich mit den Rufen der Leute, als die Pferde an den Tribünen vorbeigaloppierten. Dann verschwanden sie in einer Senke und waren nur noch an den hüpfenden Mützen der Jockeys zu erkennen. Das Geschrei erstarb zu einem Murmeln.

»Ich sollte überhaupt nicht hier sein«, sagte der Blinde verdrossen.

»Ich hab mich auch schon gewundert, weshalb Sie hier sind«, sagte die Frau. »Möchten Sie eine Scheibe Brot?«

Sie hockte jetzt auf einem Stein neben ihm und hatte das Paket auf ihrem Schoß aufgemacht. Sechs dicke Scheiben Brot, mit Räucherhering-Paste bestrichen, waren in dem Paket. Der Blinde nahm eine Scheibe an und dankte ihr.

»Es kam alles von dem Traum, den ich letzte Nacht gehabt habe«, erzählte er. »Deshalb bin ich hergekommen. Ich wohne seit einem Jahr bei einer Schwester von mir, die ein Logierhaus hat. Und letzte Nacht wohnten Landleute in dem Zimmer neben meinem. Wegen der Rennen waren sie in die Stadt gekommen. Als ich aus meinem Traum aufwachte, konnt ich hören, wie sie von den Rennen sprachen, und wieviel Geld sie gewinnen wollten. Die Wand ist dünn, und da konnt ich jedes Wort hören, das sie sich zutuschelten. Und dann fiel mir mein Traum ein. Es hatte auch mit Geldverdienen zu tun. Im Traum sollte ich morgens aufstehen und zu einem Ort gehn, wo ich noch nie gewesen bin, und da sollte ich viel Geld bekommen.«

Neues Gebrüll auf den Tribünen unterbrach den Blinden. Eine Stimme, lauter als alle andern, rief deutlich:

»Der Favorit ist gestürzt!«

»Jetzt sind schon vier gestürzt«, sagte der Tip-Verkäufer auf der Mauer. »Das Rennen ist hin.«

Die Rennpferde, die jetzt hinten auf der Rennbahn liefen, zeichneten sich gegen den bewölkten Himmel ab. Ihre schlanken und eleganten Körper mit den in grelle Seide gekleideten Jockeys sahen auf den wilden, von Feldsteinmauern umhegten und mit gelben Ginsterbüschen übersäten Feldern sehr fremdländisch aus. Das kalte Sonnenlicht hinter weißlichen Wolkenvorhängen verlieh dem Aprilnachmittag eine winterliche Stimmung.

»Der Traum ist also dran schuld, daß Sie herkamen«, sagte die Bettel-Sängerin, »weil Sie dachten, Sie bekämen hier haufenweise Geld!«

»Mir fiel nichts andres ein, wo ich noch nicht gewesen bin«, antwortete der Blinde. »Und außerdem ist's schon einen Monat her seit der letzten Mission oder Beerdigung. Und seit die Fastenzeit vorbei ist, nehm ich auf meinem Stand bei der Augustiner Kirche kaum einen Penny ein. Oh, liebe Frau, um diese Jahreszeit denken die Menschen nicht an den Tod, sondern an Freude und Sünde. Um diese Jahreszeit, liebe Frau, steckt den Menschen die Lust im Blut!«

Das Gebrüll der Menge erreichte jetzt seinen Höhepunkt, da das Rennen sich dem Ende näherte. Sogar die Bettler auf der Steinmauer begannen zu schreien. Die Bettel-Sängerin sprang auf und scheuchte mit beiden Armen ein Pferd fort, das durchgebrannt war und jetzt den Hang hinab zum Tor galoppierte.

»Heh! Heh!« rief sie. »Scher dich fort!«

»Was ist los?« fragte der Blinde erregt. »Was hör ich da kommen?«

»'s ist ein Pferd«, rief die Frau. »Es wird uns noch über den Haufen rennen. Scher dich fort!«

Das Pferd, das während des Rennens gestürzt war, galoppierte jetzt ohne Reiter und mit nachschleifendem Zügel zu den Paddocks. Sein Hals war auf beiden Seiten ganz weiß vor Schaum, und an der hinteren Fußfessel hatte es eine rote Wunde. Als es in die Nähe des Tores kam, blieb es einen Augenblick stehen und starrte wild und mit weit aufgerissenen roten Nüstern. Dann schnaubte es und galoppierte in der entgegengesetzten Richtung davon.

»Großer Gott!« rief der Blinde. »Eine schreckliche Gegend! Hab mich zu Tode erschrocken!«

»Macht ja nichts«, sagte die Frau. »Jetzt ist es weg.«

Sie hockte sich wieder auf den Stein und kaute an ihrem Brot.

»Haben Sie denn niemand bei sich, Sie Armer?« fragte sie. »Keinen Hund und kein Kind und kein Garnichts außer Ihrem Stock? Haben Sie sich den ganzen Weg von der Stadt mutterseelenallein hergetastet?«

»Nein«, antwortete der Blinde. »Mein Neffe ist mitgekommen, der kleine Johnny. Er ist in Flanagans Zelt oben und wäscht Gläser ab. Ich bin heut früh mit ihm auf Flanagans Wagen rausgefahren. Ich hab ihn gebeten, mich an einer guten Stelle abzusetzen. Ich hab gehört, die reichen Leute kommen in ihren Autos hinten um den Hügel herum und dann durchs Haupttor, aber da darf kein Bettler seinen Stand beziehn. Darum hab ich den Platz hier ausgesucht, weil ich mir dachte, es ist auch ein Tor. Hat mir gar nichts genützt. Hab weiter nichts als Hohn und Spott und Dreck eingenommen.«

»Essen Sie nur Ihr Brot«, sagte die Frau. »Sie haben doch wenigstens frische Luft gehabt, und der Tag ist noch nicht vorbei.«

Das erste Rennen war jetzt beendet, und auf den Tribünen herrschte Ruhe. Das Liebchen des Musikanten sprang von der Mauer herunter und rief:

»Gehst du zu den Zelten rauf, Fred? Du kannst vielleicht vor dem nächsten Rennen ein paar Lieder spielen?«

»Der Teufel hol die Lieder!« sagte der Musikant. »Meine Finger sind wie abgestorben, weil ich vier Stunden hintereinander gespielt habe.«

Er ließ sich oben auf der Mauer nieder und holte ein Päckchen Zigaretten aus der Tasche. Er bot dem Tip-Verkäufer eine an, und der setzte sich neben ihn auf die Mauer.

»Sie haben ganz recht«, sagte der Tip-Verkäufer. »Es nützt nichts, vor dem vierten oder fünften Rennen zwischen den Zelten rumzugehn. Dann haben die Leute schon einen tüchtigen Schluck getrunken, und man kann ihnen Geld abzwacken. Woll'n uns ein bißchen ausruhn. Ich bin auch ganz heiser vom Rufen.«

Das Kind kam mit der Kanne Tee angerannt.

»Sie haben's mir um einen Gotteslohn gegeben«, sagte es zu seiner Mutter. »Ich hab geweint und gesagt, ich wär hungrig, und da hat der Mann zur Frau gesagt, sie soll's mir um einen Gotteslohn geben. Kann ich einen Penny für Bonbons behalten, Mammi?«

»Gott segne dich«, sagte die Mutter, »natürlich kannst du das. Die Klugen muß man belohnen. Gib mir den Rest Geld wieder.«

Das Kind gab seiner Mutter alle Kupfermünzen bis auf eine. Es rannte mit seinem Penny zu den Zelten zurück, aber die Mutter rief ihm nach und gab ihm ein Stück Brot. Es nahm die Scheibe in die Hand und fing im Laufen an zu essen.

»Eil dich«, rief die Frau, »dann bekommst du noch Tee!«

Sie goß etwas Tee in den Deckel der Kanne und reichte ihn dem blinden Mann, der jetzt mit Behagen sein Brot aß. In der Stille, die nach dem Rennen eingetreten war, schien er sich viel wohler zu fühlen.

»Danke, Ma'am«, sagte er, als sie ihm den Deckel reichte. »Da bekommt man ja wieder Mut, wenn man an solchem Ort wie dem hier eine Frau wie Sie antrifft. Und das beweist, wie sehr der Mensch sich irren kann. Ich hab immer gedacht, Leute, die zu den Rennen gehen, versündigen sich gegen den Heiligen Geist. Aber es scheint mir, daß sie freundlicher als die Kirchen-Bettler sind. Und dabei sollte man doch meinen, daß Kirchen-Bettler fromme Menschen sind, finden Sie nicht auch?«

»Ja, wahrhaftig«, sagte die Bettel-Sängerin, »wo sie doch neben dem Hause Gottes sitzen. Sind sie's denn nicht?«

»Sie können sich gegenseitig nicht ausstehn«, sagte der Blinde heftig. »Sie würden einem nicht mal ihren warmen Atemhauch gönnen, auch wenn man erfroren wäre.«

»Wirklich?« sagte die Frau. »Hier, Dulcie, nimm einen Schluck aus der Kanne!«

Sie reichte dem Musikanten-Liebchen, das neben ihr auf der Erde saß, den Tee. Das Mädchen nahm die Kanne und rief:

»Danke, Mary! Nur einen einzigen Schluck, der wärmt mich, bis wir zu den Zelten raufgehn.«

»Trink nur tüchtig, Darling«, sagte die Bettel-Sängerin. »Brauchst nicht damit zu sparen.«

Der Blinde senkte den Kopf, um den Tee aus dem Deckel zu schlürfen. Als er es tat, konnte man die blassen Pupillen sehen. Dann leckte er sich die Lippen und hob den Kopf wieder. Die Pupillen verschwanden.

»Bei denen hab ich mir keine Freunde gemacht«, erzählte er. »Ein Krüppel hat mich mal beinah totgeschlagen mit seiner Krücke, als ich mich auf seinen Stand draußen vor Saint Mary's Church gestellt hatte.«

Die Frauen stießen verwunderte Rufe aus. Der Musiker und der Tip-Verkäufer lehnten sich vor, um von der Mauer aus zuzuhören. Der Blinde merkte, daß er die allgemeine Aufmerksamkeit auf sich lenkte. Sein Benehmen wurde noch hochmütiger, und als er fortfuhr, sprach er mit erhobener Stimme.

»Ich war aber im Recht«, sagte er, »denn es war während einer Mission, und bekanntlich sind die Missionen für alle Bettler offen, für große und kleine, genau wie Jahrmärkte und Beerdigungen. Der Krüppel war ein wüster Mensch, der sich über alle Regeln hinweggesetzt hat. Bevor er ein Krüppel wurde, war er Zuhälter in einem schlechten Haus.«

Alle andern Bettler stellten sich jetzt im Halbkreis um den Blinden. Daher machte er eine Pause und trank einen Schluck Tee, um die dramatische Spannung seiner Geschichte noch zu verstärken.

»Ganz plötzlich ist er über mich hergefallen«, fuhr er nach seiner Pause fort. »Mit seiner Krücke schlug er mir direkt auf den Nacken. Mancher Mann wäre dabei draufgegangen. Dann hat er mir einen schlimmeren Hieb gegen die Schläfe versetzt. Da war ich beinah erledigt. Aber zu meinem Glück hat er das Gleichgewicht verloren und kippte vornüber. Da konnt ich an ihn ran, und das hat ihn fertig gemacht, denn ich hab meine Arme um ihn gelegt, und er mußte fortgetragen werden, als sie uns getrennt hatten.«

»Ach«, sagte die Bettel-Sängerin und war sichtlich

erregt. »Ein Blinder hat viel Kraft in seinen Armen.«

»Das hab ich auch immer gehört«, sagte der Tip-Verkäufer.

Der Blinde legte den Deckel vor sich hin und stand auf. Er streckte die Arme nach vorn und zog mit geballten Fäusten die Unterarme an. Sein Bizeps spannte sich gewaltig unter dem schwarzen Tuch seines Mantel-Ärmels.

»Fühlt mal den Muskel!« rief er stolz. »Und fühlt mal meinen Brustkasten!«

Er dehnte die Brust aus und versetzte ihr dann mit beiden Fäusten gleichzeitig zwei mächtige Hiebe. Der Brustkasten hallte wie eine große Trommel. Dann krümmte er abermals die Arme und schüttelte die geballten Fäuste.

»Ob ihr's glaubt oder nicht«, rief er, »in der ganzen Grafschaft gibt's keinen stärkeren Mann als mich. Kommt und fühlt meine Muskeln, ihr guten Leute, wenn ihr meinen Worten nicht glaubt. Es soll mal einer von euch versuchen, ob er mich aus dem Stand heben kann!«

»Ich glaub Ihnen«, erwiderte die Bettel-Sängerin. »Sie haben Nacken und Brustkasten von einem starken Mann. Was Gott Ihnen mit der einen Hand genommen hat, das hat er Ihnen mit der andern gegeben!«

Der Blinde grunzte befriedigt, setzte sich auf seinen Stein und legte den Kopf wieder statuenhaft ein wenig auf die Seite. Er versank in ein würdevolles Schweigen und saß sehr aufrecht da, den Hut in der einen Hand und die andere Hand auf der Krücke seines gelben Stockes.

Die andern Bettler begannen eine aufgeregte Unterhaltung über die Kraft der Blinden.

»Sie müssen von Geburt an blind sein«, sagte der Tip-Verkäufer, »sonst sind sie nicht stark.«

Ihr Schwatz wurde durch das Auftauchen des großen Mannes unterbrochen, der auf dem Weg zu den Tribünen so geschrien und seinen Stock geschwenkt hatte. Er kam den Hang zwischen den beiden Zeltreihen herunter, die sich vom Eisengatter bei den Tribünen bis nach unten zogen. Wieder schrie er und schwenkte seinen Stock. Der Mantel war nicht zugeknöpft, und den Hut hatte er schief auf dem Kopf. Er hatte den Stock in der Mitte gepackt. In der andern Hand hielt er eine Flasche. Der Hals einer zweiten Flasche schaute aus seiner Manteltasche hervor. Die Leute pfiffen und lachten hinter ihm drein. Eine Schar Kinder rannte vor ihm und neben ihm einher. Sie bettelten um Pennies. Er grinste von einem Ohr zum andern, und in seinen Mundwinkeln stand Schaum.

Der Blinde spitzte die Ohren, sowie er das Schreien hörte. Sein Gesicht verkrampfte sich.

»Das ist der Mann, der mich ausgelacht hat«, sagte er. »Da kommt er wieder!«

Die Bettel-Sängerin erhob sich und spähte über die Mauer. »Regen Sie sich nicht auf«, sagte sie zum Blinden. »Er meint's nicht böse. Er ist bloß betrunken.«

»Er soll sich nur in acht nehmen!« rief der Blinde ärgerlich. Er begann zu zittern. Unruhig klopfte er mit dem Stock auf den Boden.

»Ha! Da ist er ja!« rief der große Mann triumphierend, als er beim Tor anlangte. »Da ist mein guter Engel. Da ist mein geliebter Blinder! Ich könnt ihn abküssen vor Liebe! Hier, halten Sie mal eben!«

Er reichte der Bettel-Sängerin seinen Stock und die Flasche.

»Wer sind Sie?« fragte der Blinde. »Was wollen Sie? Ich muß Sie warnen, vorsichtig zu sein. Sie haben es mit einem starken Mann zu tun. Es ist besser für Sie, wenn Sie das von vornherein wissen.«

»Nur ruhig, Freundchen«, sagte der große Mann und öffnete die oberen Knöpfe seiner Jacke. »Nur keine Angst. Hab gute Nachrichten für Sie! Ich bin hergekommen, um Ihnen ein Geschenk zu machen. 's ist ein Glückspfennig, den Sie verdient haben.«

Aus der Innentasche seiner Jacke holte er ein großes Bündel schmieriger Banknoten. Er benetzte seinen Daumen und entfernte einen von den Scheinen. Er hielt inne, als er schon im Begriff war, einen zweiten Schein zu nehmen.

»Augenblick mal«, sagte er. »Heißen Sie vielleicht zufällig Barney?«

»Nein, bestimmt nicht!« sagte der Blinde unwillig. »Ich heiße Paddy Kerrigan. Und was geht Sie das an? Wollen Sie mich zum Narren halten?«

Der große Mann stieß ein Triumphgeschrei aus, wandte sich an die Bettler und begann wild herumzufuchteln.

»Ich wußte es«, rief er. »Ich wollte ihn nicht nach seinem Namen fragen, weil ich Angst hatte, es könnte etwa nicht Barney sein. Ich bin umgekehrt und zu ihm gegangen und wollte ihn nach seinem Vornamen fragen, sobald er zu reden aufhörte – doch dann hab ich mich anders besonnen. Es genügte in jedem Falle, daß er ein Blinder war. Ich hab noch niemals einen Blinden auf der Rennbahn gesehen. Es war also gänzlich einerlei, ob er Paddy oder Barney hieß.«

Dann drehte er sich wieder zum Blinden um und sagte:

»Strecken Sie jetzt die Hand aus! Hier ist Ihr Glückspfennig, und viel Vergnügen!«

Der Blinde war furchtbar aufgeregt, sowie er die Geldscheine knistern hörte. Eifrig streckte er die Hand aus und fragte:

»Was ist denn? Was ist eigentlich los?«

»Eins«, zählte der große Mann und legte dem Blinden einen Geldschein in die offene Hand, »zwei, drei, vier, fünf! Da haben Sie fünf Pfund! Wie gewonnen, so zerronnen! Es passiert nur einmal im Jahr. Ich bin der Metzger Furlong. Einmal im Jahr will ich meinen Spaß haben! Hurra!«

Er schrie wieder, und dann schenkte er der Bettel-Sängerin eine Pfundnote. Er schenkte dem Musikanten ein Pfund und auch dem Tip-Verkäufer. Er wollte dem Musikanten-Liebchen ein Pfund schenken, doch da stürzte die ganze Bettlerschar auf ihn zu, und er flüchtete mit dem Rücken an die Mauer und preßte seine Geldscheine an die Brust.

»Wollt ihr wohl zurück!« rief er. »Zurück, sonst geb ich euch überhaupt nichts!«

Er umklammerte die Geldscheine fest mit der linken Hand, steckte die Rechte in die Hosentasche und holte eine ganze Handvoll Silbermünzen heraus. Er schleuderte sie in die Luft. Die Bettler bückten sich nach den Münzen und begannen drum zu raufen und schrien sich an. Weiter oben hatte das zweite Rennen begonnen, und es wurde viel geschrien, doch das war nichts im Vergleich mit dem Lärm, den die streitenden Bettler vollführten. Der große Mann war die lästigen Bettler losgeworden und verstaute das Notenbündel wieder in der Innentasche seiner Jacke.

»Eins, zwei, drei...«

Wieder und immer wieder zählte der Blinde die zerknitterten Scheine, die ihm in die Hand gedrückt worden waren. Er zitterte vor Freude.

»Ich hab hundert zu acht auf Blind Barney gesetzt«, sagte der große Mann, ohne sich an jemand persönlich zu wenden. »Dann bin ich in der letzten Minute von der Tribüne runtergegangen und hab nochmal hundert zu sechs gesetzt. Zweihundert Pfund hab ich mit einem Tier gewonnen, das nicht die leiseste Chance hatte, wenn nicht die andern gestürzt wären. Ursprünglich wollt ich überhaupt nicht auf ihn setzen, obwohl er einem Freund von mir gehört, doch dann sah ich den Blinden hier am Tor! Sowas passiert nur einmal im Leben! Geben Sie mir die Flasche!«

Er nahm der Bettel-Sängerin die Flasche ab und begann sie zu öffnen.

»Mein Traum hat sich also doch erfüllt«, sagte der Blinde mit einer Stimme, die vor Gefühlsüberschwang umschlug.

Er hatte die Scheine sehr klein zusammengefaltet. Dann machte er die Kleider auf seiner Brust auf und steckte die zusammengefalteten Geldscheine in einen kleinen Beutel, der ihm an einer Schnur um den Hals hing.

»Das weiß Gott«, rief die Bettel-Sängerin, »es ist wahrhaftig so! Sie haben mir den Traum selber erzählt. Aber ich hätt nie geglaubt, daß er sich erfüllen würde.«

»Was für ein Traum?« fragte der große Mann. »Da! Nehmen Sie mal ein Schlückchen!«

Der Blinde nahm die Whiskyflasche und erklärte mit sehr viel Gefühl:

»Gott segne Sie, Sir! Ich hab geträumt, daß ich Sie hier treffen würde und daß Sie mir viel Geld geben würden. Also hat mich Gott hierhergeschickt. Und auch Sie hat er hergeschickt! Ich wünsche Ihnen einen glücklichen Tod!«

»Amen!« sagte die Bettel-Sängerin.

»Gott segne Sie, Sir«, sagte der Tip-Verkäufer.

Noch mehrere andere Bettler – alle, die bei dem Handgemenge Erfolg gehabt hatten – schlossen sich mit ihren Segenswünschen an. Die andern, die nichts erwischt hatten, bettelten noch immer streitsüchtig, aber mit unterdrückter Stimme.

»Ach, verdammt«, sagte der große Mann und holte

die zweite Whiskyflasche aus der Manteltasche. »Jetzt ist keine Zeit zum Beten. Laßt uns trinken und fröhlich sein. Ich will meinen Spaß haben! Das mach ich bloß einmal im Jahr. Ich bin der Metzger Furlong. Hurra!«

Der Blinde setzte die Flasche an die Lippen, warf den Kopf in den Nacken und tat einen langen Zug.

»Ha!« rief er, »das war wunderbar!«

Sein Gesicht strahlte vor Zufriedenheit. Er streckte dem großen Mann die Flasche hin.

»Behalten Sie alles«, sagte der. »Sie haben's verdient, doppelt und dreifach! Prosit!«

Er setzte die zweite Flasche an die Lippen und trank. Dann durfte der Musikant einen Schluck nehmen. Der schwarzhaarige junge Mann trank kräftig und reichte die Flasche dem Tip-Verkäufer weiter.

»Spielen Sie mir ein Stückchen auf, eh ich geh«, sagte der große Mann. »Heut muß ich meinen Spaß haben. Ich bin der Metzger Furlong. Nur einmal im Jahr geh ich los! Spielen Sie mir einen Hornpipe*!«

Der Musikant riß sein Instrument mit Schwung vom Rücken herum, rieb sich kräftig die Hände und begann einen Hornpipe zu spielen. Der große Mann jauchzte und begann ungeschickt zu tanzen.

»Musik!« sagte der Blinde und klopfte mit den Füßen den Takt dazu. »Oh, barmherziger Gott! Wie wunderschön das ist! Sollte man meinen, daß es soviel Freude an einem Sündenort gibt?«

Die Bettel-Sängerin nahm dem Tip-Verkäufer die Flasche weg und trank. Dann stemmte sie die Hände in die Seiten und trippelte nach vorn und tanzte vor dem großen Mann. Die Flasche ging unter den andern Bettlern von Mund zu Mund.

»Hurra!« kreischte der große Mann.

* = Hornpfeife: Musikinstrument aus Wales, auch schneller Solotanz.

Er tanzte auf unsicheren Füßen mit zurückgeworfenem Kopf und hielt seinen Schwarzdorn-Knüppel in der Mitte gepackt. Sein grauer Mantel war nicht zugeknöpft. Der Hut saß ihm schief auf dem Kopf. Sein ziegelrotes Gesicht schwitzte. Seine Raffzähne ragten weit vor, so grinste er.

Der Blinde trank nochmals und lehnte sich dann mit einem tiefen Atemzug gegen die Mauer. Sein Gesicht trug nicht länger den zerquälten Ausdruck. Es strahlte vor Glück. Seine schönen Ohren hatten ihre unablässige Wacht aufgegeben. Sie hörten nur die lieblichen Klänge der Musik und das fröhliche Rufen der Bettler.

»Gott war's, der mich hergeschickt hat«, murmelte er. »Mein Schutzengel hat's mir im Schlaf zugeflüstert, ich soll aufstehen und zu den guten Leuten hier gehn, die so fröhlich zechen. Der schwarze, hungrige Winter ist vorbei, und der Sohn des Menschen tanzt auf dem Grase. Oh, barmherziger Gott, schenke allen Sündern einen glücklichen Tod! Ich nehme all meine Verwünschungen zurück. Ich vergebe allen, die mir Unrecht zugefügt haben. Meine Freude sei überall!«

Noch einmal setzte er die Flasche an die Lippen und nahm einen langen Zug. Sein Kopf sackte ein wenig vor. Seine blassen Pupillen erschienen.

»Hurra!« schrie der große Mann am Ende einer Strophe.

Er hörte zu tanzen auf, versetzte seinem Hut einen Fausthieb, hob den Stock und schrie:

»Ein dreifaches Hoch für den Metzger Furlong! Hip! Hip!«

»Hurra!« riefen die Bettler.

Als sie fertig waren mit Hochrufen, trat der große Mann zum Blinden, legte ihm die Arme um den Hals und küßte ihn auf beide Wangen.

»Leben Sie wohl«, sagte er, »und gedenken Sie in

Ihren Gebeten des Metzgers Furlong! Leben Sie wohl! Hurra!«

Er schwenkte seinen Stock, grinste von einem Ohr zum andern und begab sich im Trab durchs Tor und den Hang hinan zu den Tribünen. Wie eine Hundemeute lief die Bettlerschar hinter ihm drein. Männer, Frauen und Kinder folgten ihm dicht auf den Fersen, baten Gott, ihn zu segnen für das, was er ihnen geschenkt hatte, und bettelten, ihnen in Gottes Namen noch mehr zu schenken.

Der Blinde saß wieder allein auf seinem Stein am Tor.

Mehrere Minuten lang betete er mit weinerlicher Stimme für seinen Wohltäter. Dann schöpfte er Atem, setzte die Flasche an den Mund und nahm einen Schluck Whisky. Nach dem Trinken schüttelte er sich und lauschte. Das Geschrei der Bettler war im Tumult des Rennbetriebs untergegangen. Das dritte Rennen sollte gleich beginnen. Die Pferde tauchten aus den Paddocks auf und kanterten an den Tribünen vorbei zur Barriere. Die Buchmacher schrien aus Leibeskräften. Doch war der Lärm in weiter Ferne. In der Nähe herrschte Stille.

Allmählich drang die Stille in sein Bewußtsein. Er setzte sich gerade hin, hob den Kopf und legte ihn ein wenig auf die Seite. Sein Gesicht nahm einen Ausdruck priesterhaften Hochmuts an. Er packte die Flasche beim Hals, zeigte damit auf das Tor und intonierte:

»Ich wünsche euch allen einen glücklichen Tod. Keiner von euch kennt die Stunde ...«

Das Klagelied

Die Flut begann hereinzuströmen. Die weite Fläche der Bucht erbebte und schob dann den neuen Zufluß an Wasser mit einem Laut wie tiefes Seufzen ruhevoll auf den flachen Strand. Strähnen gelben Seegrases, die bei Ebbe ohne Wasser dagelegen hatten, trieben jetzt lockig zwischen den Steinen, an denen sie verwurzelt waren. Das höher gestiegene Wasser verharrte einen Moment und flutete dann zurück: auf den Steinen und den Sandmatten hinterließ es einen dunklen, feuchten Saum. Das Seegras strebte hinter ihm her, straff und gerade, wie Finger, die nach Berührung drängen.

Ein paar Augenblicke funkelte der Sonnenschein in tiefem Schweigen auf dem Streifen Landes, der durch die Nässe der See dunkel geworden war. Dann schwoll die Flut wieder an, bedeckte den feuchten Sand und ging weiter hinauf, einen breiteren Saum bildend. Jetzt steckte Kraft in ihrem Vorrücken, und sie ließ ein wilderes Murmeln hören, als sie über die Sandmatten jagte, und ihre Oberfläche war mit Schaumflecken bedeckt.

Das Geräusch der kommenden Flut weckte Sheila Manning aus ihrer Träumerei. Sie saß an der Kante des kleinen Beton-Piers, der in eine Ecke der Bucht hineinragte. An der Seite des Piers lag ihres Vaters Boot trocken auf den Felsen oben vertäut. Ihr Vater saß im Bug des Bootes und nähte einen Flicken aufs Klüversegel. Es war ein Nachmittag im Spätherbst, doch die Sonne brannte noch heiß. Die Hitze der Sonne und das Schweigen während der Ebbe hatten sie in eine schläfrige Starre gebannt, in deren Hülle sie an ihrem glühenden Liebestraum gesponnen hatte.

Als das Geräusch der See sie aus dieser Träumerei weckte, nagte die Sehnsucht nach greifbarer Liebe wie Hunger an ihr. Mit der kommenden Flut hatte sich an Land eine sanfte Brise erhoben, fegte über die Bucht und kräuselte das Wasser. Sie kam von den hohen Bergen her, und Sheila fröstelte unter ihrem kühlen Anhauch. Das unheimliche Zischeln machte ihr angst, und sie schämte sich wegen ihrer törichten Träumerei.

O Gott! dachte sie. Nächstens werd ich wohl noch verrückt! Sie senkte den Kopf und sprach ein Gebet gegen unsittliche Gedanken. Als sie noch betete, drang hinter der niedrigen Hügelkette, die im Osten den Strand abriegelte, ein lautes Geräusch zu ihr her. Sie hörte auf zu beten und blickte in die Richtung, aus der das Geräusch kam. Auf der Galway-Landstraße, die hinter den Hügeln lag, kam eine Staubwolke rasch näher. Dann erschien ein großer roter Autobus. Er war halb von der Staubwolke verdeckt, die er auf der besonnten Granitstraße aufgewirbelt hatte. Sobald er in Sicht kam, verlangsamte er die Fahrt, und dann hielt er am Anfang des Weges, der von der Landstraße zum Pier führte. Ein Mann stieg aus.

»Oh, Vater, sieh mal dort!« rief sie aufgeregt. »Ein Mann ist aus dem Bus gestiegen. Vielleicht ein Tourist, der auf die Inseln will.«

Ihr Vater hob den Kopf und blickte auf die Landstraße.

»Wahrhaftig, ja, der sieht mir ganz wie ein Tourist aus«, sagte er.

Der Bus setzte seine Fahrt westwärts fort, und der Mann schritt auf dem Weg einher, der zum Pier führte.

»Er hat einen großen Stock in der Hand und einen Rucksack auf dem Rücken, und er hat keinen Hut auf«, rief Sheila. »Ich könnte wetten, daß es ein

Künstler oder ein Forscher ist, der zu den Inseln hinaus will.«

Ihre Stimme klang jetzt stockend und belegt. In ihrer Kehle schien etwas Hartes zu stecken, das sie zwang, nach nur ein paar Worten schon Atem zu schöpfen.

»Dafür, daß einer noch zu den Inseln will, ist's spät im Jahr«, sagte ihr Vater. »'s muß schon über vierzehn Tage her sein, seit ich jemand rübergefahren habe.«

Als der Fremde näherkam, bemerkte Sheila, daß er hübsch war, und ihre Erregung wuchs. Es war ein Mann, wie sie ihn sich erträumt hatte. Er hatte eine schöne, stolze Haltung, wie ein Soldat oder jemand, der einen Einfluß ausübt. Sein Haar war dunkel und voll, und die Sonne blinkte auf der welligen Glätte. Das Gesicht war braun wie Bronze. Er hatte starke Kinnbacken. Als er bis ans Ende des Piers gekommen war, sprach er mit einer vollen, tiefen Stimme, die sie ebenso beunruhigte, wie es vorher das wollüstige Schwellen der Flut getan hatte.

»Sie sind Bartly Manning, hörte ich?« sagte er zu ihrem Vater.

»Ja, der bin ich«, sagte ihr Vater.

»Der Autobus-Fahrer sagte mir, Sie fahren Leute zu den Inseln hinüber«, fuhr der Mann fort. »Ich möchte gern hinfahren, falls Sie mich mitnehmen wollen.«

Ihr Vater musterte den Mann von Kopf bis Fuß und schätzte ihn schlau auf seine Zahlungsfähigkeit ab. Dann fragte er:

»Wann wollten Sie fahren?«

»Sofort.«

»Oh, das ist was andres, denn mein Bootsmann ist nach Galway gefahren und kann nicht vor heut nacht zurück sein.«

»Ach«, sagte der Fremde, »das ist aber schade! Könnten Sie nicht jemand anders nehmen?«

Ihr Vater zuckte die Achseln und machte einen Stich mit seiner Nadel. Da er einen hohen Preis erzielen wollte, mußte der alte Geizkragen die Überfahrt schwieriger hinstellen, als sie es in Wirklichkeit war.

»Das muß ich mir genau überlegen«, sagte er düster, »denn in dieser Jahreszeit paßt mir nicht jeder, um mir bei der Überfahrt zu den Inseln zu helfen.«

Sheila durchschaute ihres Vaters List und schämte sich.

»Ach, bei solchem Wetter wie heute kann's doch jeder Dorfjunge«, sagte sie, »wo die See so still ist und eine Brise aufkommt, die euch ohne Kreuzen rüberbringt!«

Ihr Vater blickte sie finster an. Dann spuckte er übers Dollbord und sagte:

»Was verstehst du schon davon? Und jedenfalls ist das Boot nicht vor ner halben Stunde flott. Die Flut beleckt ja kaum die Steine unter dem Kiel.«

Plötzlich richtete er sich auf, wandte sich dem Fremden zu und rief laut und drohend:

»Die Überfahrt kostet fünfundzwanzig Schilling!«

»Das ist mir recht.«

Sofort nahm ihr Vater eine andere Haltung an. Er war voller Tatkraft, und ein faunartiges Grinsen zerriß sein gefurchtes Gesicht, als er sich die Hosen hochzog und sagte:

»Dann geh ich jetzt gleich ins Dorf und such mir einen Burschen, der mitkommt. Ich glaube, ich weiß einen, der geschickt ist. Wollen Sie hier auf mich warten, oder wollen Sie ins Haus gehen? Meine Frau könnte Ihnen eine Tasse Tee kochen!«

»Ich warte lieber hier«, sagte der Fremde.

Ihr Vater kletterte auf den Pier und rief aufgeregt:

»Da tun Sie gar nicht übel dran. Lange brauchen Sie nicht zu warten, und meine Tochter kann Ihnen Gesellschaft leisten. Das Boot ist in ner halben Stunde flott. Wir haben Springflut, da kommt die See sehr rasch herein. Mit der schönen Brise, die jetzt aufkommt, brauchen wir gar nicht zu kreuzen. Warten Sie also bitte hier auf mich, Sir!«

Sheila mußte sich furchtbar schämen wegen ihres Vaters, der nun in seinen genagelten Schuhen den Pier entlang trampelte und auf eine den Connemara-Bootsleuten eigentümliche Art die Beine nachschleppte und die Füße sehr hoch hob. Seine helle Joppe und die Frieshosen waren ganz zerlumpt, doch er war ein tüchtiger Vertreter seiner Rasse. Mit seinen sechzig Jahren war er so sehnig und behende wie ein Jüngling. Aber das arme Mädchen, das wie berauscht war von romantischen Ideen, sich den schönen Fremden zu kapern, sah nur des Vaters Lumpen und seinen tölpelhaften Geiz. Sie hatte Angst, der Fremde könnte sie verachten, weil sie einen solchen Vater hatte.

»Mein Gott!« rief der Fremde, nachdem ihr Vater gegangen war. »Was für eine Luft! Was für ein Anblick! Wie gut haben's die Menschen, die hier wohnen!«

Er hatte seinen Rucksack abgeschnallt und auf den Pier geworfen. Jetzt stand er mit ausgestreckten Armen da, atmete tief und blickte über die vom Land umkränzte Bucht. Sheila war enttäuscht. Irgendwie war sie fest überzeugt gewesen, daß der Fremde sich, sobald ihr Vater gegangen war, ihr zuwenden würde. Doch die glühende Leidenschaft in den tiefliegenden dunklen Augen galt nicht ihr. Sie galt dem Meer.

»Herrgott! Ist das ein prachtvoller Hafen!« rief er begeistert. »Sehn Sie nur, wie die Flut vom Ozean her durch die Meerenge hereinkommt, wie sie hereinstürzt, als würde sie in einen halbgeschlossenen Sack gezwängt.«

»Ja, das Meer ist schön, sicher«, entgegnete Sheila scharf, »aber am Land ist's greulich. Ich kann nicht finden, daß man's gut hat, wenn man hier in der Armut leben muß.«

Der Fremde drehte sich um, stemmte die Hände in die Seite und blickte landeinwärts.

»Finden Sie?« rief er leidenschaftlich. »Ich wünschte, ich könnte hier leben. Ich liebe die große Connemara-Einöde. Hab sie kreuz und quer durchwandert. Es ist, weiß Gott, eine Einöde. Von Oughterard und Barna aus können Sie meilenweit nach Westen und nach Norden laufen, ohne einen einzigen Baum zu sehen. Es ist nur Heide da und Fels, der aus der vertorften Erde stößt. Und doch ist die Gegend voller Wunder, wenn Sie dort allein wandern. Es ist herrlich, an den Felswänden die niederschleppenden Seile der weißen Wasserfälle zu sehen und das geisterhafte Licht auf den felsigen Berggipfeln, wenn durch den Spalt einer wandernden Wolke der Sonnenschein auf sie fällt. Es ist etwas in der Luft, das mit einem wandert und mit einem sprechen will, etwas wie Musik in einem großen leeren Saal.«

Doch Sheila empfand sich zurückgesetzt und gedemütigt, weil er ob seiner verzückten Liebe zur Erde ihr selber keine Beachtung schenkte.

»Ich find's abscheulich!« rief sie wild. »Ich kann's nicht ausstehen!«

Der Fremde blickte sie erstaunt an.

»Das können Sie doch nicht im Ernst meinen?« sagte er. »Sie sind Bartly Mannings Tochter, nicht wahr? Wie können Sie das Land abscheulich finden, in dem Sie zur Welt kamen und aufwuchsen? Wie können Sie eine Gegend abscheulich finden, die ein Teil Ihrer selbst und so herrlich ist?«

»Ich tu's eben«, sagte Sheila, »und daran gibt's nichts zu rütteln. Ich kann auch die Menschen nicht ausstehen, und ich habe meine guten Gründe dafür.«

Der Fremde lachte und setzte sich neben sie auf den Pier. Er blickte ihr von unten herauf ins Gesicht und sagte:

»Ach, Sie finden sie ja gar nicht unausstehlich! Da stimmt ja alles nicht. Wie könnten Sie auch? Ihr ganzes Gesicht heißt ‚Connemara'. Was für eine herrliche Connemara-Schönheit liegt in Ihren blauen Augen! Wenn Sie ärgerlich sind, dann sehen Ihre Augen so dunkel und wild wie das Meer aus, wenn der Wind darüberpeitscht. Und wenn Sie glücklich sind, dann strahlen sie wie das Meer, wenn es von der Sonne geküßt wird. Und Ihr Haar hat die schöne Tönung der Connemara-Erde. Es ist braun, und darüber breitet sich ein schimmernder safrangelber Schleier.«

»Redegewandt sind Sie jedenfalls – wer Sie auch sein mögen«, sagte Sheila.

»Ich sage nur die Wahrheit«, erwiderte der Fremde und holte ein Zigaretten-Etui aus seiner Tasche. »Rauchen Sie?«

Die Hand zitterte ihr, als sie eine Zigarette annahm. Ihr Ärger war verflogen. Ja, sie war fast ohnmächtig geworden, als sie seine Schmeicheleien hörte. In den sechsundzwanzig Jahren ihres Lebens hatte noch nie ein Mann so zu ihr gesprochen. Der gedrungene Körper des armen Geschöpfs war so aufgedunsen wie ein Sack. Ihre Kehle zierte ein Kropf. Ihr Mund und ihre Nase waren zu klein. Der billige Kattunrock wies an der Seite einen klaffenden Riß auf. Doch sie wußte genau, daß ihr Haar und ihre Augen schön waren. Daher schenkte sie seinen Schmeicheleien Glauben.

»Warum haben Sie vorhin so geredet?« fragte er sie, als er die beiden Zigaretten angezündet hatte. »Sie haben bestimmt einen heimlichen Verdruß.

Fast jedermann in Irland hat irgendeinen Verdruß, und das ist ein gutes Zeichen. Es beweist mir, daß die Leute unzufrieden sind und gern vorankommen wollen. Was für ein Verdruß plagt Sie?«

»Das interessiert Sie doch kaum?« sagte Sheila.

»Warum denn nicht?« entgegnete der Fremde. »Wir Journalisten interessieren uns für alles.«

»Oh, sind Sie ein Journalist?« sagte Sheila. »Haha, und ich dachte schon, Sie wären Politiker, weil Sie so redegewandt sind! 's ist das gleiche Gerede, das die Politiker aus Dublin von sich geben. Sie sprechen von der Schönheit der kahlen Heide, wo die arme, gälisch sprechende Bevölkerung lebt, und von der herrlichen gälischen Kultur der in Armut lebenden Menschen. Wenn man sie so reden hört, könnte man glauben, gälische Kultur ist was, das nur in einer Hütte mit Strohdach gedeihen kann, wo nebenher auch noch die Schweine grunzen. 's sind alles schöne Redensarten von gutgenährten Leuten, die den Armen Zufriedenheit beibringen wollen.«

»Immer langsam«, sagte der Fremde und beschrieb mit seinem Arm einen Halbkreis längs der Küste. »Sehen Sie mal all die neuen Häuser an, die in den letzten zwanzig Jahren gebaut wurden. Hier finden Sie nirgends auch nur ein einziges Haus mit Schilfdach, in dem die Leute zusammen mit grunzenden Schweinen wohnen.«

»Was nützen die neuen Häuser«, rief Sheila, »wenn die alte Gesinnung verschwunden ist? Neue Häuser haben sie, aber sie leben von Arbeitslosenunterstützung und, was schlimmer ist, sie glauben nicht länger an die alten Märchen.«

»Was für alte Märchen?« fragte der Fremde.

»Also meinetwegen – weil Sie danach fragen, will ich Ihnen mal etwas erzählen«, sagte Sheila. »Ich bin eine Lehrerin für Gälisch. Das heißt, ich war's – bis etwa vor einem Jahr. Ich habe sieben Jahre lang Gälisch an einer Schule im Binnenland unterrichtet. Als ich dorthin kam, war ich nur ein kleiner Federwisch von einem Mädchen. Damals glaubte ich noch an all die Märchen. Sie dürfen's mir glauben, daß ich damals nicht Englisch gesprochen hätte – wie ich's jetzt mit Ihnen spreche – und wenn Sie mir ein Vermögen dafür geschenkt hätten. Als ich damals ins Binnenland ging, war mir wie einem irischen Mönch zumute, der im dunkelsten Mittelalter den Heiden Europas das Evangelium bringt. Oder eher noch wie einer Nonne, die die unseligen Menschen im Binnenland bekehrt und von den Wegen Satans abbringt. Meiner Ansicht nach waren es die irische Sprache und die irischen Tänze und die katholische Religion, die allein die Welt erlösen konnten. «

» Ja, und dann? « fragte der Fremde, als Sheila Atem schöpfte. »Was geschah dann? «

» Oh, ich habe nicht etwa meine Religion aufgegeben oder etwas Ähnliches «, fuhr sie mit halsbrecherischer Geschwindigkeit fort. » Bewahre! Gott sei dank, sage ich, denn sie ist das einzige gewesen, was mich in meinem Unglück aufrecht gehalten hat. Vater John – so hieß der Pfarrer in dem Ort, wo ich unterrichtete – stand mir bei von Anfang bis zu Ende. Als ich hinkam, hab ich zuerst so schwer gearbeitet – Tag und Nacht, denn ich hatte auch Abendschüler – daß ich bald ganz überarbeitet war. Zu den Abendklassen mußte ich vier Meilen hin und zurück mit dem Fahrrad fahren, und ganz allein an den Winterabenden! Darum sagte Vater John immer, ich sollte mir einen Freund anschaffen, der mir Gesellschaft leistet und mich ein bißchen von der Arbeit ablenkt. Immer hat er so auf mich eingeredet: ich müßte einen Freund haben, und ich sollte eigentlich einen Freund haben, und es sei nicht richtig, wenn ein Mädchen keinen Freund hätte.«

»Vernünftiger Mann«, sagte der Fremde. »Und haben Sie seinen Rat befolgt?«

»O nein, natürlich nicht!« sagte Sheila. »O Gott, damals hätt ich einen jungen Mann nicht mal angeschaut! Doch wenn ich ganz aufrichtig sein soll: ich hab mich danach gesehnt, einen Freund zu haben, einen netten, anständigen Jungen, mit dem ich ausgehen und mit dem ich lustig sein konnte. Und ich sehnte mich sogar danach, zu den ausländischen Tänzen zu gehen, wie es alle andern auch taten, denn ich sah ja, wie lustig sie bei den ausländischen Tänzen waren und wie sie alle befreundet waren. Aber ich ging nur zu den irischen Tänzen, obwohl ich sie im Grunde meines Herzens zu verabscheuen begann, weil dann alle so trübselig herumsaßen wie eine Schar sauertöpfischer Leute bei einer Leichenwache.«

Der Fremde warf sich zurück, klatschte sich auf den Schenkel und lachte schallend.

»Was ist denn Komisches dabei?« fragte Sheila ärgerlich.

»Bitte nicht böse sein«, sagte der Fremde. »Ich hab Sie nicht auslachen wollen. Aber was Sie da über die Tänze der Gälischen Liga sagten, das ist das Treffendste, was ich je gehört habe.« Und er fuhr fort, herzhaft zu lachen.

Sheila fand ihn jetzt abscheulich. Wenn er lachte, sah man seine tadellosen Zähne, die sich sehr weiß von seinen gebräunten Wangen abhoben. Sie verabscheute seine weißen Zähne. Sie machten sie ganz besonders wütend. Sie fand sich durch sein Lachen gedemütigt und glaubte, die Demütigung sei die Strafe für ihre unsittlichen Gedanken.

»Ich habe nichts gegen die Gälische Liga«, rief sie, »sondern gegen die Leute, die sich aus irgendeinem erbärmlichen Grund darüber lustig machen. Die Menschen in der Gälischen Liga sind genauso fromm wie die Priester und Nonnen, aber sie glauben an verkehrte Dinge. Wenn alle Iren so fromm wären wie die Menschen in der Gälischen Liga, dann gäbe es keine Sünde in Irland. Doch die Gälische Liga hat den falschen Weg eingeschlagen. Die katholische Religion ist das wichtigste, und es ist Zeitverschwendung, etwas anderes zu predigen. Wenn die Menschen in der ganzen Welt die gleiche Sprache redeten und die gleichen Tänze tanzten und sich auf die gleiche nette und anständige Art amüsierten, dann wäre es leichter, die katholische Religion in der ganzen Welt zu verbreiten und alle Seelen zu retten. Wir brauchen eine katholische Aktion – nicht die Gälische Liga.«

»Nun hören Sie bitte mal her«, sagte der Fremde, »Sie müssen mich nicht falsch verstehen. Ich wollte Sie nicht kränken. Sie dürfen mir nicht böse sein. Ich habe gar nicht über Sie gelacht. Und ich habe auch nicht aus irgendeinem erbärmlichen Grund gelacht.«

Er streckte seine linke Hand aus und berührte ihr Knie. Doch kaum hatte er sie berührt, da bekam sie einen Wutanfall.

»Unterstehen Sie sich, mich anzurühren!« schrie sie und rückte von ihm ab.

Sie starrte ihn mit lodernden Augen an, als wäre er der Teufel. Ja, das arme Mädchen hatte tatsächlich eine verworrene Vorstellung, er sei der Teufel, und Gott habe sie für ihre unsittliche Träumerei gestraft, indem er ihr den Teufel schickte, der sie quälen sollte. Sie legte die Hand über das Knie, das er berührt hatte, und tat gerade so, als sei es eine Brandwunde.

»Verzeihen Sie bitte«, sagte der Fremde zerknirscht und zog sich zurück. »Ich scheine alles falsch zu machen.«

»Sie machen's genau wie er!« schrie Sheila. »Sie sind ihm aus den Augen geschnitten!«

»Wem?« fragte der Fremde erstaunt. »Wovon sprechen Sie denn, um Gottes willen?«

»Sie sind wie der Mann, der mich verfolgt hat«, rief Sheila leidenschaftlich. »Sie sind ein Heide. Ich seh's an dem Ausdruck in Ihren Augen und an der Art, wie Sie mich angefaßt haben! Er hat mich gehaßt, weil er wußte, daß ich rein war, und weil er wußte, daß er mich nicht berühren konnte. Daher hat er mich verfolgt, weil ich mich über ihn beklagt habe. Er konnte die Schülerinnen nicht in Ruhe lassen: In den Abendklassen waren lauter erwachsene Iren und Irinnen, und alle wollten Examen für einen Posten bei der Regierung bestehen. Das war der einzige Grund, weshalb sie Gälisch lernten: es war notwendig, die Beherrschung der gälischen Sprache nachzuweisen, wenn man einen Regierungsposten haben wollte. Es war ein abscheulicher Mann. Er wollte die Mädchen nicht in Ruhe lassen. Drei Mädchen hat er ins Unglück gebracht.«

Sie unterbrach sich einen Augenblick, weil sie außer Atem war, und blickte den Fremden mit einem seltsamen Ausdruck an. Ihre Augen waren halb geschlossen, und die Pupillen glänzten grell. Obwohl sie am Gesicht des Fremden hingen, schienen sie doch über ihn hinwegzublicken und in dunkler Verzückung etwas in weiter Ferne Gelegenes zu betrachten.

»Meinen Sie...« fragte der Fremde, »meinen Sie etwa...?«

Er hatte seine Hand auf den warmen Beton gelegt und das rechte Bein angezogen, als wollte er aufstehen. Doch er hielt inne, weil ihr seltsamer Ausdruck ihn im Bann hielt. Der Gedanke kam ihm, sie könne vielleicht nicht ganz zurechnungsfähig sein.

»Jawohl, drei«, sagte sie, wandte das Gesicht von ihm ab und blickte über die Bucht. »Zuerst achtete ich nicht sehr auf das, was um mich her geschah, weil ich ganz in meiner Religion aufging. Obwohl ich einen weiten Weg zur Kapelle hatte, ging ich jeden Morgen zur Kommunion. Es war zuviel für mich. Ich richtete mich zugrunde. Vater John fiel es zuerst auf. Er sah, daß meine Lippen ausgedörrt waren, wenn er mir das Sakrament gab. Da versuchte er, mich zu überreden, einmal auszuspannen, einen Ruhetag einzuschalten oder sogar einmal auszusetzen mit der täglichen Kommunion. Aber ich hörte überhaupt nicht auf ihn. ‚Ich gebe nicht nach!' schwor ich mir. Ich bemerkte, wie die Dinge liefen und daß sich soviel Heiden im Lande breitmachten, und da fand ich, daß ich um jeden Preis weiterkämpfen müßte. Auch in meiner Klasse ging es heidnisch zu, denn der Mann belästigte alle Mädchen. Und ich beklagte mich über ihn, weil ich ihn eines Abends auf dem Heimweg mit einem Mädchen ertappte. Er hatte sie im Dunkeln gegen eine Hauswand gedrückt und setzte seinen Willen durch, obwohl sie ihn bat, er sollte sie freigeben. Sie war dann eine von den Dreien, die er ins Unglück gebracht hat. Ich beklagte mich bei der Polizei über ihn, und damit begann das Unheil. Sein Vater war ein angesehener Bürger und hatte einen Gasthof und saß im Bezirksrat. Ich habe sie bekämpft, denn das Recht war auf meiner Seite. Ich wußte, daß ich gegen das Heidentum kämpfte und daß ich ein edles Werk vollbrachte, auch wenn ich dafür leiden mußte. Doch schließlich versagten meine Nerven, und ich mußte ausscheiden.«

Wieder machte sie eine Pause, um Atem zu schöpfen, und blickte den Fremden an. Er schien ihrer Erzählung keine Aufmerksamkeit mehr zu schenken. Er beugte sich über die Kante des Piers und sah auf das Boot hinunter, das schon zu schaukeln begonnen hatte, weil die steigende Flut es hochhob.

»Aber Sie denken natürlich, das ist die Strafe dafür, daß ich mich eingemischt habe«, sagte sie gehässig. »Nicht wahr? Ihr seid alle gleich, ihr Heiden! Ihr haltet alle zusammen!«

Der junge Mann blickte sie müde an.

»Es ist überflüssig, daß Sie mir so böse werden«, sagte er, »bloß, weil ich meine Hand auf Ihr Knie legte. Ich wollte mir nichts herausnehmen. Sie haben mir nur leid getan, weil ich glaubte...«

»Ich will aber nicht, daß jemand Mitleid mit mir hat«, unterbrach ihn Sheila. »Die Leute hier tun alle so, als hätten sie Mitleid mit mir, seit ich vor einem Jahr hierher zurückgekehrt bin. Ich weiß aber, daß sie sich über mein Unglück freuen. Im Grunde sind es lauter Heiden. ‚Die arme Sheila', sagen sie, ‚das arme Ding, was für'n Pech für sie und ihre Eltern!' So spricht ihre Zunge, aber in ihrem Herzen sind sie Heiden, und alle Heiden hassen den, der gegen die Sünde kämpft.«

»Ich glaube, Sie täuschen sich sehr«, sagte der Fremde und blickte zu ihr auf.

»Was wollen Sie damit sagen?« fragte Sheila.

Eine Zeitlang blickten sie sich schweigend an. Jetzt war es der Fremde, der ärgerlich aussah. Nach der Aufzählung all ihrer Leiden begann Sheila, sich selbst zu bemitleiden. Die Tränen schossen ihr in die Augen.

»Sie haben Pech gehabt«, sagte der junge Mann. »Ich will nicht behaupten, daß Sie selber daran schuld sind. Ich sage nur, daß keiner das Recht hat, unser Volk als schlecht zu bezeichnen. Unser irisches Volk besteht aus guten und freundlichen Menschen. Und wenn man sie in Ruhe ließe, dann wären es fröhliche und glückliche Menschen. Aber man läßt sie nicht in Ruhe. Der eiserne Absatz ‚Aberglauben' wird ihnen auf den Nacken gestellt. All der verdammte dumme Unsinn über das Heidentum zum Beispiel. Haß – das ist alles, was Sie und Ihresgleichen predigen können. Warum nicht mal zur Abwechslung Liebe predigen und zusehen, welche Folgen das hat? Warum nicht lieber glauben, daß die Menschen gut sind, anstatt zu glauben, sie seien vom Teufel besessen? Wie? Ich glaube, Sie wären dann sehr viel glücklicher. Sie würden auch Ihren Posten wiederbekommen.«

Die Tränen rollten Sheila übers Gesicht, und sie bedeckte es mit den Händen. Der Mann legte ihr sanft seine Hand auf die Schulter. Diesmal zog sie sich nicht zurück.

»Es tut mir leid«, sagte er. »Es war häßlich von mir, so mit Ihnen zu reden! Bitte, verzeihen Sie mir!«

Sheila sprang hoch und ging rasch zum Wellenbrecher am Ende des Piers. Der junge Mann blickte ihr nach.

Das arme Ding! dachte er bei sich. Es ist schlimm für sie. Ich hätte nicht so ausfallend werden sollen. Was sie braucht, ist Anteilnahme.

Er stützte sein Kinn auf seine Fäuste und blickte ins Boot hinunter, das jetzt tänzelte und an der Vertäuung zerrte. Das Tauwerk scheuerte über das abgenutzte Holz der Bootswand und rief dabei einen ächzenden Laut hervor. Es hörte sich an, als käme dies Murren vom Boot selber. Es schien vom Schlaf erwacht zu sein und nun mit der See zu grollen, die gegen den schwarzen Bootsboden hieb. Während der Ebbe hatte es auf den Felsblöcken gelegen und geschlafen. Jetzt wurde es von der See aufgefordert, zu erwachen und sich von ihrer breiten Brust tragen zu lassen.

Opium-Händler! dachte der Fremde bei sich. Was sonst sind sie denn? Es sollte ein Gesetz geben, das jeden verfolgt, der Frömmelei und Aberglauben verbreitet – genau wie es ein Gesetz gegen Opium-Händler gibt. Ihretwegen ist das arme Mädchen zu Schaden gekommen. Sogar ihre Gesundheit hat gelitten. Herrgott! Wie herrlich wird es sein, wenn wir Irland von aller Unterdrückung und allem Haß befreit haben, mit denen die Opium-Händler hausieren gehn!

Er drehte sich um und blickte zu Sheila hin. Sie lehnte sich über die Mauer. Es fiel ihm auf, wie gut geformt ihre Beine unter dem kurzen Rock waren. Ihr Rücken zuckte krampfhaft, als weine sie. Der Sonnenschein wurde allmählich blasser, und Sheilas Haar trug nicht mehr den safrangelben Schleier. Die starke Brise hatte einige Haarsträhnen gelöst. Sie flatterten wirr um ihren kleinen Kopf.

Er stand auf und ging ebenfalls zum Wellenbrecher.

»Wie ist's?« fragte er. »Haben Sie mir verziehen?«

Sheila gab keine Antwort. Er lehnte sich neben ihr über die Mauer und blickte auf die steigende Flut hinunter. Die Mauer fiel schräg zum Meere hin ab, und das Meer stieg unbeirrbar Zoll für Zoll daran in die Höhe.

»Wir sind beide jung, Sie und ich«, sagte der Fremde sanft. »Wir gehören zum neuen Leben, das über unserm Lande heraufzieht wie eine neue Morgenröte. Wir sollten nicht zornig aufeinander werden und uns nicht streiten. Die Jugend, der die Zukunft gehört, sollte sich vereinigen und Pläne machen, anstatt zu streiten. Das hier ist unser Meer und unsere Erde, und beide sind wunderschön. Uns, der Jugend Irlands, geziemt es, sich der tapferen Menschen würdig zu erweisen, die vor uns da waren, und die Macht der Großgrundbesitzer sprengten und die englischen Besatzungstruppen aus dem Lande jagten, die uns unterdrückten. Noch herrscht nicht viel Glück im Land, denn der Feind hinterließ uns nur Verwüstung und Armut. Viel Arbeit ist zu verrichten. Warum vereinigen wir uns nicht, um diese Arbeit zu leisten, anstatt uns zu streiten? Wie?«

Seine Stimme klang zart, und Sheila, die ihm zugehört hatte, wollte sich ihm an die Brust werfen und weinen. Aber sie konnte weder sprechen noch ihm sonst entgegenkommen, denn sie war wie gelähmt, so schämte sie sich über das, was sie gesagt hatte. Sie hatte ihre Seele vor diesem Fremden entblößt. Sie hatte nackend vor ihm gestanden.

Dann blickte er ihr ins Gesicht und fragte zart: »Hassen Sie mich immer noch? Glauben Sie immer noch, daß ich ein Heide bin?«

Seine Stimme klang so zärtlich, daß die Leidenschaft ihren Körper wie eine Woge überflutete. Ihre Beschämung fand zur Sprache zurück. Sie stieß ein hysterisches kleines Lachen aus, wandte ihm ihr tränennasses Gesicht zu und sagte:

»Sie müssen mich für eine dumme Gans halten.«

Der Fremde war über den plötzlichen Stimmungsumschlag erstaunt. Er starrte sie an und sagte:

»Aber nein, bestimmt nicht!«

»Doch, ganz sicher!« rief Sheila und sprach in atemraubendem Tempo weiter. »Ich wirtschafte mich in einen solchen Zustand hinein, wenn ich immer ganz allein über alles nachgrüble, daß ich mir schließlich Geschichten ausdenke. Ich habe hier keinen Menschen, mit dem ich mich unterhalten könnte. Ich habe Angst, mit den Leuten zu sprechen, weil ich mich vor ihrem Mitleid fürchte. Ich kann's nicht ertragen, bemitleidet zu werden. Darum bleibe ich für mich und grüble und denke mir Geschichten aus. Alles, was ich Ihnen erzählt habe, ist das reinste Phantasiegebilde. Mich hat niemals ein Mann verfolgt. Ich wurde einfach krank, und jetzt kann und kann ich mich nicht erholen. Ich kann nicht schlafen, und ich habe keine Freundinnen. Jeden Tag komme ich hier an den Pier. Ich versuche mich mit den Leuten zu unterhalten, die mit meinem Vater zu den Inseln hinüberfahren. Mein Vater fährt Torf zu den Inseln rüber, doch manchmal nimmt er auch Touristen mit. Manchmal, aber nur sehr selten, ist ein Tourist dabei, der freundlich und nett zu mir ist. Jedenfalls sind sie alle von der großen Welt draußen. Doch ich habe noch nie mit jemand so gesprochen wie vorhin mit Ihnen. Ich schäme mich so schrecklich. Doch, ganz ehrlich! Ich weiß gar nicht, wie mir so etwas einfallen konnte! Ich fühlte mich eben heute sehr allein, und da dachte ich, Sie könnten...«

Sie brach plötzlich ab, weil sie sich an ihre Träumerei erinnerte. Sie drückte die zusammengeballten Fäuste auf ihren kleinen Mund. Dann erschauerte sie und deutete auf den Hafeneingang.

»Da«, sagte sie sehr sachlich, »jetzt können Sie die Inseln sehr deutlich erkennen. Es ist merkwürdig: am Abend, kurz bevor die Sonne untergeht, kann man sie viel klarer sehen. Im hellen Tageslicht sind sie verschwommen. Gegen Abend steigen sie aus dem Meer auf. Die Abendzeit ist etwas Herrliches, nicht wahr?«

»Ja«, sagte der Fremde ruhig und blickte zu den Inseln hinüber. »Es ist herrlich. Die Inseln sind wirklich ein wunderschöner Anblick, wie sie da draußen auf dem glänzenden Meer hinter dem Felsentor der Meerenge liegen. Die Sonne wird schon rot. Wie ein Zauberland liegen sie da drüben, dessen Farben dauernd wechseln, indes man zuschaut.«

Sheila erwartete, daß er noch mehr sagen würde, doch er schwieg. Sie warf ihm einen verstohlenen Blick zu. Sein Mund war ein wenig geöffnet, und seine Augen strahlten hingerissen. Sie erschauerte und sah wieder zu den Inseln hinüber.

O Gott! dachte sie und war sterbensunglücklich. Ich habe ihn wieder fortgescheucht. Warum hab ich ihn nur fortgescheucht, wenn ich mir doch so sehr wünschte, daß er mich beachtet? Warum mußte ich ihm etwas vorlügen und mich verstellen?

Die blauen, runden Formen der Inseln, die wie Brüste auf dem gleißenden Busen des Meeres lagen, verschwammen ihr vor den Augen, weil eine neue Tränenflut in ihre Augen schoß.

Doch gerade dann hörte sie in der Ferne ihres Vaters Stimme. Gewaltsam drängte sie die Tränen zurück und drehte sich um. Sie sah ihren Vater den Weg entlangkommen, der von der Landstraße zum Pier führte. Hinter ihm kam ein Junge, der einen Eimer trug, aus dem Rauch aufstieg. Oben auf der Landstraße stand ein Mann aus dem Dorf, dem ihr Vater etwas zurief.

»Jetzt kommt mein Vater«, sagte Sheila zu dem Fremden. »Er hat einen jungen Burschen gefunden.«

Ein Weilchen gab der Fremde keine Antwort. Dann riß er sich plötzlich zusammen, blickte sie an und fragte: »Wie bitte?«

Sheila zeigte auf ihren Vater und den Jungen.

»Oh!« rief der Fremde. »Meine Güte, die Überfahrt hatte ich völlig vergessen. Also dann auf zum Märchenland!«

Er lachte herzlich und ging aufs Boot zu, das jetzt auf dem Wasser lag. Doch hatte es sich noch nicht ganz von den Felsen gelöst, auf denen es gelegen hatte. Es torkelte wie ein Mensch, der nach einer langen Krankheit die ersten Gehversuche macht, und sein Kiel scharrte über die Felsblöcke. Mit jeder herausflutenden Welle versuchte es, das offene Wasser zu gewinnen. An den Seilen, mit denen es vertäut war, hob es sich zornig empor.

»Habt ihr schön getan miteinander?« fragte Bartly Manning, als er den Pier erreicht hatte.

Er sah jetzt erregt und fröhlich aus. Er hatte den Handel mit dem Fremden mit zwei Glas Poteen gefeiert.

»Keine Spur«, sagte der Fremde. »Was für Aussichten hätt ich wohl gegen die prächtigen Kerle von Connemara?«

»Hoho!« rief Bartly. »Sie haben keine Ahnung! Meine Tochter da, die will keinen Mann ansehn, der bloß eine Bawneen-Joppe trägt. Hinter den Stadtmenschen ist sie her, hat mir's Herz schwer gemacht, und dabei hab ich mir solche Mühe gegeben, einen Mann für sie zu finden.«

»Hältst du gleich deinen Mund, du Dummkopf?« rief Sheila zornig.

Doch ihr Vater lachte von Herzen und sprang so behende wie eine Katze ins Boot.

»Da muß schon ein Mann wie Sie kommen, Sir, der ihr den Ring auf den Finger steckt!«

Sheila biß sich auf die Lippe und schickte sich an, den Pier zurückzulaufen.

»Wollen Sie uns nicht nachwinken?« rief der Fremde hinter ihr drein.

Sie blickte sich nach ihm um, ohne stehenzubleiben. »Ich friere«, sagte sie. »Ich muß heim. Guten Abend!«

»Guten Abend!« rief ihr der Fremde nach. »Und alles Gute!«

Dann sprang er mit seinem Rucksack ins Boot. Er warf den Rucksack in die leere Luke und zog sich seine Tweedjacke aus. Der Junge war vorsichtig mit dem Eimer an Bord geklettert, in dem ein paar Torfsoden glommen. Auf dem Vorderdeck schob er den Deckel vom Eingang zur Kajüte beiseite. Dann legte er sich bäuchlings hin und ließ den Eimer langsam durch die viereckige Öffnung nach unten. Der Fremde spuckte sich in die Hände und trat zum Mast, wo Bartly Manning schon die Segel losmachte.

»Lassen Sie mich das Segel hissen!« sagte er.

»Bravo«, sagte Bartly Manning. »Hissen Sie's nur, und ich zieh das Boot vor und stoße ab.«

Sheila trat vom Pier hinunter auf den Pfad, als sie das melodische Geräusch der durch den Block rollenden Schoten hörte. Sie blieb stehen und blickte zum Boot zurück. Der junge Mann hatte einen Fuß gegen den Mast gestemmt und zog mit aller Kraft an der Leine. Jedesmal, wenn er sich dabei vornüberbog, zeichneten sich seine Muskeln in den engen Ärmeln und auf den Schultern seines grauen Sweaters ab. Die Oberschenkel strafften sich unter dem Flanell. Seine kraftvollen Bewegungen erregten sie.

Dann wurde ihr die Kehle eng, und verzweifelt dachte sie:

Jetzt geht er fort. Ich werd ihn nie wiedersehn!

Das große braune Segel entfaltete sich längs der aufsteigenden Spiere. Sein dunkles Geraschel einte sich harmonisch mit dem Knarren des Taus im Block. Als es sich erhob und entfaltete, bildete das sich ausbreitende braune Segel einen flatternden Vorhang, von dem sich in der stets wechselnden Abendbeleuchtung das glatte schwarze Haar des jungen Mannes abzeichnete. – O Gott! dachte Sheila, seine Stimme klang wie Musik, und er sagte so herrliche Dinge!

Ihr Vater stand draußen am Ende des Piers und zog kräftig am Ankertau. Das Boot bewegte sich langsam vorwärts. Der Bursche machte das Klüversegel auf dem Vorderdeck los. Das Großsegel hatte jetzt seine volle Höhe erreicht, und der Großmast schwankte leise hin und her. Die Brise knatterte im klatschenden Bauch des Segels. Dann fuhr das Boot am Ende des Piers vorbei. Sheilas Vater warf das zusammengerollte Ende des Ankertaus an Bord und sprang, als das Boot an ihm vorbeifuhr, ins Heck. Er lehnte sich mit dem Rücken gegen das Steuer und stieß den Baum mit dem Fuß herum. Das Großsegel füllte sich mit Wind. Das Boot krängte und, dem Steuer gehorchend, schwenkte es zur Hafeneinfahrt herum.

Der junge Mann winkte ihr vom Heck aus und rief: »Lebwohl!«

Sheila winkte und antwortete: »Lebwohl!«

Dann entschwand er ihren Blicken, da der Bootsrumpf hinter dem Pier hinsegelte. Jetzt war nur noch die Spitze des Großsegels zu sehen. Sie wollte sich nun wieder auf den Heimweg machen, doch ihre Sehnsucht, ihn noch einmal zu sehen, war stärker. Sie eilte hastig an den Wellenbrecher zurück und beugte sich über die Mauer. Das Boot segelte rasch und halb auf der Seite liegend der engen Hafeneinfahrt zu. Der Fremde saß neben ihrem Vater im Heck. Sie hörte das rauhe Lachen ihres Vaters.

»O Gott!« flüsterte sie und stützte das Kinn in die Hand, »immer muß es so sein! Ich träume etwas Schönes, und dann wache ich auf und höre, wie die Leute mich auslachen und verächtlich mit dem Finger auf mich deuten!«

Ihr Vater hielt das Steuer und begann zu singen. Der Fremde stimmte mit ein in den Gesang. Seine junge Stimme drang voll und kräftig über das Wasser. Traurig und hingerissen lauschte sie seinem Singen, das immer leiser wurde, je mehr Wasserfläche sich zwischen dem kleiner werdenden Boot und dem Pier ausdehnte.

Die Tränen quollen ihr aus den Augen, und sie fühlte sich unendlich verlassen. Sie hatte ein grauenhaftes Gefühl, als wäre dies der Wendepunkt in ihrem Leben und als habe sie ihre letzte Aussicht auf Glück verpaßt und ginge einer öden Zukunft entgegen.

Der Klang seiner Stimme erstarb, sowie das Boot die Hafeneinfahrt passiert hatte und auf die fernen Inseln zuhielt. Jetzt war nichts weiter zu hören als das schwere, kraftvolle Murren der kommenden Flut.

Der Abschied

Michael Joyce stand neben seiner Mutter vor der Giebelwand des Lagerschuppens unten am Ende des Piers, wo der Dampfer vom Festland vor Anker lag. Er war im Begriff, zum ersten Mal seine heimatliche Insel zu verlassen, um ins Priesterseminar der Diözese einzutreten und dort zu studieren.

In seinem neuen Anzug aus blauem Serge, mit dem über die Schulter geschlagenen lehmfarbenen Regenmantel sah er munter und sehr zufrieden aus, als ginge ihn der bevorstehende Abschied überhaupt nichts an. Obwohl er kaum dreizehn war, hatte er doch schon einen gutgewachsenen Körper. Für sein Alter war er groß und stark. Mit der Sicherheit eines Erwachsenen im besten Mannesalter stand er da, wippte leise auf den Ballen und hatte den Kopf hochmütig zurückgeworfen. Seine wilden blauen Augen blickten kalt und sehr stolz drein, als sie hierhin und dorthin flogen. Die schmalen Lippen hatte er fest aufeinandergepreßt.

Doch sein tapferes Aussehen war nur eine Maske, um die schreckliche Qual zu verbergen, die er ausstehen mußte. All seine Kraft und all sein Stolz waren nötig, um die bitteren Tränen zurückzuhalten, die ihm dauernd in die Kehle stiegen. Er wollte sich so schrecklich gern seiner Mutter an die Brust werfen und laut weinen, wie er es als kleiner Junge so oft getan hatte. Er sehnte sich danach, von ihren liebevollen Armen umschlungen und vor der schreckenerregenden Welt beschützt zu werden, die ihn zum Gefangenen machen würde. Er hungerte nach ihren zärtlichen, tröstenden Worten, die bisher all seine Schmerzen wie mit Zaubergewalt gelindert hatten.

Aber ach! Je mehr er litt und nachgeben wollte, um so mehr zwang ihn der Stolz seiner Rasse, hart und unnachgiebig zu bleiben. Hin und wieder, wenn der innere Kampf fast die Grenze des Erträglichen erreicht hatte und die Haut unter den Augen oder um die Mundwinkel sich zusammenzuziehen begann, warf er einfach den Kopf jäh in die Höhe und schöpfte tief Atem. Das half ihm, die Beherrschung wiederzugewinnen.

Durch den inneren Kampf waren seine Sinne qualvoll geschärft. Von der Stelle aus, wo sie standen, konnte er deutlich hören, wie der Heizer für die Rückfahrt zum Festland Kohle ins Feuerloch des Dampfers schaufelte. Das kratzende Geräusch der Schaufel über die Stahlplatten des Fußbodens im Feuerungsraum reizte ihn so, daß seine Naslöcher zuckten. Es war so ähnlich, wie wenn man mit den Fingernägeln über einen glatten Stein fährt. Auf dem Vorderdeck wurde die kleine Dampfwinde dazu benutzt, um Vieh an Bord zu laden. Jedesmal, wenn die kleine Maschine zischte und einen Dampfstrahl ausstieß, um ein weiteres Tier hochzuhieven, mußte er mit den Zähnen knirschen. Beim Rasseln der Kette, die von der Winde ablief, um die hochgehievten Tiere in den Laderaum herunterzulassen, war ihm zumute, als fielen ihm ungeheure Felsblöcke auf den Kopf.

Am schlimmsten aber war der Geruch brennender Kohle. Er stammte aus dem fernsten Weiler der Insel, neun Meilen westwärts von hier. Seine Familie lebte dort in primitiver Einfachheit, wie auch ihre Vorfahren seit Tausenden von Jahren gelebt hatten, und als Brennmaterial benutzten sie Torf und Kuhdung. Kohle war ihnen unbekannt. Daher verursachte der ätzende Geruch ihm eine leichte Übelkeit.

Seine Mutter, die den Kopf in der Umhüllung des schwarzen Schals versteckt hatte, wandte sich zu ihm um. Sie war eine große, schlanke Frau mit sehr würdevoller Haltung und trug einen schönen roten Friesrock, den zwei dicke schwarze Samt-Volants besäumten.

»Hör mir zu, Liebling«, flüsterte sie. »Weißt du noch, was ich dir wegen deiner Füße gesagt habe?«

»Was denn, Mutter?« sagte Michael, ohne sie anzublicken.

Trotz seiner Liebe zu ihr sprach er schroff. Es war eben gerade seine große Liebe zu ihr, die ihn zwang, schroff und fast roh zu ihr zu sprechen. Wenn er es etwa duldete, daß sich Zärtlichkeit in seine Stimme schlich, dann würde all sein Widerstand zusammenbrechen.

»Du mußt dich sehr in acht nehmen, daß du keine nassen Füße bekommst«, sagte sie eindringlich, hob die Stimme ein wenig und neigte sich ihm entgegen. »Oder wenn sie doch naß werden, dann mußt du rennen, einerlei wo du bist, und sofort deine Socken wechseln. Versprich mir das jetzt!«

»Ja, ja, Mutter!« sagte er.

»O Liebling«, sagte sie, »von jetzt an bis zu deiner Rückkehr in den nächsten Ferien werd ich Todesängste ausstehen, du könntest vergessen, was ich dir wegen deiner Füße gesagt habe. Du bist so eigenwillig, und du erkältest dich so leicht. Im vergangenen Frühling...«

»Sieh mal, Mutter«, wurde sie von Michael unterbrochen. »Da kommt unser Ochse an. Er sieht großartig aus!«

Seine Mutter schob sich den Schal vom Kopf, um den Ochsen anzuschauen. Obzwar sie über fünfzig war, sah ihr langes, schmales Gesicht doch noch sehr schön aus. Ihr Haar war von sehr hellem Blond. Ihre Augen waren golden.

»Ach ja, da kommt unser Kleiner an!« rief sie.

»Das arme kleine Geschöpf! Ach, Gott steh ihm bei! Er weiß vor Angst nicht aus noch ein!«

»Er ist überhaupt nicht klein«, sagte Michael unwillig. »Auf der Insel war er einer von den besten Ochsen in diesem Jahr. Und heute auf dem Markt wär er bald der Champion gewesen.«

»Ach, der arme Kleine!« sagte seine Mutter. »Für mich bleibt er immer der Kleine, einerlei, wie groß er wird. Immer muß ich dran denken, was für ein kleines Kälbchen er war. Ach, Gott steh ihm bei! Er weiß nicht, wo er ist. Er ist vor Angst ganz toll!«

Der Ochse war ein prächtiges Tier. Sein Fell war, bis auf einen kleinen weißen Stern mitten auf seiner Stirn, von einem dunklen Rot. Sein Haar war lang und kraus und von schöner, dichter Beschaffenheit. Er war sehr dick. Da er schon verkauft war, konnte man, als er jetzt den Pier entlangraste, sehr deutlich das Brandzeichen des Händlers erkennen. Er stürzte hierhin und dorthin, schnaubte und blies Schaum aus dem Maul, während er versuchte, dem enger werdenden Ring junger Burschen zu entkommen, die schrien und ihn packen wollten. Wieder und immer wieder konnte er den gewaltigen Kopf herumschwingen und irgendeine Hand abschütteln, der es geglückt war, seine Hörner zu fassen.

Doch dann bekam Martin Joyce, Michaels ältester Bruder, die Hörner so fest zu packen, daß der Ochse ihn nicht abschütteln konnte. Martin war ein sechsundzwanzigjähriger Mann von mächtigem Körperbau; er trug graue Frieshosen und einen dicken blauen Wollsweater. Er nahm die Hörner ungestüm in seine starken Hände und begann dann, den Kopf des Tieres auf die Seite zu drehen und sich mit aller Wucht daraufzustemmen, während seine genagelten Stiefel über die Pflastersteine schlitterten. Der Mann und das Tier kamen erst zum Stehen, als sie nur noch einen

Meter vom Rand des Piers entfernt waren. Dort machte der Ochse eine letzte, äußerste Anstrengung, um sich zu befreien. Er stieß ein wildes Bellen aus, warf den Kopf in die Luft und bäumte sich auf die Hinterbeine. Martin verlor den Boden unter den Füßen, die Hörner ließ er jedoch nicht fahren. Als er und der Ochse wieder nach unten flogen, ließ er seine rechte Hand geschickt vom Horn zu den Nüstern des Tieres gleiten und steckte Daumen und Zeigefinger hinein. Das bändigte den Ochsen, und er leistete keinen Widerstand mehr. Er stand stockstill und ließ sich den Kopf herumdrehen, bis sein schäumendes Maul nach oben gerichtet war. Dann packten ihn andere Männer beim Schwanz und bedrängten ihn von allen Seiten.

»Leg ihm die Schlingen um«, sagte Martin zu seinem Vater.

Bartly Joyce war ein großer, grauhaariger Sechziger mit einem sehr roten Gesicht. Im Augenblick sah er wie von Sinnen aus, da er ein sehr nervöser Mensch war und bei der kleinsten Aufregung gleich hysterisch wurde. Wegen seiner Erregtheit brachte er es auch kaum zustande, die beiden Schlingen, eine an jedem Ende, um den Bauch des Ochsen zu legen. Ein anderer Mann knüpfte dem Tier ein langes Halfter um die Hörner. Dann gab Bartly dem Maat auf der Brücke des Dampfers ein Zeichen.

»Fieren!« schrie der Maat dem Mann an der Winde zu.

Michael schauderte es, als die sich abrollende Kette zu rasseln begann. Das Mitleid mit dem gefesselten Tier überwältigte ihn, denn dessen Los glich irgendwie dem seinen, fand er instinktiv. Beide wurden sie von ihrer heimatlichen Insel entführt, um dem Machtgelüst anderer zu gehorchen: der Ochse, um gegessen zu werden, der Junge, um die Priesterlaufbahn zu ergreifen.

»Ach, das arme kleine Geschöpf!« rief Mrs. Joyce mit Tränen in den Augen, während sie dem Ochsen zuschaute. »Wie er dasteht und vor Angst halbtot ist! Die arme stumme Kreatur! Wie er leiden muß!«

Michael war ebenfalls den Tränen nahe, als er sah, wie sein Vater die Schlingen über dem Rücken des Tieres kreuzte und den eisernen Haken des Ladekrans durch die Öse steckte. Er erinnerte sich, wie er dem Tier beigebracht hatte, Milch aus einem Eimer zu trinken, als es nicht mehr an die Zitzen der Mutterkuh durfte. Zuerst hatte er es an seinen Fingern saugen lassen, die er vorher in Milch getaucht hatte. Dann zog er ihm allmählich das Maul in den Eimer hinunter und hielt es dort fest, bis das Kalb schließlich von selber zu trinken begann.

Und jetzt, fast zwei Jahre später, erinnerte sich der Knabe sehr deutlich an den eigentümlichen, warmen Druck der weichen Kälberlippen.

»Hissen!« rief der Maat.

Die kleine Dampfwinde zischte und stieß ihren Dampfstrahl aus. Die Kette, die sich auf die Winde aufzurollen begann, rasselte wieder los. Der Ochse hob sich in die Luft, und durch den Druck der Schlingen quoll sein Bauch an jedem Ende spitzig vor. Er drosch mit den Beinen um sich und brüllte laut.

»Geht mir aus dem Weg!« schrie Bartly Joyce, rannte bis an die Kante des Piers vor und hielt das Leitseil, das dem Tier um die Hörner geschlungen war. »Macht Platz, sag ich! Verdammt nochmal, Platz da!«

Der aufgeregte Mann stieß rechts und links mit den Ellbogen um sich. Es wäre eine einfache Sache gewesen, den Kopf des Ochsen so zu halten, daß er dem Pier zugewandt war, und das Tier in die richtige Lage über der Öffnung der Ladeluke zu schaffen. Aber Bartly verpfuschte alles. Er glitt auf den Pflastersteinen aus, fiel auf den Hintern und verlor das Seil. Der Ochse wurde zu weit nach backbord und dann vorwärts gegen die Backbord-Reling des Promenadendecks geschwenkt. Ein wilder Schrei stieg auf, weil das Tier beinah gegen die eiserne Reling geschleudert wurde. Im allerletzten Augenblick schwenkte der Ladekran wieder zum Pier zurück, und es gelang Martin, das Leitseil zu ergreifen. Er hatte den Ochsen rasch in die richtige Stellung bugsiert.

»Fieren!« schrie der Maat auf der Brücke.

Bartly hatte sich unterdessen wieder hochgerappelt. Er versuchte, Martin das Leitseil aus der Hand zu nehmen, während das Tier sachte in die Luke hinuntergelassen wurde.

»Laß die Finger davon!« sagte Martin.

»Gib mir das Seil!« sagte Bartly. »Ich will's machen!«

Martin fluchte und stieß seinen Vater grob mit der Schulter beiseite. Bartly verlor auf den schlüpfrigen Pflastersteinen abermals den Halt. Er fiel glatt auf den Hintern. Die Umstehenden lachten schallend.

»Was macht er nur wieder«, seufzte Mrs. Joyce ärgerlich und errötete vor Scham wegen ihres Mannes. »Sich so aufzuführen!«

Michael war empört über das Gelächter. Besonders ärgerte er sich über das Lachen einiger Touristen und Viehhändler, die vom Promenadendeck aus die Szene beobachtet hatten. Er fand, daß sie anders lachten als die Inselbewohner. Er fand sogar, daß diese ‚Ausländer' alle Inselbewohner als Barbaren betrachteten, deren Verhalten in jedem Falle lächerlich sein mußte. Auf dem Seminar würden andere ‚Ausländer' über alles lachen, was er selber sagte und tat, weil er aus einer einfachen Umgebung stammte.

»Ich finde nicht, daß er sich irgendwie aufführt«, sagte er ärgerlich zu seiner Mutter. »Er ist bloß hingefallen. Er ist nicht dran gewöhnt, Stiefel zu tragen. Deshalb ist er hingefallen. Warum hältst du nicht zu ihm – anstatt zu andern Leuten?«

»Sei still, Kindchen!« sagte seine Mutter mit trauriger Stimme. »Mußt nicht so böse mit mir reden, mein Herz, und gerade im Augenblick, wenn du mich verlassen willst.«

Gewissensbisse peinigten den Jungen, weil er seiner Mutter weh getan hatte. Diesmal wäre er bestimmt in Tränen ausgebrochen, wenn nicht sein Bruder auf sie zugekommen wäre. Es gelang ihm, seine Selbstbeherrschung zurückzugewinnen, so sehr grauste ihm davor, Martin sehen zu lassen, daß er weinte.

»Ihr werdet eine schöne Überfahrt haben«, sagte Martin so ernst und sachlich, als spräche er mit einem Erwachsenen, der ihm völlig unbekannt war.

»Ja, es wird bestimmt eine schöne Überfahrt«, antwortete Michael im gleichen Ton und ohne seinen Bruder anzublicken. »Es herrscht ja völlige Flaute.«

»Und wenn ein bißchen Wind aufkommt, dann ist er auch günstig für euch«, sagte Martin. »Die ganze Strecke!«

»Wir sollten's in drei Stunden machen«, sagte Michael.

»Mit Gottes Hilfe«, sagte Martin, »solltet ihr's in der Zeit spielend schaffen.«

Mrs. Joyce beugte sich zu Martin vor und flüsterte ihm zu.

»Du hättest deinen Vater nicht so mit der Schulter beiseitestoßen sollen«, sagte sie tadelnd, wenn auch sanft. »Du mußt dich schämen, Junge, daß du ihn zu Boden geworfen hast. Du hast ihn ja zum Gespött gemacht, Darling, zum Gespött für die ganze Insel! Wirklich, du solltest dich schämen!«

Martin flog flink herum. Sein gebräuntes Gesicht lief vor Zorn dunkel an. Er sah sehr stark und männlich aus in seinem dicken blauen Sweater und den grauen Frieshosen, die von den Tieren, mit denen er hatte umgehen müssen, voller Dungflecken waren. Seine rechte Wange war von der scharfen Spitze eines Horns gestreift worden und mit eingetrocknetem Blut bedeckt.

»Warum ist er nicht abseits geblieben?« rief er grob. »Immer muß er sich einmischen und alles verpfuschen.«

Martin sollte im kommenden Frühling heiraten und dann die Leitung des Anwesens übernehmen, doch benahm er sich schon jetzt wie der Herr und Meister und war seinem Vater gegenüber oft unduldsam.

»Trotzdem hättest du ihn nicht so beiseitestoßen dürfen, mein Herzensjunge«, sagte seine Mutter. »Es war nicht nett von dir, so etwas vor den Nachbarn zu machen.«

»Ich hab doch schon gesagt, daß er mir nicht aus dem Weg gehn wollte«, entgegnete Martin.

»Fremde haben es auch gesehen«, sagte Mrs. Joyce. »Es war sehr ungehörig, mein Kleiner.«

»Mit seinen Dummheiten hätte er den Ochsen umbringen können, und mich obendrein«, sagte Martin. »Er weiß nicht, was er tut, wenn er auch nur einen kleinen Tropfen getrunken hat. Dann wird er verrückt.«

Michael war sehr zornig auf seinen Bruder, nicht nur deswegen, weil er den Vater zum Gespött gemacht hatte, sondern auch aus einem viel persönlicheren Grunde. Diesen andern Grund verstand der Junge selber nicht ganz. Rein instinktiv meinte er, daß er vor allem deshalb Priester werden sollte, damit er später die Kinder erziehen und unterrichten könnte, die Martin zeugen würde. Innerlich wehrte er sich gegen das unfruchtbare Los, das ihm zugedacht war, und es kränkte ihn, daß er so gänzlich abgeschnitten von den Freuden des Landmannes leben sollte, von der Paarung und dem Verbundenheitsgefühl mit dem Boden.

Sein Vater kam auf sie zu und blickte Martin haßerfüllt an.

»Du Lümmel!« sagte er zu seinem ältesten Sohn. »Was fällt dir ein, mich umzustoßen?«

Martin reichte Michael sehr förmlich die Hand und ging weg.

»Laß es jetzt sein, Bartly«, sagte Mrs. Joyce. »Es ist ja nichts Schlimmes passiert. Denk nicht mehr dran! Es war ein kleines Mißgeschick!«

Bartlys wilde Augen besänftigten sich, als er sich Michael zuwandte. Doch er sprach ernst mit seinem Jungen, ohne Gefühl und wie zu einem Fremden.

»Ihr habt eine gute Überfahrt«, sagte er.

»Ja«, sagte Michael. »Das Meer ist still.«

»Der Wind steht auch günstig«, sagte der Vater.

Dann holte er eine Tüte aus der Jackentasche und drückte sie dem Jungen schüchtern in die Hand. Michael schaute in die Tüte. Sie enthielt gelbe Bonbon-Stengel, die ‚Peggy's Leg'* hießen. Es verschlug ihm den Atem, und er wollte etwas Liebes zu seinem Vater sagen. Doch das verbot seine Erziehung.

»Gott erhalte deine Gesundheit«, sagte er ernst.

Der Vater hätte dem Jungen auch gern den Arm um die Schulter gelegt und etwas Liebevolles zu ihm gesagt. Doch die starre Zucht seines Lebens hinderte ihn daran.

»Oh, da seid ihr ja alle!« rief eine grell gekleidete junge Frau, die sich jetzt einen Weg durch die Menge bahnte. »Ich hab euch überall gesucht. Lieber Himmel! Auf dem Pier ist ja ein Gedränge – schlimmer als auf dem Broadway!«

Es war Barbara Joyce, die älteste Tochter der Fa-

*Peggy's Leg = Gretchens Bein

milie. Sie war dreizehn Jahre in Amerika gewesen und verlebte ihre Ferien zu Hause. Obwohl sie erst zweiunddreißig wurde, war ihr ehemals schönes Gesicht von zu schwerer Arbeit müde und welk geworden. Sie hatte noch immer eine gute Figur, die durch ein eng anliegendes rotes Kleid sehr vorteilhaft hervorgehoben wurde. Ein rundes Hütchen, überragt von grellbunten künstlichen Blumen, thronte ihr keck schräg auf dem Kopf. Ihre lärmende Munterkeit bildete einen auffallenden Gegensatz zum würdevollen Ernst der Inselbewohner.

»Hello, Mickey!« rief sie und klopfte ihrem kleinen Bruder scherzhaft mit den Knöcheln aufs Kinn. »Immer heiter, mein Junge! Laß dich nicht unterkriegen! Wenn man das erste Mal von Zuhause fortgeht, dann hat jeder tüchtig Heimweh. Ich weiß, wie's mir selber zumute war. Es war ziemlich schlimm, aber ich hab's bald überwunden. Und dir wird's ebenso gehen. Immer Kopf hoch, alter Junge!«

Sämtliche Kinder der Familie, die noch am Leben waren, ausgenommen Martin und Michael, waren in Amerika. Die in der Fremde lebenden Kinder hatten das Geld gesammelt, das für Michaels Aufenthalt im Seminar erforderlich war, und Barbara hatte es hergebracht.

Michael liebte Barbara sehr, weil sie immer fröhlich und zärtlich war. Doch jetzt schämte er sich, weil ihre laute Stimme und ihr etwas burschikoses Benehmen die Aufmerksamkeit auf sich zogen. Daher wurde er rot und blickte vor sich hin.

»Hello! Mary Lydon!« rief Barbara und stürzte fort, um eine andere Frau zu begrüßen. »Du siehst reizend aus in deinem neuen Kleid! Wie geht's deiner Mutter? Hello, Bridget! Hello, Johnny Breasail! Meine Güte, die ganze Insel ist heut hier!«

Plötzlich blies die Signalpfeife des Dampfers. Michael sprang vor Schreck fast in die Höhe. Das Pferd bäumte sich und wieherte schrill. Mrs. Joyce brach in Tränen aus.

»'s ist Zeit, an Bord zu gehn!« schrie Bartly aufgeregt.

Er nahm Michaels Koffer in die Hand und rief: »Komm jetzt! Er kann jeden Moment abfahren!«

Mrs. Joyce schlang die Arme um ihren Sohn und drückte wilde Küsse auf sein ganzes Gesicht.

»Oh, mein kleiner Liebling!« stammelte sie, während sie ihn küßte. »Mein Herzblatt! Mein lieber kleiner Schatz!«

Nach einem Weilchen sagte Bartly freundlich: »Jetzt ist's genug, Frau! Er muß an Bord gehn!«

Sanft löste er ihre Arme von Michaels Nacken und führte ihn zur Gangway. Sie verbarg ihr Gesicht im Schal und fuhr fort, hemmungslos zu weinen. Eine Anzahl Verwandter und Bekannter schob sich vor, um dem Jungen die Hand zu drücken.

»Macht Platz«, wurden sie von Bartly angeschrien. »Es ist keine Zeit mehr! Er muß an Bord gehn!«

Von all dem Getöse war Michael verwirrt. Er folgte seinem Vater an Bord, und Bartly stellte den Koffer hin, drückte seinem Sohn hastig die Hand und ging wieder an Land. Barbara kam an Bord. Sie begleitete Michael bis zum Seminar. Eine Weile stand sie neben ihm an der Reling und sprach laut mit den auf dem Pier Stehenden. Dann trat sie zu einer Gruppe von Viehhändlern, mit denen sie sich in eine lebhafte Unterhaltung einließ. Die Gangway wurde auf den Pier gezogen. Die Maschinen begannen zu laufen. Die Vertäuungen wurden gelöst. Der Dampfer entfernte sich vom Ufer. Die Leute riefen Lebwohl und winkten mit den Taschentüchern.

Der Junge stand noch immer verwirrt an der Reling. Das Fremde der neuen Umgebung hatte ihm –

genau wie den armen Tieren unten im dunklen Laderaum – die Sinne abgestumpft. Dann beschrieb der Dampfer einen weiten Bogen und hielt aufs offene Meer zu, so daß die Backbordseite jetzt dem Pier zugekehrt war. Michael lief hastig auf die andere Seite des Decks. Der Pier lag schon in beträchtlicher Entfernung da. Nur noch ein paar Menschen blickten dem Dampfer nach. Seine Eltern standen allein, Seite an Seite, am äußersten Ende. Als der Dampfer an ihnen vorbeifuhr, beschleunigte er bereits seine Fahrt. Sie standen noch so nah, daß Michael im Vorbeifahren den schmerzlichen Ausdruck im Gesicht seiner Mutter erkennen konnte.

Dann wurde ihm plötzlich klarer im Kopf, und der Schmerz packte ihn mit qualvoller Bitterkeit, während er das Lachen seiner Schwester vernahm und seine Eltern sah, die bewegungslos am Rande des Piers standen, jenseits der immer breiter werdenden weißen Gasse, die das Schiff auf der blauen Wasserfläche zurückließ.

Seine Bitterkeit war schrecklich, denn sein junges Herz wußte, daß dunkle Gelübde diesen Abschied zu einem endgültigen machen würden, auf immer und ewig.

Die alte Frau

Maggie Crampton kam den Weg entlang, der zu Julia Duggans Hinterhof führte. Sie war so krumm und schwach, daß sie sich beim Gehen mit den Händen auf ihre Knie stützen mußte. Der fast waagerechte Rükken war ungefähr in der gleichen Höhe wie die obersten Steine des kleinen Mäuerchens, das neben dem Weg einherlief. Maggie schob ihre nackten Füße mit der unendlichen Langsamkeit einer riesigen Schildkröte vor. Jedesmal, wenn sie sich die Zehen an einem der herumliegenden Steine stieß, brummte sie vor sich hin.

Ein kleiner weißer Beutel hing ihr an einer schwarzen Schnur vom Hals. Er war äußerst reinlich und stand in größtem Gegensatz zu dem Schmutz, in dem sich ihr graues, zerlumptes Kleid und ihr Körper befanden. Bei jedem Schritt baumelte er sachte hin und her, wie das schwere Pendel einer großen Uhr.

Als sie zum Zaunübertritt kam, hinter dem Julia Duggans Hinterhof lag, machte sie Halt. Laut ächzend richtete sie sich etwas auf und packte mit beiden Händen den obersten Tritt. So ruhte sie sich ein Weilchen aus. Ihre Lippen bewegten sich im Gebet. Strähnen weißen Haars hingen ihr auf beiden Seiten über die verrunzelten gelblichen Wangen. Die Farbe ihrer Augen war fast völlig verblaßt. Sie hatte keine Zähne mehr.

Als sie über den Zaunübertritt kletterte, kam ein gelber Hund um die Giebelseite gerannt. Er bellte wütend, mit erhobenem Schwanz und gesträubtem Rückenhaar. Als er die alte Frau erblickte, hörte er auf zu bellen und lief langsamer. Dann kam er näher, zog den Schwanz ein und begann zu winseln. Er kroch nah heran. Seine Nase stupfte gegen ihren nackten Fuß. Er schnupperte hungrig.

Nachdem die alte Frau den Zaunübertritt hinter sich gebracht hatte, setzte sie sich auf einen Stein, um auszuruhen. Sie drohte dem Hund mit der Faust und fluchte. Der Hund schoß ein Stückchen zurück. In einiger Entfernung blieb er stehen und beobachtete sie gespannt. Als sie ihre Wanderung wieder aufnahm und zur Giebelseite ging, folgte er ihr dicht auf den Fersen, mit gesträubten Nackenborsten und eingezogenem Schwanz. Während er ihr nachschlich, stieß er hin und wieder die Schnauze auf ihr schmutziges Fleisch und schauderte heftig.

Nellie Duggan, ein siebenjähriges Mädchen, kam aus dem Haus, als die alte Frau sich der Türe näherte. Sie hatte hübsches Flachshaar und blaue Augen. Sie trug eine saubere weiße Schürze, und ihr Zopf war mit einer orangefarbenen Haarschleife gebunden. Ihre nackten Füße waren makellos sauber. Nachdem sie Maggie Crampton ein paar Sekunden lang entsetzt angestarrt hatte, lief sie ins Haus.

»Sie kommt«, flüsterte sie ihrer Mutter zu und lief dabei blitzschnell zur Kaminecke. »Sie ist schon dicht vor der Tür.«

Mrs. Duggan stand vor dem Küchentisch und knetete Teig für einen Kuchen. Sie drehte sich um und blickte ihre Tochter an.

»Wer kommt?« fragte sie.

»Maggie Crampton«, sagte Nellie und setzte sich auf einen blauen Schemel. »Sie ist draußen im Hof!«

»Nein, so ein Kind!« lächelte Mrs. Duggan. »Warum mußt du dich denn vor allen Leuten fürchten?«

Nellie hatte die Füßchen dicht nebeneinander gestellt, und die Hände hatte sie auf dem Rücken verschränkt. Sie hielt den Blick auf die offene Tür gerichtet.

»Ich weiß nicht, was ich mit dir anfangen soll«, sagte Mrs. Duggan und nahm ihre Arbeit wieder auf. »Du bist so nervös. Ich muß mich richtig um dich sorgen.«

Als das Ächzen der alten Frau bis in die Küche zu hören war, fuhr Nellie in die Höhe.

»Da kommt sie«, flüsterte sie entsetzt. »Jetzt ist sie an der Tür!«

»Laß das!« sagte Mrs. Duggan. »Alte Leute muß man ehren. Es ist gegen Gottes Gebote, wenn man sich vor einem guten Christenmenschen fürchtet.«

Die alte Frau kam zur Küche hereingewatschelt und blieb nicht weit von der Schwelle stehen.

»Gott zum Gruß, jedermann!« sagte sie.

»Grüß dich Gott, Maggie«, sagte Julia, »und sei willkommen! Setz dich ans Feuer!«

»Ich bleib lieber bei der Tür«, sagte Maggie Crampton.

»Du darfst dich nicht wie eine Fremde in meinem Haus benehmen«, sagte Julia mit erhobener Stimme. »Setz dich ans Feuer, sag ich dir!«

Maggie watschelte zum Kamin hinüber und setzte sich dem kleinen Mädchen gegenüber in der andern Kaminecke auf einen schwarzen Schemel. Dann begann sie an der Schnur herumzuhantieren, an der ihr weißer Beutel hing.

»Ich möcht, daß du ihn mal wieder anschaust«, sagte sie zu Julia. »Ich hab's heut plötzlich mit der Angst bekommen, die Motten könnten sich in den Beutel geschlichen haben, seit du ihn 's letzte Mal angeschaut hast. Das war im März, und jetzt haben wir Ende Juli. Ich mach mir solche Sorgen deswegen, Julia.«

»Ich schau ihn mir gern an«, sagte Julia, »sobald ich den Kuchen in der Backröhre habe.«

»Gott erhalte dir deine Gesundheit«, sagte Maggie.

»Meine Stunde kann jeden Augenblick kommen.«

»Es ist unsre Christenpflicht, den Alten zu helfen«, sagte Julia.

»Ich möcht ganz sicher sein, daß alles in Ordnung ist«, sagte Maggie mit lauter Stimme. »Ich will nicht unordentlich aussehen, wenn sie mich aufbahren.«

In diesem Augenblick steckte der Hund seinen Kopf langsam um den Türpfosten. Er blickte Maggie mit seinen blutunterlaufenen gelben Augen voller Gier an. Er schnupperte und begann leise zu winseln.

Julia drehte sich rasch um, als sie ihn winseln hörte. Ihr Gesicht wurde vor Ärger ganz dunkel, als sie ihn in der Tür stehen sah. Sie scheuchte ihn wütend fort.

»Geh weg!« schrie sie. »Du ekelhaftes Biest!«

Der Hund verschwand sofort.

»Huh!« rief Julia. »Was für scheußliche Geschöpfe auf Gottes weiter Welt leben!«

»Sag das nicht, Julia«, mahnte die alte Frau, während sie den kleinen weißen Beutel von der Schnur löste. »Es gibt nur Schönes auf Gottes weiter Welt!«

»Es gibt aber auch Scheußlichkeiten«, antwortete Julia. »Dinge, vor denen ich mich fürchte.«

»Alles, was Gott erschaffen, hat einen göttlichen Sinn«, sagte die alte Frau.

»Ich weiß, daß es auch Häßliches gibt«, beharrte Julia. »Sehr viel Häßliches!«

»Wie kann etwas Gottgewolltes einen Christen erschrecken?« fragte die alte Frau.

»Ich hab viel Häßliches gesehn, vor dem ich mich fürchten mußte«, sagte Julia.

Maggie legte den kleinen Beutel sorgfältig neben sich auf einen roten Schemel.

»Nichts, was Gott erschaffen hat, kann häßlich sein«, krähte sie hochmütig. »Ich sage dir das, Julia, weil ich weiß, daß es die Wahrheit ist.«

»Für die alten Leute ist's leicht, weise zu sein«, meinte Julia. »Ihr Blut ist beinah kalt. Aber die Jungen, die müssen leiden.«

»Sie leiden, weil sie sündig sind«, sagte die alte Frau.

»Weil sie warmes Blut haben!« rief Julia. »Wie können sie weise sein, wenn sie warmes Blut haben?«

»Nur Sünde ist häßlich«, sagte Maggie. »Und der Teufel hat die Sünde in die Welt gebracht.«

»Die Alten sehen bloß, was ihnen gefällt«, entgegnete Julia. »Wenn das Blut heiß ist, sieht man viel Häßliches!«

Sie wandte plötzlich den Kopf auf die Seite und blickte zur Tür hinaus. »Ach je!« rief sie klagend. »Warum muß es denn nur soviel Häßliches auf Gottes weiter Welt geben?«

Die alte Frau holte eine Tonpfeife aus ihrer Rocktasche und zündete den Tabak im Pfeifenkopf mit einem Stück Torf vom Kaminfeuer an. Sie rauchte ein Weilchen und brummelte voller Behagen. Dann nahm sie die Pfeife von den Lippen und wandte sich an Julia.

»Es gibt nichts Häßliches auf Gottes weiter Welt!« rief sie aus Leibeskräften. »Ich sag dir das, Julia, weil ich weiß, daß es die Wahrheit ist. Gott hat für alles seine Gründe.«

Während des Schweigens, das darauf folgte, hob Nellie scheu die Augen und blickte auf Maggie Cramptons Füße. Sie schauderte zusammen, als sie sah, zu welchem riesigen Umfang sie angeschwollen waren. Unten waren sie vor Schmutz völlig schwarz. Weiter oben waren sie rot mit grauen Flecken dazwischen, wie die Schuppen auf einem Rotbarsch. Dann hob sie die Augen noch ein bißchen mehr und sah der alten Frau ins Gesicht. Zu ihrer Überraschung sah sie, daß es freundlich und weise war – und dabei hatte sie erwartet, das grauenhafte Gesicht eines Ungetüms zu sehen.

Das kleine Mädchen blickte, vor Freude zitternd, ins Feuer. Die Röte stieg ihr in die Wangen. Sie war plötzlich unsagbar glücklich, denn sie war ein Grauen losgeworden, das sie von klein auf bedrückt hatte. Seit sie ganz klein gewesen, hatten die älteren Leute ihr stets damit Angst gemacht, daß sie sagten, Maggie Crampton würde kommen und sie in einen Sack stecken und in eine schwarze Höhle bringen, wenn sie nicht artig wäre. Daher war das Vorhandensein der alten Frau bis auf den heutigen Tag immer etwas Grauenhaftes für sie gewesen. Sie war einmal mit einer älteren Kusine zu der kleinen Hütte am Nordrand des Dörfchens gegangen, in der Maggie Crampton in einem einzigen Raum hauste. Die beiden Kinder hatten Hand in Hand vor der offenen Tür der Hütte gestanden und in das verräucherte Dunkel gespäht – bis sie die alte Frau ächzen hörten. Da waren sie entsetzt ausgerissen. Seit jenem Tag hatte die kleine Nellie nicht wieder gewagt, der alten Maggie ins Gesicht zu schauen – bis zu dem befreienden, glücklichen Augenblick eben jetzt.

Jetzt war es Zuneigung anstatt Furcht, die sie der alten Frau gegenüber empfand. Während sie ins Feuer blickte, mußte sie dauernd denken, wie herrlich es war, keine Angst mehr zu haben.

»Ich habe vieles gesehn, vor dem ich mich gefürchtet habe«, sagte Julia Duggan, als sie den gekneteten Teig in die Backröhre schob. »Ich habe viel Grauenhaftes auf Gottes weiter Welt gesehn.«

Die alte Frau klopfte die Asche aus dem Pfeifenkopf und sagte: »Nur die Sünde ist häßlich. Und der Teufel hat die Sünde in die Welt gebracht.«

»Es gibt viel Häßliches«, sagte Julia. »Ich hab's gesehn, und es hat mir Angst gemacht.«

»Erst jetzt, wo meine Stunde näher kommt«, sagte die alte Frau und steckte ihre Pfeife wieder in die Rocktasche, »erst jetzt verstehe ich die Schönheit von Gottes Welt. Manchmal kann ich's kaum aushalten, solche Sehnsucht hab ich danach. Wenn ich an einem schönen Sommertag wie heut alleine in meinem kleinen Haus sitze und meine Gebete spreche, dann höre ich einen Vogel singen oder die Kinder beim Spielen rufen. Dann kann ich nicht mehr beten, und der Gedanke an den Tod ist mir bitter. Dann sehn ich mich nach meiner eigenen Schönheit zurück. Ich sehne mich nach meiner Jugend, als ich gesungen und getanzt hab und auf den Maiwiesen unter lauter singenden Lerchen Schlüsselblumen gepflückt hab. Oi! Oi! Es gibt Tage, wo mir die Schönheit von Gottes Welt weh tut.«

Nachdem Julia die Backröhre aufs Kaminfeuer gestellt hatte, begann sie den Tisch zu scheuern und abzutrocknen. Dann breitete sie eine saubere weiße Decke darüber.

»Gib mir jetzt den Beutel«, sagte sie zu Maggie.

»Sei vorsichtig damit«, sagte die alte Frau besorgt, als Julia den kleinen weißen Beutel zum Tisch trug. »Meine Augen können fast gar nichts mehr sehen, darum kann ich nicht selber nachschauen. Ich kann's auch nicht befühlen, denn meine Hände sind niemals richtig sauber.«

»Du Arme!« rief Julia, als sie den Beutel aufmachte. »Du tust mir so leid, ganz allein und ohne jemand, der nach dir sieht, und deine Stunde so nah!«

»Ach, ich hab gute Nachbarinnen«, erwiderte die alte Frau. »Sie sehen schon nach mir. Aber es ist schwer für einen alten Menschen, immer sauber zu sein. Ich muß alles befühlen, weil ich's nicht sehen kann. Darum werden meine Hände schmutzig, und deshalb trau ich mich nicht, den Beutel aufzumachen.«

Julia nahm ein dunkelbraunes Sterbekleid aus dem Beutel und breitete es auf dem Tisch aus. Es war aus billiger Baumwolle. Eine schmale Spitzenkrause lief um den Halsausschnitt, und vorn war in zwei parallelen Reihen Seidenlitze aufgenäht. Ein Stückchen weißes Leinen mit einem roten Herzen in der Mitte war auf der Brust befestigt. Rings um das rote Herz war mit schwarzem Garn ein Bibelspruch auf den weißen Stoff gestickt.

Sie holte auch weiße Baumwollhandschuhe und weiße Baumwollstrümpfe aus dem kleinen Beutel.

»Es sieht alles sehr gut aus«, sagte sie, nachdem sie die Sachen geprüft hatte.

»Gott sei Dank!« rief die alte Frau voller Inbrunst. »Es wäre schrecklich, wenn ich Gott für meinen Urteilsspruch unordentlich gegenübertreten müßte.«

»Ich will noch mit dem Bügeleisen drübergehen«, sagte Julia.

»Gott erhalte dich gesund!« sagte Maggie Crampton. »Du bist die einzige, die es berühren darf, denn du hast heilige Hände. Als ich noch sehen konnte, war's mir eine Augenweide, deine Hände zu beobachten.«

»Was du für wunderliche Sachen sagst«, antwortete Julia und wurde ein wenig rot.

Sie faßte alles merkwürdig behutsam an. Ihre langen schlanken Finger behandelten den groben Stoff des Sterbekleides überaus zart. Sie streichelten es leise, als ob es aus dem kostbarsten Gewebe gemacht worden wäre.

Die kleine Nellie stand plötzlich auf und sprang aus dem Haus. Sie faltete die Hände über ihrem Kopf und hüpfte durch den Hof.

»In Gottes Welt gibt's nur Schönes!« rief sie munter und lief weiter. »Es gibt nichts Häßliches!«

Nachdem Julia Duggan das Sterbegewand gebügelt

hatte, faltete sie es achtsam zusammen und steckte es wieder in den Beutel. Dann knüpfte sie den Beutel zu und reichte ihn der alten Frau.

»Gott erhalte dich gesund, Julia!« sagte die alte Frau, während sie den kleinen weißen Beutel an der schwarzen Schnur befestigte. »Alles hat einen gottgewollten Sinn.«

Als sie sich den Beutel umgehängt hatte, stand sie auf und watschelte, die Hände auf den Knien, zur Tür hinüber. Dort blieb sie stehen und wandte Julia ihr Gesicht zu.

»In Gottes Welt gibt's nur Schönes!« rief sie mit hochmütigem Ton. »Ich sage es dir, Julia, weil es die Wahrheit ist.«

Dann watschelte sie aus dem Haus.

»Es gibt auch viel schlimme Dinge«, schrie Julia mit trauriger Stimme vom Kamin her. »Ich hab's gesehn und fürchte mich davor!«

Als die alte Frau beim Giebel war, blieb sie stehen und hob den Kopf.

»Der Teufel hat die Sünde in die Welt gebracht«, schrie sie. »Denke daran und sage nichts mehr!«

Während die alte Frau den Weg hinaufstieg, kam der Hund vorsichtig über den Hof gelaufen. Er hatte den Schwanz eingezogen, und sein Nackenhaar sträubte sich. Er sprang auf das Mäuerchen, duckte sich dort und schnupperte ihr gierig nach.

»In Gottes Welt gibt's nur Schönes!« brummelte sie vor sich hin, während sie langsam, die Hände auf den Knien, den Weg hinaufkroch.

Der kleine weiße Beutel baumelte bei jedem Schritt sachte hin und her.

Der Lotse

Der alte Mann hob drohend seinen Stock und verwünschte die Inseln, die jetzt rund und blau vor dem Horizont lagen. Auf der Insel im äußersten Westen blitzte etwas in der Sonne auf, einem riesigen Diamanten gleich. Der alte Mann glaubte, es sei ein Auge, das ihn bedrohe.

»Stirb ohne die Letzte Ölung!« schrie er. »Blinzle nur, du Teufel, es nützt dir alles nichts! Kannst mir nichts antun!«

Dann stützte er sich auf seinen Stock und starrte auf die runde blaue Kuppe, die sich im weißlichen Meer wie eine Henne auf ihrem Nest niedergelassen hatte. Der Diamant hörte zu blitzen auf, als der Sonnenschein gelber wurde und einen weiten, schimmernden Mantel über die felsigen Inseln breitete, die langsam der Sicht entschwanden.

»Heiliger Bimbam!« rief ein Tourist, der braune Knickerbockers trug. »Das Land der Ewigen Jugend! Das Land der Heiligen und Gelehrten! Kein Wunder, daß wir ein Volk der Dichter sind – bei so einer Prachtentfaltung! Sieh nur mal den Himmel über den Inseln!«

Er deutete mit der einen Hand zu den Inseln hinüber, während er mit der andern den Arm seiner Frau packte. Der alte Mann starrte das Touristenpaar voller Verachtung an. Dann trat er auf sie zu und tippte dem Mann mit der Stockzwinge auf den Schenkel.

»Sie wissen eben nicht, wie's da drüben zugeht!« sagte er. »Wenn Sie's wüßten, würden Sie nicht so reden. Nichts als Verfolgung da drüben! Ich bin ein Verfolgter!«

Die Touristen blickten den alten Mann an und

lächelten scheu. Er sah wie ein Irrer aus. Sie zogen sich etwas zurück.

Wieder drohte er der westlichen Insel mit dem Stock und rief: »Kannst mir nichts mehr antun! Ich bin dir entwischt!«

Dann bückte er sich weit vornüber, stützte beide Hände auf seinen Stock und streckte der Insel die Zunge heraus. Obwohl der kleine Dampfer auf völlig waagrechtem Kiel durch das ruhige Wasser glitt, stand der alte Mann mit gespreizten Beinen da und paßte sich – nach der Manier alter Seeleute – einem gar nicht vorhandenen Rollen des Decks an.

Er war achtzig Jahre alt. Er war niemals groß gewesen, doch jetzt war er fast zu Zwergengröße zusammengeschrumpft. Obwohl es ein warmer Abend in den ersten Herbsttagen war, trug er mehrere Schichten einer schweren Fries-Kleidung. Aus diesen verschiedenen Schichten ragte sein eingeschrumpfter Kopf wie bei einer Schildkröte heraus. Die fleischlosen Hände waren wie Vogelkrallen. Sein Gesicht hatte die Farbe alten Pergaments – bis auf die Augen und die Lippen. Die Lippen waren noch rosa, aber sehr bleich und zart. Wenn er, zornig grinsend, die Lippen zurückzog, dann waren zwei Reihen vollkommen ebenmäßiger kleiner weißer Zähne zu sehen. Er hatte noch keinen einzigen Zahn verloren. Auch seine Augen hatten noch nichts an Sehkraft eingebüßt. Sie waren von einem wilden Blau, ohne Gefühl, und grausam wie die Augen eines gefangenen Habichts. Wider ihren Willen wurden sie, noch in der Blüte ihrer Lebenskraft, vom nahenden Tod eingefangen. In ihren schimmernden Kugeln hatten sie alle Weisheit und List eines langen Lebens eingeheimst. Und wie er sich nun übers Deck vorbeugte, schwankte und den Inseln die Zunge herausstreckte, da glich er durchaus einem verletzten Vogel, der seinen Kerkermeister anfauchte, und dem zu seiner Verteidigung nichts mehr blieb als die weisen Augen und die geißelnde Zunge.

»Was fehlt Euch denn, Tom?« fragte ein großer hübscher Mann in blauem Anzug, der übers Deck auf ihn zugeschritten kam. »Warum beruhigt Ihr Euch nicht?«

Der alte Mann richtete sich auf und blickte den Neuankömmling an. Er trat rasch ein Schrittchen zur Seite und tat so, als könne er den Sprechenden nicht erkennen. Er trug einen neuen schwarzen Hut mit breiter Krempe. Er hatte den Hut wie ein Schulmädchen mit einer Schnur unter dem Kinn befestigt. Er ging zweimal rund um den andern und machte dabei unvermutete Trippelschritte und beäugte ihn unter der vorgehaltenen Hand: Für einen Mann seines Alters bewegte er sich mit erstaunlicher Behendigkeit und Kraft, vor allem, da er schwere, genagelte Schuhe trug, die ihm mehrere Nummern zu groß waren.

»Du alter Gauner«, sagte der andere, »stell dich bloß nicht so an, als kennst du mich nicht! Wenn ich nicht ein gutes Herz hätte und Mitleid mit deinem hohen Alter, dann würdest du jetzt im Schwarzen Loch stecken, anstatt mit deiner Kuh auf dem Dampfer nach Galway zu fahren.«

Der alte Mann blieb stehen und schlug mit seinem Stock aufs Deck.

»Ha!« rief er. »So, so! Ich würde im Schwarzen Loch stecken? Dann mal angetreten, Sergeant Toomey! Los! Los!«

Er klemmte den Stock unter den Arm, spuckte sich in die Hände und nahm Boxstellung ein.

»Los! Los!« sagte er. »Woll'n mal sehn, wer von uns beiden Sieger wird! Sie sind ja jetzt ohne Uniform, da haben Sie auch nicht das Gesetz hinter sich. Ha! Sie wollen nicht kämpfen? Haben Sie Angst vor mir? Hab's ja gleich gewußt, daß Sie'n Feigling sind! «

Der Sergeant verschränkte die Hände auf dem Rücken und lachte unbehaglich. Eine kleine Gruppe fand sich auf Deck ein, um den Vorgang zu beobachten. Alle Leute lachten.

» Weiß Gott, jetzt hat er Sie gestellt! « rief ein magerer Viehhändler, der eine Brille trug und sich einen hellen Regenmantel über die Schulter geworfen hatte. » Geben Sie nur gut acht, Sergeant! «

Der alte Mann spuckte verächtlich aufs Deck, dem Sergeanten genau vor die Füße. Dann trat er zu den Leuten und redete sie an.

» Pah! « sagte er. » Was für'n Riesenmut die haben, solange sie in der Uniform stecken, aber sonst ist es kläglich bestellt mit ihrem Mut. Was scheren wir Inselleute uns um die Stadtpolizei? Wir haben uns in der alten Zeit nichts aus den englischen Polypen gemacht, und wir machen uns noch viel weniger aus De Valeras Stadtpolizei. Wir sind freie Menschen. All das hier gehört uns! «

Damit streckte er die Arme aus und beschrieb vor und hinter sich einen weiten Kreis. Der Dampfer war jetzt auf der Höhe von Black Head, und die große runde Bastion erhob sich steuerbords majestätisch in Terrassen aus grauem Stein, die vom Licht der sinkenden Sonne golden getüncht waren. Hinter dem Kielwasser des Dampfers, jenseits vom niedrigen Küstenland der Grafschaft Clare, ragten die Riesenklippen von Moher über den Horizont, und die Entfernung färbte ihre schroffen Steilwände violett. Westlich von den Klippen lagen die Inseln jetzt wie ein Speer auf dem Wasser und bildeten einen langen, feinen Grenzwall gegen den Horizont. Auf der Backbordseite flankierte die Connemara-Küste das glatte Wasser der herrlichen Bucht. Hinter der Küste verliefen die Berge wellig gen Westen, wo sich ihre Formen mit dem Ozean vermischten und dem Blick entschwanden. Eine Bootsflotte mit dunkelbraunen Segeln kreuzte über die Bucht und hielt auf Connemara zu. Sie glitten wie Schmetterlinge über die See, scheinbar ohne Substanz und Schwere, und anmutig wie ein Gedicht, im Einklang lavierend, auf der Suche nach dem raren Wind. Hin und wieder hob sich bei einem überraschenden Windstoß ein schwarzer Bug, blitzte silbern und schimmerte in der Sonne.

»All das gehört uns«, rief der alte Mann hochmütig, »uns, den echten Westmännern! Wir sind eine Rasse für uns allein! Wir sind die Leute von den Inseln und von allem Land, das ans Westmeer grenzt. Wir wollen nicht, daß Fremde zu uns kommen und sich einmischen und uns Gesetze um den Hals hängen, wie man bösen Ziegen einen Spannstrick anlegt. Wir haben Murr in den Knochen, und wir siegen über die Neuen. Wir sind eine Rasse für uns allein!«

Er stampfte mit dem rechten Fuß auf und schnalzte laut mit Daumen und Zeigefinger – dorthin, wo der Sergeant stand.

»Bravo!« rief der Tourist in Knickerbockers. »Männer von solchem Geist brauchen wir! Eine großartige Rasse! Ein Volk von Dichtern und Kriegern!«

Der alte Mann marschierte jetzt im Kreis herum, duckte sich, boxte in die leere Luft, streckte die Zunge heraus, fauchte und knurrte vor sich hin, genau wie ein verletzter Habicht, der seinen Kerkermeister anfunkelt und mit ohnmächtigen Schwingen flattert.

Der Viehhändler ging zum Sergeanten hinüber, der sich gegen die Reling lehnte.

»Was fehlt dem alten Teufelskerl?« fragte der Viehhändler, »ist er verrückt?«

»Ein bißchen schon«, sagte der Sergeant, »aber

nicht so sehr, daß man ihn in eine Anstalt stecken könnte. Und jetzt hat er einen Schluck genommen und ist noch aufgebracht, weil er einen Streit mit seiner Tochter und seinem Schwiegersohn hatte!«

»Tatsächlich?« sagte der Viehhändler. »Mir ist übrigens eine Streiterei aufgefallen, auf dem Pier, als das Vieh verladen wurde. Wohin will er denn jetzt? Einen Mann in seinem Alter sollte man nicht so herumstrolchen lassen!«

»Es ist eben so«, sagte der Sergeant, »all seine Kinder sind nach Amerika gegangen, und dann kam die jüngste Tochter wieder heim, im vorigen Jahr, als seine Frau starb. Er hatte vierundeinenhalben Acker Land, und die hat er der Tochter bei ihrer Heirat mit einem jungen Burschen aus dem Dorf vermacht. Aber der alte Teufelskerl war schlau, als er den Vertrag aufsetzen ließ, denn das zum Land gehörende Vieh hat er ihnen nicht vermacht.«

»Bei der Streiterei ging's also um das Vieh?« fragte der Viehhändler. »Sowas kommt oft vor. Der alte Knicker wollte also das Vieh nicht rausrücken.«

»Ja«, sagte der Sergeant. »Aber es war nur eine Kuh da, und außerdem ein paar Schafe, und die Kuh war ein Stripper.* Die jungen Leute kauften eine Färse und wollten die alte Kuh verkaufen, aber der Alte nahm sie ihnen weg und trieb sie selber auf den Markt. Die Tochter wollte ihn dran hindern. Sie wollte, daß ich ihn festnehme, aber ich hab's nicht getan. Nach Recht und Gesetz gehört die Kuh ihm. Er ist berechtigt, damit zu tun, was er will.«

»Er bringt sie also nach Galway«, sagte der Viehhändler. »Viel Glück!«

»Ja«, sagte der Sergeant. »Und dabei ist er achtzig! Man muß ihn bewundern.«

Der alte Mann war inzwischen in eine Ecke vor der

* = abgemelkte Kuh

Reling gegangen und hatte sich dort aufs Deck gesetzt. Er zog die grauen Frieshosen bis über die Knie hinauf. Darunter trug er noch ein Paar Hosen aus sauberem weißem Flanell, die ebenso schwer wie die Frieshosen waren. Lange wollene Strümpfe mit gestickter Borte bedeckten die Beinlinge der weißen Hose und reichten fast bis ans Knie. Bindfaden diente ihm als Strumpfhalter. Er knotete sie auf, band sie fester und zog die grauen Hosenbeinlinge wieder darüber. Dann schlug er seine kurzen Beine übereinander und nahm den Hut ab, den er sich mit der Öffnung nach oben in den Schoß legte. Er holte ein Stück Preßtabak und ein Messer aus der Tasche. Dann begann er den Tabak über dem Hut in seine Handfläche zu schnitzeln.

Der Viehhändler kam näher und ließ sich vor dem alten Mann auf ein Knie nieder. Er packte den Regenmantel zusammengefaltet auf das andere Knie und legte seine Arme darauf. Der alte Mann hörte auf, den Tabak zu zerschnitzeln, und wie ein argwöhnischer Vogel, mit auf die Seite gelegtem Kopf, blickte er den Viehhändler feindselig an.

»Recht schönen Tag, mein guter Freund«, sagte der Viehhändler. »Wie ich hörte, haben Sie eine Kuh zu verkaufen. Vielleicht können wir handelseins werden?«

»Sie sind Timoney, der Viehhändler«, sagte der alte Mann. »Ich kenne Sie.«

»Ich bin so bekannt wie ein falscher Penny«, sagte der Viehhändler. »Wahrscheinlich hab ich früher manch Stück Vieh von Ihnen gekauft. Es ist nicht leicht, sich an all die Gesichter zu erinnern, die mir schon begegnet sind.«

»Sie brauchen sich nicht die Mühe machen«, sagte der alte Mann, »und sich an mein Gesicht erinnern. Ich hab mein Vieh niemals an Händler verkauft. Mit allem, was ich zu verkaufen hatte, bin ich immer selbst auf den Jahrmarkt nach Galway gegangen. Aber trotzdem: wenn Sie überhaupt einen Funken von Gedächtnis hätten, dann hätten Sie wohl vom alten Tom, dem Lotsen, gehört. Vielleicht ist ja überhaupt nicht viel an Ihnen dran, vielleicht sind Sie bloß ein magerer, schlaksiger Kerl, der glaubt, er könnte einen alten Mann zum Narren halten und sich die Überfahrt verkürzen? Scher dich weg, du dünner Hering mit der Brille auf der Nase!«

Er spuckte giftig aufs Deck, genau neben das gekrümmte Knie des Viehhändlers, der rasch aufsprang.

»Dann hol Sie der Teufel, Sie unmanierlicher alter Bursche!« rief er ärgerlich. »Ich wollt Ihnen nur Ihre Kuh abkaufen, zum Kuckuck nochmal!«

Er ging fort. Der alte Mann streckte ihm die Zunge heraus. Ein gutgekleideter junger Mann von schönem Wuchs und mit Augen, die so blau wie das Meer waren, kam jetzt an und setzte sich auf den Fersen vor den alten Mann. Er trug keinen Hut auf seinem blonden Krauskopf.

»Sie dürfen nicht sich und der Insel Schande machen«, sagte er, »wenn Sie so mit einem Fremden reden, der Ihnen ganz höflich ein Angebot macht. Was fehlt Ihnen überhaupt?«

Der alte Mann nahm eine neue Pfeife aus der Jakkentasche und sog daran. Dann stopfte er den Tabak aus seiner Handmuschel in den Pfeifenkopf und blinzelte den jungen Mann in Ruhe an. Seine Augen waren jetzt weich und zärtlich. Er scharrte im Hutkopf herum und sah nach, ob etwas von dem geschnitzelten Tabak hineingefallen sein könnte.

»Du bist vom Nachbardorf«, sagte er sanft und flüsterte leise. »Ich kenn deinen Vater.«

»Natürlich«, sagte der junge Mann. »Sonst müßten Sie ja verrückt sein. Mein Vater ist doch Ihr Vetter dritten Grades!«

Der alte Mann setzte sich den Hut wieder auf den Kopf und befestigte die Schnur unter dem Kinn. Sein graues Haar wuchs ihm noch so dicht auf dem Kopf wie frisches Seegras im April auf einem Felsen. Dann steckte er die Pfeife in den Mund und bat den jungen Mann um ein Streichholz.

»Ich kenn all deine Verwandten«, sagte er. »Sind alles gute Leute, mein Junge, bis auf deinen Onkel Tony. Der ist bloß mittelmäßig, selbst wenn er so gut rudern kann wie die andern. Aber bei grober See wird er seekrank. Und er kann auch nicht gut mit dem Pferd umgehn, wenn am Strand das Seegras geholt wird. Bei dem eiskalten Wetter braucht's einen tüchtigen Mann, der mit dem Pferd fertigwerden kann. Dein Vater wird gut mit dem Pferd fertig und auch mit seinem Land. Warum bist du wie ein Ausländer angezogen, mein Herzblatt? Willst du nach Amerika auswandern?«

»Ich arbeite in einem Laden in Galway«, antwortete der junge Mann mit beschämter Stimme.

»Gott steh dir bei!« sagte der alte Mann und zündete sich seine Pfeife an. »Das ist aber traurig für deines Vaters Sohn, bei einem Nachbarn herumstehn und immer bereit für Leute, die nicht deine Verwandten sind. Aber komm mit mir nach unten, Blut von meinem Blut, ich will dir ein Glas Whisky geben.«

Er stand auf und zog an seinem gestrickten Gürtel. Er war so bunt wie die Regenbogenfarben. Der alte Mann sah sehr ordentlich aus in seinem Frieskittel, der am Hals und an den Handgelenken bestickt war und mit weißen Beinknöpfen schloß, dazu die ärmellose Weste mit grauen und schwarzen Karos auf der Vorderseite und weißen im Rücken.

Der junge Mann blickte jetzt sehr beschämt drein, entweder wegen seiner Festland-Kleidung, die der alte Mann verachtete, oder wegen des Aufsehens, das er in der stürmischen Gesellschaft des alten Mannes erregte.

»Ich bin sehr dankbar für die Aufforderung«, sagte er, »aber ich trinke nicht. Und ich glaube, daß Sie selber heut auch schon genug hatten. Warum wollen Sie nicht einfach stillsitzen, anstatt sich vor Fremden lächerlich zu machen?«

Der freundliche Blick schwand aus den Augen des alten Mannes. Sie wurden wieder grausam und gefühllos. Der junge Mann war für ihn zum Fremden geworden: ein Verstoßener.

»Hätt's mir denken können«, sagte er verächtlich. »In der Stadt haben sie dir rasch den Murr aus den Knochen gesaugt! Scher dich weg, Weiberherz! Besorg dir 'n Zuckerstengel und 'ne Kinderklapper! Wisch dir die Rotznase am Ärmel ab, du Wallach!«

Er spuckte auf seinen Stock und ging nach achtern zum Steuerbord-Rettungsboot, das längsseits vor der Maschinenraumluke lag. Er war sehr krummbeinig. Wegen der zu großen Schuhe mußte er so gehen, als zöge er die Füße bei jedem Schritt aus dem Sumpf. Eine Frau saß im Heck des Rettungsbootes. Er rief ihr etwas zu.

»Was machst du da, Mary?« fragte er. »Siehst aus, als ob du Eier ausbrütetest! Aber aus dem Alter bist du lange raus, sollt ich meinen!«

Die Frau machte eine Handbewegung, als wollte sie etwas werfen, und lachte von Herzen und sehr melodisch. Sie war etwa fünfzig, doch sie sah noch immer sehr hübsch aus mit ihrem langen, blassen Gesicht und dem glatten, lichtgoldnen Haar, das unter der Kapuze ihres grauen Kaschmirschals hervorschaute. Sie trug einen leuchtendroten, sehr guten Rock mit schwarzer Samtfalbel. Sie saß von lauter Wollsäcken umgeben im Boot und erweckte tatsächlich den Eindruck, als ob sie brüte.

»Fahr zur Hölle, Tom!« rief sie vergnügt. »Eine Giftzunge hast du, die nie ein Lobeswort rausbringt, auch nicht, um einen vom Tode zu retten. So, so, ich bin also zu alt?«

Nun warfen sie und der alte Mann sich in raschem Austausch scheinbar beleidigende Ausdrücke an den Kopf und bedienten sich einer so natürlichen Sprache, daß eine Schulmamsell, die mit drei kleinen Kindern in der Nähe saß, Anstoß daran nahm. Sie stand auf und führte die Kinder eiligst an einen entlegenen Platz.

»Da haben wir's«, rief die goldhaarige Frau und gab dem alten Mann im Scherz einen Stoß gegen die Brust. »Du bist schuld, daß ich bei der Dame und ihren Kindern Ärgernis erregt habe! Sollst dich was schämen!«

»Bah!« sagte der alte Mann. »Das Ärgernis sitzt in ihrem eigenen Herzen. Sie sind nicht von unsrer Rasse, Mary. Wenn sie von unsrer Rasse wären, dann wüßten sie: wo keine Schlechtigkeit, da ist auch kein Ärgernis.«

»Vielleicht hast du recht, Tom«, sagte die Frau. »Aber was treibt dich jetzt zu der dummen Fahrt nach Galway? Ich hab gesehn, wie du dich mit deiner Tochter gestritten hast, und dabei ist sie von Amerika hergekommen, um für dich zu sorgen.«

Bei ihren Worten geriet der alte Mann wieder aus der Fassung. Er stampfte mit den Füßen auf. Seine Augen blickten irr, und er schien die Anwesenheit der goldhaarigen Frau vergessen zu haben, denn er richtete seine Schimpfworte ans Meer und schwang den bis zur Schulter erhobenen Stock.

»Sie ist nicht von Amerika hergekommen, um für mich zu sorgen, sondern um sich das Land zu verschaffen!« schrie er. »Ich brauch keinen, der für mich sorgt. Ich kann allein für mich sorgen, solange Gott mir Atem schenkt! Ach! Wehe! Meine beiden braven Söhne tot in Amerika, und von meinem Blut ist nur noch Weibskreatur vorhanden. Die Weibskreatur, die zu mir gekommen ist, mußte mir einen Mann in mein Haus bringen. Nun ist's ein Fremder, der mein Land pflügt, und er will über mich regieren. Kein Mann darf mich regieren! Hab meine Kuh genommen und will sie verkaufen. Ich stell mich in Galway auf den Markt und will handeln, genau wie immer. Ich hab ihnen erlaubt, das Land zu nehmen, damit's nicht verwildert, wenn keiner es pflügt, oder ausdörrt, weil's ihm an Dung fehlt – denn ich kann's nicht länger selbst bestellen, aber regieren, das kann ich noch. Will meinen Spaß haben in Galway, und dann komm ich mit Geld zurück, mit Geld für meinen Sarg und mein Begräbnis und eine Messe, die für meine Seele gelesen wird.«

»Gott verzeih dir, armer Mann«, sagte die goldhaarige Frau, »daß du in deinem Alter noch mit dem Teufel kämpfst, anstatt friedlich zu leben und voll Versöhnung im Herzen dich auszuruhn am Herd deiner Tochter.«

»Es ist mein Herd, solange ich lebe«, schrie der alte Mann und trampelte mit den Füßen. »Ewiges Unglück soll dich heimsuchen, Frau, weil du für die Verfolger Partei ergreifst!«

Er ging fort und nach vorn; er schwenkte seinen Stock, während die Frau sich bekreuzte, um den Fluch abzuwehren. Im gleichen Augenblick kam eine Schar junger Dubliner Touristen von der Kajüte herauf, wo sie getrunken hatten. Eine von ihnen, eine ungestüme junge Frau, die Hosen und einen gelben Sweater trug, hatte einen Fotoapparat bei sich. Die ganze Gruppe stürzte sich auf den alten Mann, umringte ihn und lachte und schrie, immer angeführt von der jungen Frau mit dem Fotoapparat.

»Ich möchte ein Bild von Ihnen machen«, rief sie dem alten Mann zu. »Ihr müßt euch alle um ihn herum aufstellen und so tun, als ob ihr ihm zuhört, wie er eine Geschichte erzählt, und er muß mit dem Stock auf euch deuten. Alter Mann, stellt Euch mal hierhin und zeigt mit dem Stock auf die Leute da, gerade so, als ob Ihr ihnen eine Geschichte erzähltet. Ihr seht wie ein richtiger Geschichtenerzähler aus. Ich laß das Bild in die Zeitung rücken und schick Euch eins.«

Der alte Mann fauchte und stürzte sich mit erhobenem Stock auf sie. Sie stieß einen Schreckensruf aus, floh vor ihm und klammerte sich an den Arm eines jungen Mannes.

»Schäm dich, du sündiges Mensch«, rief der alte Mann wütend, »so herumzulaufen, in Hosen, ohne Manieren und Respekt vor alten Leuten! Wenn du meine Tochter wärst, würd ich dich auspeitschen und auf die Straße jagen, denn das ist der einzige Ort, wo du hingehörst!«

Der Maat erschien und gab dem alten Mann einen Knuff. Er war klein und o-beinig und hatte eine Hakennase und einen langen Schnauzbart.

»Komm weiter, Tom«, rief er freundlich. »Mußt nicht die Fahrgäste ärgern.«

Der alte Mann streckte dem Maat die Zunge heraus und ging, vor sich hinmurrend, weiter.

»Wer ist denn das?« sagte einer von den Touristen zum Maat.

»Er heißt Tom O'Donnell«, erwiderte der Maat. »In der alten Zeit, als es noch Segelschiffe gab, war er Lotse. Kein Mann kennt die Bucht hier so gut wie er. Aber jetzt ist er ein bißchen angeknackst.«

»Ich finde, er ist ein greulicher alter Kerl!« rief das Mädchen mit dem Fotoapparat.

»Vielleicht hätten Sie auch schlechte Laune, wenn

Sie erst achtzig sind«, sagte der Maat. »Dem Alter muß man etwas zugute halten!«

»Achtzig?« rief der junge Mann. »Unmöglich. Er kann nicht älter als siebzig sein.«

»Ich bin über siebzig«, sagte der Maat lachend. »Ich stamme von den Inseln. Wir sind eine andere Rasse.«

Den letzten Satz stieß er mit lautem, hochmütigem Ton hervor und lief dann die kurze Treppe hinab, die zum Achterdeck führte.

»Oh, barmherziger Gott«, murmelte der alte Mann, als er nach vorne ging. »Mach mich nicht zum Gespött der Bösen und Unvernünftigen! Laß mir meine Kraft bis zum Tode!«

Jetzt sah sein Gesicht gepeinigt aus. Er glich nicht länger einem verwundeten Habicht. Seine blauen Augen waren mild und unstet.

»Laß mich stehend und in der Sonne sterben!« stammelte er. »Laß mir meine Kraft, bis ich sterbe!«

Er trat an die Reling des Vorderschiffs und blickte in den nicht zugedeckten Laderaum. Da unten standen ein Dutzend Fohlen und seine eigene Kuh. Sie standen eng zusammengedrängt auf dem eisernen Boden. Die Sonne begann unterzugehen. Ihr Licht fiel in schrägen Bahnen in den Laderaum hinunter und vergoldete die rostigen Eisenwände und die Rücken der Tiere. Die Lichter und Schatten schwankten mit der Schiffsbewegung und spielten auf den Rücken der Tiere hin und her, als hüllte ein gütiger, barmherziger Geist sie liebkosend in einen goldenen Mantel, um ihnen die Gefangenschaft zu erleichtern.

Der alte Mann war so klein, daß sein Kinn nur gerade eben bis an die Reling reichte. Er mußte seine Hände auf die Reling legen und den Rücken strecken, um zu den Tieren hinunterzuschauen. Er brachte unartikulierte Laute hervor, indem er mit der Zunge gegen den Gaumen schnalzte. Sie hatten reglos und mit hängenden Köpfen dagestanden, doch als sie die Stimme des alten Mannes hörten, hoben sie die Köpfe und spitzten die Ohren. Eins von den Fohlen wieherte. Es begann aufs eiserne Deck zu stapfen und trat zurück. Dabei schlug sein hinterer Huf plötzlich gegen eine lose eiserne Stange, die an Deck lag. Das Fohlen trat auf das eine Ende, und das andere Ende fuhr in die Luft. Es fiel mit einem lauten, dröhnenden Knall wieder herunter, der durch den Laderaum hallte.

Sofort begannen die Kuh und die Fohlen aufgeregt umherzulaufen und vor Entsetzen zu schnauben. Nun hob der alte Mann seine Stimme und redete ihnen vernehmbar zu.

»Habt keine Angst, ihr schönen Tierchen!« rief er. »*Preoil!* Ihr schönen seidnen Geschöpfe! Es tut euch ja keiner was! Alte Frau, du könntest auch mehr Verstand haben, als mit jungen Fohlchen herumzutollen! Sei vernünftig, alte Kuh! Steh still und sei ruhig! *Preoil!* Ihr schönen Darlings!«

Die Fohlen beruhigten sich wieder und standen dicht gedrängt beieinander. Die Kuh stand jetzt vor ihnen und hatte den Kopf ängstlich ausgestreckt. Ihre Flanken flogen auf und ab. Von ihrem Maul hing eine lange Schaumsträhne aufs Deck nieder. Eins von den Fohlen bog seinen glänzenden schwarzen Schweif über seinen dunkelbraunen Rücken, streckte den anmutigen, schlanken Hals vor und schnupperte an der roten Flanke der Kuh. Die Flanke erzitterte. Das Fohlen zog den Hals rasch zurück, krümmte ihn zu einem steifen Bogen und starrte mit aufgerissenen Nüstern. Die Kuh bog den Kopf zur Seite und beleckte ungestüm ihre Flanke. Die Schaumsträhne von ihrem Maul flog auf den Rücken des Fohlens. Das Fohlen zitterte am ganzen Leibe.

»Oh! Ihr herrlichen Geschöpfe!« rief der alte Mann zärtlich. »Ihr tut mir so leid da unten, statt daß ihr in den schönen kleinen Tälern herumlaufen könnt, wo das Gras süß ist. Oh, sie werden euch einen Halfter umlegen, und dann müßt ihr Lasten tragen. Oder vielleicht tragt ihr auch hübsche Damen auf eurem Rücken. Gott segne euch, so oder so, denn ihr seid schöne Tierchen. Aber du, meine gute alte Frau, was soll denn in Gottes Namen aus dir werden? Dir geht's jetzt wie mir: ohne Heim und Freunde. Gott segne dich! Gott segne dich!«

Er machte das Zeichen des Kreuzes über den Tieren und wandte sich ab. Der Dampfer näherte sich der Stadt. Auf jeder Seite streckte die Bucht lange Arme aus. Das Land nahm Form und Farbe an. Das erlöschende Sonnenlicht schimmerte noch schwach auf den gelben Häusern und den rötlichen Herbstwäldern von Barna. Geradeaus lag die Altstadt als graue Masse, in ein sanftes verträumtes Licht gehüllt, als läge sie im Schlaf. Eine Unzahl dunkelbrauner Segel und kleiner schwarzer Schiffsrümpfe, Connemara-Boote, bedeckten das weiße Wasser. Ein riesiger Ozeandampfer lag vor Anker, und der Rauch aus seinen gemalten Schornsteinen bildete auf dem klaren Himmel einen häßlichen Fleck, als er, schmutzig und in geballten Wolken, wie der faulige Auswurf einer Wunde aufstieg. Eine prächtige Jacht, die in See stechen wollte, segelte an ihnen vorbei: über und über weiß, wie eine Braut auf der Hochzeitsfahrt. Sie fuhr gen Westen, dem Horizont entgegen, wo der Ball der untergehenden Sonne heller wurde, je tiefer er ins Meer sank.

»Heh! Potzteufel nochmal!« rief der alte Mann und schmatzte mit den Lippen. »Oh, du Prachtding!«

Wie ein Kind tanzte er übers Deck und winkte der Jacht mit beiden Händen. Er legte grüßend die Hand an die breite Krempe seines schwarzen Hutes und verbeugte sich vor der Jacht. Alle Fahrgäste stürzten an die Backbord-Reling, um sie vorbeifahren zu sehen, doch der alte Mann hielt sich abseits. Mit hingerissenem Ausdruck stand er auf Zehenspitzen und reckte sich, um sie zu sehen. Er legte den Kopf von einer Seite auf die andere und mußte in seinem Übermaß an Freude nach Atem ringen.

Die Jacht, die nun zurückblieb, fing an, die Segel zu wechseln und zu wenden. Der alte Mann stürzte nach achtern und begann aufgeregt, Kommandos zu rufen. Mit den Händen hißte er nicht vorhandene Segel und beugte sich weit vornüber, als hielte er das Steuer eines krängenden Bootes. Dann richtete er sich wieder auf und seufzte müde, da die Jacht auf ihrem neuen Kurs davonglitt. Er ging weiter, auf den Stock gestützt, und die andere Hand im Kreuz. Die Anstrengung hatte ihn ermüdet.

»Glaubst du, wir haben genug Wasser, Tom?« rief ihm der Kapitän von der Brücke aus zu.

Er blieb stehen und blickte hinauf zum lachenden Gesicht des Kapitäns auf der Brücke: ein hübsches, rosiges Gesicht mit lachenden Augen, darüber ein Schopf grauen Haars und eine Dienstmütze mit gelbem Abzeichen. Der alte Mann duckte sich und schüttelte sich wie ein nasser Hund. Er gab keine Antwort. Er ging vor, bis in den Winkel der Reling, und lehnte sich darüber. Seine Augen hatten jetzt den Ausdruck eines Menschen, der sich verirrt hat. Sein Wahn hatte ihn mit der sinkenden Sonne verlassen.

Sie fuhren am Ozeandampfer vorbei. Ein Schwarm Möwen umflatterte ihn und verschlang den Abfall, den die Bullaugen ausspien. Der alte Mann schauerte zusammen, als er ihn betrachtete. Die Größe und Fremdartigkeit des Riesenschiffs flößten ihm Schrekken ein. Es gehörte zu der neuen Menschenrasse, die ihn und seinesgleichen zugrunde richteten. Er ging weg und erlitt einen neuen Anfall kindischen Zornes. Jetzt ging er geduckt umher, hatte die Arme über der Brust verschränkt und murmelte Gebete.

Auf der Brücke läutete dauernd die Glocke. Der Dampfer rückte langsam vor und suchte sich seinen Weg zum Dock. Ein Leichter kam vorbei, der Passagiere zum großen Schiff brachte. Auf seinem Deck spielte unter einem Sonnensegel eine Jazz-Kapelle. Die Menschen tanzten und sangen. Dicht vor dem Dampfer tauchte schon die Stadt auf. Am Rande des Wassers lagen die hohen grauen Häuser der alten spanischen Stadt, und dahinter erhob sich strahlend und hochmütig die neue Stadt – wie die neue Rasse, die der alten den Untergang bereitete.

Der alte Mann stellte sein Umherwandern ein. Er blickte noch einmal über die Reling auf die Tiere im Laderaum. Im Zwielicht waren sie kaum noch zu erkennen. Nicht ein Laut stieg von ihnen auf. Auch ihnen fehlte die Sonne. Ihr Entschwinden stahl ihnen einen Teil ihres Lebens. Es war ein Glied, das sie mit ihrer Insel verbunden hatte. Die Tränen traten dem alten Mann in die Augen, als er auf sie niederblickte. Jetzt bereute er es, daß er mit seiner Tochter gestritten und ihr die Kuh weggenommen hatte. Es war ihm sterbenseinsam zumute.

Der Dampfer legte am Dock an. Die Tiere wurden auf den Pier gehißt. Zwei Burschen auf grauen Stuten führten die Fohlen weg. Sie liefen in einer geschlossenen Gruppe hinter den Stuten drein, umgeben von turmhohen dunklen Lagerhäusern, vor denen sie entsetzt schnaubten. Das Klappern ihrer noch nicht beschlagenen Hufe klang anders als das Trappeln der beschlagenen Stuten.

Der alte Mann mit seiner roten Kuh ging hinter

ihnen drein. Die Kuh war beinahe ebenso mager und altersschwach wie er selber. Sie ging still weiter, erschöpft von der Reise und gleichgültig gegen die fremde Umgebung.

Er ging mit hängendem Kopf neben ihr einher: die eine Hand lag auf ihrem hohen Hüftknochen, die andere stützte sich schwer auf seinen Stock.

Die seltsame Krankheit

Eines wilden Oktobermorgens kam ein rotbärtiger Reiter im allerersten Morgengrauen aus den Bergen in das Fischerdörfchen Carrig geritten. Er wollte einen Priester holen. Im Pfarrhaus erzählte er mit lauter Stimme, daß in einem Weiler namens Prochlais ein Mann dem Tode nahe sei, und zwar leide er an einer seltsamen Krankheit. Der Doktor sei unterwegs, sagte er, und die Gemeindeschwester erkläre, es sei weder Typhus noch irgendeine ihr bekannte Pocken-Krankheit, und es müsse ein Priester geholt werden. Der Name des Kranken lautete Lydon. Vor fünf Tagen sei er noch ein kräftiger junger Mann gewesen. Jetzt liege er stöhnend auf dem Bauch und verweigere Essen und Trinken.

Als der Gemeindepfarrer aus dem Schlaf geweckt wurde, murrte er und sagte seiner Haushälterin, sie solle den Reiter zum Hause des Vikars schicken. Also wurde der Vikar geweckt, und nun mußte er auf die weiße Stute steigen, die der Reiter aus den Bergen mitgebracht hatte.

»Den Wind haben Sie im Rücken«, brüllte der Mann mit dem Rotbart dem Vikar noch nach, »und deshalb reiten Sie am besten gleich nach Cockrae rauf und dann über den Teufels-Paß in unser Dorf runter. 's ist ein gutes Tier, aber Sie müssen sie auf die rechte Flanke schlagen – nie auf die linke!«

Der Vikar galoppierte auf der weißen Stute davon. Nun weckte der Mann mit dem Rotbart den Kneipenwirt. Er schüttelte sich den Regen aus seinem langen Bart, stand da und erzählte jedermann mit lauter und erboster Stimme, daß eine seltsame Krankheit einen jungen Mann in seinem Heimatdorf befallen habe, einen kräftigen jungen Mann namens Lydon, der jetzt auf dem Bauch liege und stöhne und Essen und Trinken verweigere. Er sagte, es sei eine seltsame Krankheit, die ihn befallen habe, und die Leute fürchteten sich davor.

Der Vikar hieb sein Pferd die Bergstraße hinan und murrte über die ungewöhnlich frühe Stunde und den Regen und den Sturm, der ihm vom Meere her in den Rücken schnitt. Er war schon ältlich, doch obwohl er nun seit zwanzig Jahren in der wilden Gegend von Gemeinde zu Gemeinde gewandert war, fürchtete er sich noch immer vor den Leuten und hielt sie für kein bißchen zivilisierter als die Wilden im afrikanischen Busch. Und ganz besonders die Einwohner von Prochlais, wohin er jetzt ritt. Und die seltsame neue Krankheit?

Was zum Kuckuck kann das bloß sein? dachte er.

Der Regen prasselte auf seinen schwarzen Gummi-Umhang und auf den Filzhut, der ihm um die Ohren schlappte. Er zitterte vor Furcht, sowohl wegen der Wut der Elemente wie wegen der seltsamen Krankheit, die er in dem barbarischen Weiler in der Bergwildnis antreffen sollte.

Als die ansteigende Straße steiler wurde, fiel die Stute aus ihrem Galopp in den geduckten Trab, der den Bergpferden eigen ist. Sie bewegte sich, als schleppe sie eine schwere Last, hatte die Hinterfüße gespreizt und den Hals vorgestreckt und scharrte mit ihren mühsam klimmenden Hufen lockere Steine von der holprigen Straße. Hier, hinter der Bergschulter wuchsen überhängende Bäume, und der Wind flaute ab. Der Regen fiel stärker und mit einem weichen, trübseligen, dumpfen Pochen. Triefnasse Blätter schwebten von den Zweigen nieder, und hin und wieder brach ein Vogel aus seinem Laubversteck hervor und flatterte mit durchnäßtem, lumpigem Gefieder tiefer in die Wälder hinein. Wasserbäche, die der Granitboden rötlich färbte, gurgelten über die aufgewühlte Straße und spritzten gegen die weißen Flanken der Stute und gegen den schwarzen Rock des Priesters. Sie ließen die Bäume hinter sich, ritten weiter durch eine Felsenschlucht und an einer Schäferhütte vorbei, und dann kamen sie auf ein weites Hochland, das mit Heidekraut und schwarzem Torfmoor bedeckt war. Der Himmel senkte sich tiefer herab. Der Gesichtskreis war eine ringsum lappig niederhangende Nebelbank, die sie aus nächster Nähe bedrängte. Der Regen fiel schräg nach unten, weil ein wütend pfeifender Wind ihn peitschte.

Der Vikar war bis auf die Knochen durchnäßt. Er war erbittert wegen der seltsamen Krankheit, die den unbekannten Mann in dem unheimlichen Weiler befallen hatte, der ohnehin ein Schandfleck auf Gottes Erdenwelt war. Und weshalb mußte er wegen dieses überflüssigen Halbwilden, der sich eine seltsame Krankheit zugezogen hatte, in aller Herrgottsfrühe aus dem Bett geholt werden und sich vom Regen durchnässen und von dem grausamen Wind bis aufs Mark durchkälten lassen? Die geisterhafte, öde Ortschaft bevölkerte sich in seiner Vorstellung mit Spukgestalten und teuflischen Hexenmeistern. Er peitschte ergrimmt auf die Stute ein.

Die tropfnasse Stute, die von den beißenden Peitschenhieben angestachelt wurde, flog in wildem Galopp über den dumpf dröhnenden Torfweg und dann einen steilen Anstieg hinan – bis in die enge Schlucht vor dem Teufels-Paß. Hier erhoben sich stirnrunzelnd und mit gesenkten Köpfen zerklüftete Felsen, makabren Standbildern gleich, in einer Zickzackreihe, und der schmale Pfad wand sich zwischen ihnen hindurch und sank langsam ab, bis er halsbrecherisch steil in ein düsteres Tal einmündete, das ringsum von den Wällen großer buckliger Berge eingeschlossen wurde. Durch Regen und Nebelwolken wurde auf dem Talboden der zwischen Felsen und Weidenbäumen sich duckende Weiler Prochlais sichtbar, eine öde graue Ortschaft am Ufer eines Baches, der durch Sumpfland wanderte. Die Stute wieherte, als sie den Weiler sah, und verfiel, kaum den Boden berührend, in eine ungestüme Gangart. Der Vikar klammerte sich halbverzweifelt mit den Händen an die Mähne der Stute, während ihm sein Umhang um die Ohren flog.

Auf der Dorfstraße hielten sie. Die Dorfleute scharten sich um sie und riefen sich gegenseitig herbei. Sie halfen dem Priester beim Absteigen. Stirnrunzelnd blickte er sich in ihrer Mitte um. Er kannte sie nur sehr oberflächlich, da die Priester der Pfarre dieses Dorf nach Möglichkeit mieden. Sie behaupteten, für das Dorf könne man nichts tun. Es sei voll abergläubischer, wilder, unzähmbarer Menschen, die unfähig seien, die Feinheiten des christlichen Glaubens zu verstehen, und von Beruf seien es lauter Hammeldiebe. Doch da sie sich ihre Hammel gegenseitig stahlen, profitierten sie nicht sehr bei diesem Gewerbe. Ihre Berge schlossen sie wie Gefängnismauern ein, Inzucht hatte bei ihnen Geisteskrankheiten und Entartung hervorgerufen. Ihre Behausungen waren Löcher. Es war unmöglich, auch nur einen von ihnen zu bewegen, die Kirchensteuer zu bezahlen, und doch bettelten sie dauernd im Pfarrhaus.

Das war die Ansicht, die jeder Priester, besonders aber der Vikar von ihnen hegte, der sie insgeheim verabscheute und sie für gänzlich überflüssige menschliche Kreaturen hielt, obwohl er am Altar gezwungenermaßen zugeben mußte, daß sie wegen ihrer unsterblichen Seele im Jenseits von Wert waren.

Im Augenblick, als er, bis auf die Haut durchnäßt, vor Kälte erstarrt und noch immer ohne Frühstück im Leib unter ihnen stand, wünschte er, der Erdboden würde sich auftun und die Elenden verschlingen, vor allem den einen, der die seltsame Krankheit hatte.

»Wo ist der Mann, der die seltsame Krankheit hat?« fragte er böse. Die Leute hatten geschwatzt, bis er zu sprechen begann. Dann wich ihre Freude, einen Fremden zu sehen, ihrer Furcht vor der seltsamen Krankheit, die bei ihnen aufgetaucht war. Sie verstummten. Eine Frau trat vor, knickste und sagte, sie sei die Mutter des Kranken. Sie führte den Priester, höflich etwas hinter ihm gehend, zu einer alten, strohgedeckten Hütte, die keine Fenster in der Wand hatte. Der Rauch entwich durch die Haustür. Dort trat sie beiseite, knickste mit königlicher Anmut und bat den Priester, ‚ihre bescheidene Hütte zu ehren, indem er sie mit seiner heiligen Anwesenheit segnete'. Der Priester trat in die Küche. Sie folgte ihm. Das ganze Dorf drängte sich um die Tür.

Zuerst konnte der Vikar überhaupt nichts sehen. Auf dem Kaminrost brannte ein Torffeuer, das einen außergewöhnlich starken Rauch ohne die geringste Glut entwickelte. Der Rauch stieg nicht in den Schornstein hinauf, da sie ihn wahrscheinlich seit Jahren nicht gefegt hatten. Daher war die Küche dick voller Rauch. Der Vikar begann zu husten, und die Augen tränten ihm. Das verstärkte noch seinen Zorn.

»Habt ihr kein Licht?« fragte er.

Die Frau holte eine Kerze, steckte sie ins Feuer und zog sie flackernd, mit gelber Asche und schmelzendem Talg beschmiert, wieder hervor. Sie hielt die schandbare Kerze über den Kopf und deutete auf eine Ecke des Raumes.

»Dort liegt er, Vater«, sagte sie.

Der Priester ging in die Ecke und blickte nach unten. Auf dem Lehmfußboden befand sich eine liederliche Strohmatratze. Ein junger Mann lag vollkommen bekleidet mit nach unten gewandtem Gesicht auf der Matratze.

»Ist das der Kranke?« fragte der Priester.

»Ja, Vater«, sagte die Frau.

Der Priester nahm die Kerze und setzte sie auf den groben Schemel, der neben die Matratze gestellt worden war. Er bückte sich und berührte den Liegenden.

»Schläft er?« fragte er.

»Nein, Vater«, murmelte der Kranke mit trübseliger, aber sehr kräftiger Stimme.

»Hah!« rief der Priester ärgerlich und richtete sich rasch auf, »du sprichst aber nicht wie ein Kranker!«

Der Kranke richtete sich hoch und blickte den Priester an. Sein Gesicht war dicht neben der flackernden Kerze. Es hob sich vom Dunkel ab, totenbleich und verzerrt, mit großen blauen Augen und dicken Lippen. Er trug einen blauen Sweater, der seinen stämmigen Hals frei ließ. Er hatte einen prachtvollen Hals, der wie eine Pyramide zu einem Schädel anstieg, der ebenfalls schön war. Doch die blöden, bleichen und entarteten Gesichtszüge wirkten bei einem so schönen Postament wie Entweihung. Seine Gliedmaßen und der Rumpf schimmerten groß und schlaff im Düster.

»Schicken Sie die andern fort, Vater«, bat er mit jammernder Stimme. »Ich möchte mit Ihnen sprechen!«

»Geht raus, allesamt!« sagte der Priester.

»Was ist?« fuhr er fort, als alle gegangen waren.

Ein verlegenes Schweigen entstand. Der Kranke versuchte etwas zu sagen, aber obwohl sich seine Lippen bewegten, kam kein einziger Laut über sie. Er fuhr sich mit seiner breiten, schlaffen Hand unentschlossen über den kurzgeschorenen Schädel.

»Also los«, sagte der Vikar gereizt. »Wie heißt du?«

»Patrick Lydon, Vater.«

»Wie alt bist du?«

»Zweiundzwanzig, Vater.«

»Hah! Und hast du... irgendwo Schmerzen? Los, Junge, sprich dich aus!«

»Uh... uh...« stotterte der junge Mann. »Vater, können Sie das Licht ausmachen?«

»Was?«

»Ich schäm mich so, es Ihnen zu erzählen, Vater«, rief der Bursche mit lauter, zitternder Stimme. »Aber wenn Sie das Licht ausmachen, könnt ich's Ihnen im Dunkeln leichter erzählen. Ich schäm mich zu Tode.«

»Was zum Kuckuck...«

»Och, Vater...«

»Meinetwegen, meinetwegen, ich mach's aus.«

Der Priester löschte die Kerze. Der Kranke griff mit zittriger Hand nach der Kerze und nahm sie vom Schemel.

»Wollen Sie sich nicht setzen, Vater«, plärrte er. »Ich könnt's Ihnen leichter erzählen, wenn Sie sitzen. Ich schäm mich zu Tode...«

»Was?« sagte der Priester.

Er setzte sich.

»Mach jetzt los!« sagte er.

Der Mann umklammerte die Knie des Priesters und begann laut zu weinen.

»Och, Vater«, rief er, »ich schäm mich zu Tode. Ich... ich...«

»Was?«

»Ich... ich... ich bin so verlie... ie... iebt, Vater!«

Er warf sich auf die Matratze und begann zu stöhnen.

»Was?« ächzte der Priester. »Was? Du... du... Mein Gott! Ich... ich...«

»Verfluchen Sie mich nicht, Vater«, sagte der junge Mann und richtete sich wieder auf.

»Nora Tierney ist's, Vater, in die bin ich verliebt, in die Frau von unserm Schmied, und ich fürcht mich, sie anzusehen, aber immer hab ich ihr Gesicht vor mir, und dann verschlägt's mir die Luft. Geben Sie mir die Letzte Ölung, Vater, denn ich will sterben. Aber verfluchen Sie mich nicht!«

Der Priester stand auf. Seine Lippen stießen einen Laut aus, und dann hob er die Hände ans Gesicht. Sein Zorn brach los. Er dachte an den Ritt durch den peitschenden Regen und Wind, und an das elende Jammerleben, solchen Dummköpfen dienen zu müssen. Er stürzte an die Tür.

»Gebt mir die Peitsche her!« schrie er.

Sie brachten ihm die Peitsche. Der Kranke fing an zu kreischen.

»Verfluchen Sie mich nicht, Vater!« schrie er.

Der Priester begann ihn wütend auszupeitschen. Da sprang der Tropf auf und lief aus der Tür, wobei er gellende Schreie ausstieß, die von seiner strotzenden Kraft und Gesundheit zeugten. Er lief die Dorfstraße entlang und sprang über ein Mäuerchen aufs Hochmoor hinaus. Dort lief er weiter und weiter und schrie die ganze Zeit.

»Gelobt sei Gott«, sagte jemand, »er ist geheilt. Was mag ihm bloß gefehlt haben?«

»Heh!« sagte der Priester und schlug mit der Peitsche durch die Luft. »Bringt mir mein Pferd!«

Die Dorfleute gafften stumm und entsetzt, indes er sein Pferd bestieg und davonritt. Keiner hatte gewagt, ihn anzureden und zu fragen, was geschehen sei.

Dem Priester, der langsam den Bergweg hinauf-

ritt, flogen die Glieder vor Kälte und Zorn. Tränen der Empörung und verzweifelten Elends stiegen ihm in die Augen. Aus Verzweiflung, seinen Zorn nicht an den blöden Dorfleuten auslassen zu können, hätte er am liebsten wie ein Kind geweint. Dann schöpfte er schließlich tief Atem, riß die Augen auf und richtete seinen Zorn auf den Teufel, der die Ursache des Ganzen war. Mit geballter Faust drohte er den niederhängenden Wolken und schrie gellend:
»Diese widerwärtige, diese *degradierende* Liebe!«

Nachwort

Wahrheit und Dichtung aus der Sicht Liam O'Flahertys

»Der Mensch ist ein geborener Lügner!« Keck und unverfroren beginnt O'Flaherty seine Autobiographie *Shame the Devil* (1934) und stellt damit treffsicher den Wahrheitswert sämtlicher Autobiographien in Frage. Am Schluß des spannenden Buches behauptet er zwar, um seine Kritiker zu entwaffnen, daß er die reine Wahrheit über sein Leben berichtet habe, nimmt es jedoch wieder zurück mit dem Hinweis auf das bedeutungsschwere Wort des Pilatus: »Was ist Wahrheit?«

Aus seinen Erzählungen und Romanen spricht eine andere Wahrheit; die Wahrheit des Dichters, der nicht schreiben »will«, sondern schreiben »muß«, weil er sich gedrängt fühlt, all die überwältigenden Eindrücke zu gestalten, die ihn zum genialsten, weil überaus poetischen, Prosadichter Irlands gemacht haben.

Der am 28. August 1896 auf einer sturmumtosten Aran-Insel geborene Liam O'Flaherty hat vor seinen in muffiger Kleinstadtenge lebenden Schriftstellerkollegen einen unüberbietbaren Vorteil voraus, denn was kann unberührter sein als die westlichste Insel im weiten Atlantik? Dort nahm die empfängliche Knabenseele des jungen Liam alles in sich auf, wenn er die Natur um ihn her, die Tier- und Pflanzenwelt und die Inselleute in ihrem Kampf gegen die feindliche Umwelt beobachtete.

Knabe auf einer Insel heißt eine verfilmte Bildfolge, die diese Jugendeindrücke als Huldigung zum achtzigsten Geburtstag Liam O'Flahertys zeigt. Auf der senkrecht zum Meer abfallenden, fast hundert Meter hohen Steilklippe, die dem alten Totengott Crom geweiht ist, liegt bäuchlings ein Knabe und starrt in die Tiefe, in das in unermüdlicher Brandung flaschengrün heranschwellende Meer, wie es sich mit goldenen Schaumkronen überschlägt und in weißen Spitzenmustern zerflattert – starrt und starrt, bis er in der drohenden Tiefe die Glocken der Quallen erkennen kann. Das sind die Lampen, die dem Teufel abhanden gekommen sind! Dort unten soll Er ja hausen. Wenn es windstill ist, schläft Er, aber wenn Er zornig wird, peitscht Er das Meer, bis es wogt und sich aufbäumt, seine Gischtfetzen bis über die elterliche Hütte jagt und die leichten Boote der Fischer verschlingt. Unheimlich wird es dem Knaben hier oben, so nah bei der uralten Festung *Dun Aengŭs*!

Weit lieber streift er durch die Felder, springt über niedrige Feldsteinmäuerchen und belauscht weidende Lämmer und wilde Kaninchen oder das Zicklein der Wildgeiß – all das vertraute Getier, dessen Schicksal sich vor seinem wachsamen Auge abspielt. In den engen Spalten zwischen dem Feldgestein, aus dem die ganze Insel besteht, findet er, unerreichbar für den salzigen Wind, den winzigen Frauenhaarfarn, zart wie Schmetterlingsflügel, oder leuchtende Blütensterne, farbig wie die Eier in den Vogelnestern.

Und ebensogern segelt der Junge mit den Fischern aufs Meer hinaus, nachdem er ihnen geholfen hat, ihr *Curragh*, das leichte Boot aus Weidengeflecht und Tierhäuten, mit Teer seefest zu machen. Wenn sie dann heimkehren mit reichem Fang, warten am Ufer schon die Frauen in ihren roten Röcken, mit über den Kopf gezogenen Wollschals, voller Bangen, ob nicht doch noch unvermittelt eine Bö aufkommen und ihnen den Ernährer ihrer Kinderschar rauben könnte.

Diese geliebte Welt soll der junge Liam verlassen, weil eines Tages ein vom Festland herübergekommener Priester kluge, zweitgeborene Söhne sucht, die kostenfrei zu Priestern ausgebildet werden können. Liam kennt sich bereits in zwei Sprachen aus, in Englisch und in Gälisch, und hat ein feines Sprachgefühl, denn er hat oft an Winterabenden

den nach altem Brauch erzählenden *Shenachi* zugehört. Und jetzt soll er in eine fremde, häßliche Welt geschickt werden! In der Erzählung *Der Abschied* kann der Leser den Schmerz des Dreizehnjährigen miterleben, der sich von seiner Insel losreißen muß.

Am Gymnasium in Clonliffe erhält er eine gründliche Ausbildung in Französisch, Griechisch und Latein und besteht alle Prüfungen mit Auszeichnung ... 1913 wird er ans Blackrock-College in Dublin überwiesen, danach ans Priesterseminar in Clonliffe. Doch dort wird ihm die Erkenntnis immer gewisser, daß er nicht zum Priester taugt, und er gibt auf – sehr zum Unwillen seiner Familie auf Aran. Ohne einen Beruf in Aussicht zu nehmen, belegt er am University-College in Dublin einige Semester in Philosophie und klassischer Literatur. Dann tritt er bei den schneidigen *Irish Guards* ein und wird an die Front geschickt. Bei Langemarck wird er verschüttet und muß wegen einer Kriegsneurose und »akuter Melancholie« lange Zeit in Lazaretten verbringen. Die anschließende Genesungszeit nutzt er zu einem Besuch auf seiner Insel. Seine Unrast treibt ihn zu einem unsteten Wanderleben. Erst viele Jahre später, 1930, schildert er auf seine wahrheitsgetreue Art in der Autobiographie *Two Years*, wie er sich in London auf einem Schiff als Kohlentrimmer anheuern läßt, nach Rio de Janeiro gelangt und dann als Gelegenheitsarbeiter durch die halbe Welt trampt. Er besteht ein paar haarsträubende Abenteuer, die der gespannte Leser amüsiert oder auch teilnahmsvoll verfolgt. Dank der Begegnungen mit fremden Völkern erweitert sich seine sozialistische Weltanschauung: verblüffende Betrachtungen und Gedanken finden sich zwischen den berichteten Erlebnissen, wie er im hohen Norden als Holzfäller arbeitet, sich ohne Paß über die kanadische Grenze schlägt und bei seinem Sozialisten-Bruder in Boston auftaucht, der ihn zum Schreiben überreden will.

Doch O'Flaherty versucht sich in New York in ein paar

weiteren Jobs, bis er sich, angewidert von der Mentalität seiner Arbeitgeber, auf einem Schiff anheuern läßt und nach Irland zurückkehrt. Nach drei Jahren Abwesenheit ist er wieder in Dublin und besetzt mit gleichgesinnten Dockarbeitern ein öffentliches Gebäude, die Rotunda. Die rote Fahne wird gehißt, und die »Irische Sowjet-Republik« wird ausgerufen. Nach ein paar Tagen machen die empörten Dubliner dem Spuk ein Ende. Auch auf seiner heimatlichen Insel wird O'Flaherty nicht mit offenen Armen empfangen. Seine Mutter ist gestorben; und seine Schwester ist erschöpft von der Pflege des Vaters, der zu Liams Entsetzen senil geworden ist. Enttäuscht kehrt er nach Dublin zurück in der Hoffnung, dort seinen Tatendrang ausleben zu können.

Während dem irischen Freiheitskampf (1918 bis 1920) ist er auf seinen Weltreisen, doch dann schließt er sich den jungen Republikanern an, die über die ausgehandelten Waffenstillstandsbedingungen (1922) empört sind und gegen den neuen »Freistaat Irland« zum unvermeidlichen Bürgerkrieg aufrufen. Möglicherweise hat O'Flaherty den Kampf um öffentliche Gebäude in Dublin mitgemacht – jedenfalls muß er nach England fliehen.

Wie er es sarkastisch in seiner Autobiographie *Shame the Devil* schildert, beginnt in London ein wahres Jammerleben für ihn. Er ist ohne Mittel und ohne Stellung und fürchtet eine Verhaftung durch die »Freistaatspolizei«, denn der Bürgerkrieg hält 1923 noch an. Eine Freundin, die auch andere Revolutionäre beschützt, lädt ihn ein, im Haus ihrer Mutter zu wohnen, und besorgt ihm eine Schreibmaschine. Sie hat in politischen Zeitschriften ein paar seiner Artikel gelesen, und beide Frauen drängen ihn nun, von seinen Erlebnissen zu berichten. Er müht sich mit Kurzgeschichten und einem Roman ab, beides wird aber von den englischen Redaktionen abgelehnt, er selbst findet seine Arbeiten kitschig. Da er sich wegen der Unterkunft im armseligen Haus der Witwe schämt, zieht er dort aus und grübelt verzweifelt über die scheinbare Ausweglosigkeit nach. Seine schöne, friedliche Heimatinsel steht ihm vor Augen, und der Gegensatz zum lauten, häßlichen Straßenbild Londons verlockt ihn, über das Land seiner Jugend zu schreiben. Er beginnt einen neuen Roman, arbeitet zwei Wochen in fieberhaftem Eifer – und kommt plötzlich nicht mehr weiter. Doch nach einer Depression, die für ihn zuerst hoffnungslos scheint, kehrt die Motivation zurück, und er beendet den Roman, den er schließlich dem großen Verlag Jonathan Cape anbietet. Zehn Tage bleibt er ohne Antwort! Er läßt sich auf einem Schiff nach New York als Kohlentrimmer anheuern, will sich aber nicht von seinem neuen Roman trennen und meldet sich im Verlag, um das Manuskript abzuholen.

Er wird aufgefordert, sich dem Verleger vorzustellen. Da aber in London gerade eine Razzia gegen irische Rebellen stattgefunden hat, fürchtet er eine Falle und geht nur voller Mißtrauen zum Verleger. Zu seiner Überraschung wird er von einem freundlichen, kultivierten Herrn empfangen, der ihm einen Brief des Verlagslektors Edward Garnett vorliest. Sein Roman wird als Werk eines vielversprechenden jungen Autors zur Veröffentlichung empfohlen, und er selbst wird zur weiteren Arbeit mit dem Verlag verpflichtet. Die Träumereien von seinem »Märchenland« Aran haben ihm Glück gebracht! Der Roman erscheint 1923 mit dem Titel *Thy Neighbour's Wife* und ist so erfolgreich, daß O'Flaherty das Ziel seines Lebens erkennt: er wird nur noch schreiben! Mit Hilfe Edward Garnetts, der sein guter Freund und Berater wird, beginnt er sofort einen neuen Roman, *The Black Soul*, dem aber schon mehrere Kurzgeschichten mit irischem Hintergrund vorausgegangen sind. Auf Garnetts Rat kehrt O'Flaherty nach Beendigung des Bürgerkriegs 1924 nach Irland zurück. Er zieht in ein Cottage außerhalb Dublins ein, wo er ungestört arbeiten kann. Dort besucht ihn Sean O'Faolain, ein junger, talentierter Schriftsteller, der von George Russell gefördert wird.

»Als ich Liam O'Flaherty das erstemal sah«, erzählt der fünf Jahre jüngere O'Faolain, »wohnte er in einer weißgetünchten Hütte, wo er emsig an seinen Kurzgeschichten schrieb und nur dann und wann nach Dublin eilte, um seinem übervollen Herzen Luft zu machen und aus lauter Überschwang irgendwelche Verrücktheiten anzustellen. Als ich das Gartentor öffnen wollte und er das Bellen seiner Hunde hörte, trat er aus der Hütte, und ich sah den schönsten Mann, dem ich je begegnet war, mit Augen, graublau wie der Atlantik, mit tadellosen weißen Zähnen und einem edelgeformten Schädel. Was mir sogleich auffiel, war ein herausforderndes Aufwerfen des Kopfes, ein fragender Blick der schönen Augen und eine fieberhafte Intensität (ich hatte ihn wahrscheinlich beim Schreiben gestört), dazu eine Stimme, die weich und wohltönend und doch kalt klang. Auf einen jungen Mann wie mich, der damals noch nichts veröffentlicht hatte und bei einem schon bekannten Schriftsteller eindrang, wirkte er etwas einschüchternd. Aber als ich ihm sagte, George Russell habe mich ermutigt, ihn zu besuchen, machte die abwehrende, wachsame Miene einem strahlenden Lächeln Platz. Ich spürte, daß die Angriffsbereitschaft nicht seine wahre Natur war: sie schützte nur seine Weichheit. Doch dann war ich wieder verblüfft, als wir uns in der kleinen Küche gegenübersaßen und seine Worte immer kriegerischer wurden: in der Diskussion stellte er mit dem größten Ernst tollkühne Behauptungen auf und verteidigte sie wie sein Leben. Als das Gespräch eine Wendung nahm, verspürte ich jedoch wieder das Warme, Weiche in seinem Wesen und begriff, daß die ganze Aufregung und Wildheit, der Ernst und der Eifer und die geräuschvolle Wichtigtuerei nur an der Oberfläche lagen: seine innere Spannung mußte sich Luft machen!«

Das alles finden wir in O'Flahertys Erzählungen wieder: die Zartheit und die Heftigkeit, ein verstecktes Pathos und einen scheinbar kühlen Realismus, einen oft skurrilen Humor und ein (nie sentimentales) Mitgefühl mit den Armen, Unterdrückten und Erniedrigten. Trotz seiner Anteilnahme am Schicksal von fast pathologisch Kranken, sogar von Trunksüchtigen oder von angeblich von dämonischen Mächten Bedrohten, wurde er nie zum Moralisten. Von Jugend auf hatte er ja das Leben und Vergehen in all seinen Erscheinungsformen kennengelernt. Darum muß er nun das Lebendige auf Erden preisen, und weil alles im Einklang mit dem kreisenden Weltall, mit den Tages- und Jahreszeiten, mit den Wolken und Winden unter dem wechselnden Mond ist, konnte er zum genialen, poetischen Erzähler werden.

Etwa fünfhundert Kurzgeschichten hat O'Flaherty verfaßt, die in rascher Folge in vielen Bänden erschienen, so *Spring Sowing* (1924), *The Tent* (1926), *The Mountain Tavern* (1927) und *Pedlar's Revenge* (1928). Die besten Sammlungen sind *The Short Stories of Liam O'Flaherty* (1937; *Tiergeschichten*, detebe 21253) und *Two Lovely Beasts* (1948; eine Auswahl in: *Meistererzählungen*, detebe 22644). Diese prachtvollen Kunstwerke sollen hier nicht seziert werden: jeder Leser des vorliegenden Bandes wird von Geschichten wie *Leben* oder *Die alte Frau* ergriffen sein, bis ihn dann wieder sarkastische oder humorvolle Porträts dieser typisch irischen Helden aus seiner Erschütterung herausreißen. Vor der Welt möchte O'Flaherty gern als Realist gelten. »Wer schildern kann, wie ein Huhn die Dorfstraße überquert, der erst ist ein wahrer Dichter«, behauptet er – und läßt uns an seine berühmten Tiergeschichten denken, die schon bald allgemeines Aufsehen erregten.

Für die dichterische Wahrheit O'Flahertys findet sich in der Erzählung *Armut und Reichtum* ein besonders auffallendes Beispiel. Da schildert er ein frohes Mittagsmahl vor dem väterlichen Gehöft: alle preisen den günstigen Sommer und den guten Ackerboden, der ihnen ein so reichliches Essen beschert hat. Doch die »Wirklichkeit« sah in Wahrheit ganz anders aus: Nach amtlichen Berichten aus dem vorigen Jahrhundert hatte seit ca. 1815 eine grauenhafte Hungersnot auf der Insel geherrscht. Noch im Geburtsjahr des kleinen Liam verhungerten in jeder Familie viele Kinder. Erst der entsetzte Hilfeschrei des Gemeindepriesters machte die englische Öffentlichkeit auf das Elend aufmerksam. Von »guten Ernten« auf »gutem Boden« konnte keine Rede sein: der Boden bestand aus Felsplatten, auf denen eine dürftige, nur ein paar Zoll tiefe »Erdkrume« lag, die vom Strand unten von den Männern heraufgeschleppt wurde. Es war ein Gemisch aus Sand und mühsam aus dem Meer geborgenem Seetang. – Auch mit Erträgen vom Fischfang war es schlecht bestellt: noch auf Jahrzehnte hinaus sollte es auf der Insel keine anderen Boote als die leichten, stets gefährdeten *Curraghs* geben. Endlich wurde auf Geheiß der englischen Regierung eine Art Fischerei-Industrie mit soliden Fischerbooten eingerichtet. Vielleicht hat O'Flaherty die Tatsachen aus Rücksicht auf die seit Jahrhunderten auf der Aran-Insel ansäßigen O'Flahertys mit ihrem aristokratischen Namen (dem öfters erwähnten »princely name«) außer acht gelassen. Jedenfalls wurde Wirklichkeit zu dichterischer Wahrheit umgestaltet – eben von dem Dichter, der er war.

In seinem Romanwerk – er hat vierzehn Romane veröffentlicht – vermittelt O'Flaherty stets intensiv miterlebte Geschehnisse, ausgenommen im Roman *Famine* (1937; *Zornige grüne Insel*, detebe 21330), der schon 1846 im Westen Irlands zur Zeit der ›Großen Hungersnot‹ spielt und fast ein Tatsachenbericht zu sein scheint über diesen von englischen Parlamentariern inszenierten Genozid. Vermutlich hatten O'Flaherty die Zustände auf Aran im vorigen Jahrhundert, die ihm durch spätere Schilderungen bekannt wurden, zu dem Buch inspiriert.

Sein großer, von Edward Garnett bevorzugter, Roman *The Black Soul* (1924) wurde in Irland beifällig aufgenommen, doch Garnett mußte dem jungen Autor schreiben: »Hier in England haben die Kritiker Ihr Buch auf zehn

Jahre hinaus erledigt!« Es sollte mehr als fünfzig Jahre dauern, bis der Roman endlich als Meisterwerk erkannt und gerühmt wurde – glücklicherweise noch zu Lebzeiten O'Flahertys. Doch im Jahr des Erscheinens war der Autor so verbittert über die Mißachtung des Romans, daß er beschloß, sich an den verständnislosen Kritikern und am törichten Publikum zu rächen. Er wollte den schlechten Geschmack des Publikums ausbeuten und plante den Roman *The Informer* (1925; *Der Denunziant*, detebe 21191) – eine Art »gehobener Kriminalroman«, der dann auch prompt verfilmt wurde (unter dem Titel *Die Nacht nach dem Verrat*).

Der Roman *Skerrett* (1932) basiert auf einer Reihe politischer Intrigen, die um die Jahrhundertwende auf der Insel zu einer *cause célèbre* geworden waren. Der Roman *The Wilderness* hatte eine seltsame Geschichte: er wurde 1927 als Fortsetzungsroman in der Zeitschrift *The Humanist* abgedruckt und blieb dann verschollen. Ein einziges Exemplar wurde in der Universitätsbibliothek in Texas aufbewahrt, bis der Verlag *The Wolfhound Press* den von Dostojewski beeinflußten, allegorischen Roman 1978 in Buchform herausgab.

Erst im Jahr 1950 erschien der hochinteressante Roman *Insurrection*. Er beginnt mit dem Osteraufstand 1916 in Dublin, als die Iren sich endlich zum Kampf gegen das englische Joch entschlossen – ein Kampf, zuerst blutig niedergeschlagen, bis dann die »troubles« ausbrachen, der Kampf der jungen IRA-Anhänger gegen die englischen Hilfstruppen (1918–1920). Es ist bemerkenswert, daß von O'Flahertys vierzehn Romanen nur zwei von Rebellion und Krieg handeln, obwohl O'Flahertys Mut und Furchtlosigkeit bekannt sind und er den Kampf ums Überleben befürwortete.

Von seinen drei autobiographischen Werken wurden bereits erwähnt: *Two Years*, das sein wildes Wanderleben nach dem Ersten Weltkrieg veranschaulicht, und *Shame the Devil*, mit dem er »sein Selbst entblößen will, um seine

Feinde herauszufordern«. Bedeutend friedlicher geht es in der dritten Autobiographie zu, dem Buch über seine Moskaureise: *I went to Russia* (1931; *Ich ging nach Rußland*, detebe 20016). In seiner berühmt sarkastischen Stimmung behauptet er in der Einleitung: »Heutzutage hat die Literatur, dank dem Überhandnehmen der Maschine und der Demokratie, aufgehört, eine Kunst zu sein. Sie ist eine Industrie.« Deshalb also müßten die Literaten, um nicht zu verhungern, den Markt beobachten. Im Augenblick seien zwei Arten von Büchern in Mode: Autobiographien und Bücher über die Bolschewiken. Notgedrungen schrieb er also auch dieses Buch – nicht, um die Welt und die Sitten der Menschheit zu verändern. Als »aristokratischer Sozialist« machte sich der »wilde Ire« auf den Weg nach Rußland. Aus seinem Buch geht hervor, daß er zwar »mit der kommunistischen Ideologie sympathisiert, aber das Sowjet-System ablehnt«. Seine Prognose der machtpolitischen Entwicklung sei von der Wirklichkeit bis ins Detail bestätigt worden, erklärt sein deutscher Verleger.

Anders als O'Connor und O'Faolain hat sich Liam O'Flaherty nie mit der *Theorie* der Kurzgeschichte beschäftigt. Anscheinend hat sie ihn, den schöpferisch so genialen Dichter, nie interessiert. Doch er hat zwei literarische Arbeiten verfaßt: einen *Essay über Joseph Conrad* (1930) und eine Biographie *The Life of Tim Healy* (1927).

In keine dieser Kategorien einzureihen ist ein erstaunliches Buch, *The Ecstasy of Angus*, das 1931 nur in einer begrenzten Auflagenhöhe von 350 Exemplaren in London zirkulierte und erst 1978 im Einverständnis mit dem Autor mit Illustrationen in der *Wolfhound Press* verlegt wurde. Es ist ein Schöpfungsmythos, dem Schöpfungsmythos der Bibel in wichtigen Punkten widersprechend. O'Flaherty wollte darin seine ihm eigentümliche Naturphilosophie und seine Ansichten von der Welt und der Menschheit darlegen und die Schönheit der Natur preisen. Da benutzt er die alten keltischen Sagen und die Weisheit der Druiden.

Das sagenhafte Land Banba, das aus der Urflut auftauchte und erst von Angus mit sterblichen Geschöpfen besiedelt wurde, mag ihn an die geheimnisvolle Insel *Hy Brezil* erinnert haben, die nach den Berichten der Fischer auf Aran dann und wann aus dem Meer aufgetaucht und wieder hinter opalfarbenen Schleiern versunken und verschwunden ist ... ein »Orplid, das ferne leuchtet«.

Dieses seltsame Buch hatte Liam O'Flaherty bei seinem letzten Zürcher Besuch mitgebracht. Es war wohl eine seiner letzten Reisen.

Mit dem für ihn so typischen, wilden Herumreisen – wie er es in den dreißiger Jahren in Europa und USA tat – war es längst vorbei. Nach der Trennung von seiner Frau Margaret hatte er in Frankreich gelebt, als dort ein Film nach seinem Roman *The Puritan* (1931) gedreht wurde, und bei der Verfilmung seines Romans *The Informer* hielt er sich in Kalifornien auf. In den vierziger Jahren und während des Zweiten Weltkriegs war er an den verschiedensten Orten in Amerika anzutreffen, hauptsächlich aber in New York. Mit der Amerikanerin Kitty Tailer, seiner Lebensgefährtin, wohnte er gern in Paris, doch seit 1952 lebte er fast ununterbrochen, mit nur seltenen kleinen »Abstechern«, in Dublin, immer im gleichen Flat am Wilton Place, als Nachbar von Frank O'Connor, der uns vor O'Flahertys Widerwillen vor Interviewern gewarnt hatte. »Denen schlägt er einfach die Tür vor der Nase zu«, hieß es allgemein. Natürlich war er auch wegen seiner Freude an Pferderennen und überhaupt an Wettrennen stadtbekannt. Doch damit war es längst vorbei.

Aber seinen alten Überschwang hatte er hier in Zürich noch nicht verloren, sondern war ganz der »Man of Aran«, der mit blitzenden Augen und unbekümmert um seine Umgebung kriegerische Lieder sang, höchstens vom Rotwein beschwingt, denn das Whiskytrinken, für das er in Dublin ebenfalls bekannt war, hatte er aufgeben müssen.

Alle Erfahrungen, die sein ungestümes, im Grunde so

weiches Herz überwinden mußte, hat er durchschaut und in große Kunst umgewandelt. Er starb am 8. September 1984 und wurde, wie er selbst es verkündet hatte, vor den Richterstuhl des Totengottes *Crom* berufen. Doch er steht ja unter dem Schutz des Gottes *Aengŭs*, der der Schutzgott aller Dichter ist.

Elisabeth Schnack

Liam O'Flaherty im Diogenes Verlag

Zornige grüne Insel

Eine irische Saga
Deutsch von Herbert Roch

»Die Lektüre dieses Romans ist ein ganz ungewöhnliches Erlebnis. O'Flahertys Erzählkunst vermag nicht nur seinen Platz neben den großen Romanen aus allen Sprachgebieten zu behaupten, sondern beweist auch, wie ein ›historischer Roman‹ den Leser zu packen, zu rühren und zu erschüttern weiß, wenn ein Meister ihn geschrieben hat. Im Jahr 1845 begann für Irland eine Folge von Unglücken und Entbehrungen, die weit über das Maß dessen hinausging, was die Bevölkerung der Grünen Insel als ihr alltägliches Los zu tragen gewohnt war. Durch eine Kartoffelkrankheit sahen sich die Menschen ihres Hauptnahrungsmittels beraubt; die Pachtzinse waren nicht mehr aufzubringen, wurden aber unbarmherzig von den englischen Gutsbesitzern und den Vertretern Ihrer Majestät Königin Victoria eingetrieben. Wucherer verstanden, ihre vorteilhaften Geschäfte zu machen; die kleinen Pächter standen – der eine früher, der andere später – buchstäblich vor dem Nichts. Die Leute starben an Flecktyphus oder ›einfach‹ vor Hunger…«
Tages-Anzeiger, Zürich

Der Denunziant

Roman. Deutsch von
Heinrich Hauser

Während des von radikalen Gruppen in den frühen zwanziger Jahren neu entfachten irischen Bürgerkrieges bestimmen Terror, gegenseitige Bespitzelung, Angst und Verrat das Leben in Dublin. Francis Joseph McPhillip wird wegen Mordes gesucht und von Gypa

Nolan, seinem Genossen und besten Freund an die Polizei verraten. Immer enger zieht sich das Netz zusammen, und immer verzweifelter und sinnloser setzt sich der Verdächtigte zur Wehr.
1935 verfilmt von John Ford unter dem Titel ›The Informer‹.

Meistererzählungen

Deutsch und mit einem Nachwort
von Elisabeth Schnack

»Aus Liam O'Flahertys Romanen und Erzählungen spricht die Wahrheit des Dichters, der nicht schreiben ›will‹, sondern schreiben ›muß‹, weil er sich gedrängt fühlt, all die überwältigenden Eindrücke zu gestalten, die ihn zum genialsten, weil überaus poetischen, Prosadichter Irlands gemacht haben.«
Elisabeth Schnack im Nachwort

»Seine Geschichten atmen den Geruch des Meeres und des beißenden Qualms der Torffeuer. Auch wer noch nie in Irland war, wird dieses seltsame Land mit seinen tragisch-skurrilen Bewohnern nach der Lektüre von O'Flahertys Erzählungen lieben.«
Der Monat, Berlin

Das James Joyce Lesebuch

Erzählungen aus ›Dubliner‹
und Erzählstücke aus den Romanen.
Aus dem Englischen von Dieter E. Zimmer,
Klaus Reichert und Hans Wollschläger.
Mit Aufzeichnungen von George Borach
und einer Betrachtung von Fritz Senn

Lesebuch und Auswahl aus der Prosa des frühen und mittleren Joyce zum Ausprobieren und Angewöhnen für Anfänger und Fortschreitende, für Neugierige, Besessene und alle, die sich bisher noch nicht getraut haben.
Dieser Querschnitt – in den renommierten Neuübersetzungen der Fankfurter Ausgabe von Dieter E. Zimmer, Klaus Reichert und Hans Wollschläger – bringt: – ›Eine kleine Wolke‹, ›Entsprechungen‹, ›Gnade‹ (drei Kurzgeschichten) und die schönste Novelle der englischen Sprache, ›Die Toten‹ aus *Dubliners* – zwei selbständige Abschitte und Höhepunkte aus dem Entwicklungsroman *Ein Porträt des Künstlers als junger Mann* – ein vollständiges Kapitel (›Hades‹) aus dem *Ulysses*, dem ›Welt-Alltag der Epoche‹ (Hermann Broch), dem ›Andachtsbuch für den objektgläubigen, objektverfluchten weißhäutigen Menschen‹ (C.G. Jung), dem ›bedeutensten Ausdruck, den unsere Zeit gefunden hat‹ (T.S. Eliot), dem ›ernstesten Welt-Buch der neueren Literaturen, das zugleich ihr welterschütternd-witzigstes ist‹ (Hans Wollschläger) – und als Dreingabe Aufzeichnungen von Gesprächen mit Joyce aus dem Zürcher Jahr 1917 von Georges Borach, ein buchstabengetreues Joyce-Porträt von Paul Flora und abgeklärte Betrachtungen von Fritz Senn.

Sean O'Faolain im Diogenes Verlag

»Es sind die Geschichten eines eleganten, nachdenklichen Erzählers von großem künstlerischem Format.«
Die Zeit, Hamburg

Sean O'Faolain, 1900 als Sohn eines Polizisten in der südirischen Hafenstadt Cork geboren, im Bürgerkrieg Bombenbauer für die Republik, Leiter des Nachrichtendienstes De Valeras, Harvard-Stipendiat, Dozent für englische Literatur in England und Amerika, Direktor des ›Arts Council of Ireland‹, ein Meister unter Irlands Meistererzählern, gehört zu den drei großen ›O's‹ der Literaturgeschichte: zusammen mit Frank O'Connor und Liam O'Flaherty bildet er das Dreigestirn des modernen anglo-irischen Realismus.

Sünder und Sänger
Erzählungen. Aus dem Englischen und mit einem Nachwort von Elisabeth Schnack

Trinker und Träumer
Erzählungen. Deutsch von Elisabeth Schnack

Lügner und Liebhaber
Erzählungen. Deutsch von Elisabeth Schnack

Frank O'Connor im Diogenes Verlag

»Frank O'Connor ist einer der wenigen Poeten unter den Meistern der Kurzgeschichte.«
Norddeutscher Rundfunk, Hannover

»Wer seine Heimat so verewigt, der tut für Irland was Čechov für Rußland tat.« *William Butler Yeats*

»Frank O'Connor verdankt man einige der besten Kurzgeschichten unserer Zeit.« *Die Presse Wien*

Frank O'Connor, eigentlich Michael O'Donovan, wählte sein Pseudonym nach dem Mädchennamen seiner Mutter; er wurde 1903 in der südirischen Hafenstadt Cork geboren, nannte seine Schulbildung »unbedeutend« und las und lernte mit der Leidenschaft eines Autodidakten; im irischen Bügerkrieg kämpfte er auf republikanischer Seite, weshalb ihn die frisch konstituierte Republik Irland ins Gefängnis steckte; nach seiner Entlassung war er Bibliothekar, gründete ein Laientheater, wurde langjähriger Direktor des Abbey-Theaters – und einer der großen Autoren Irlands; im Alter folgte er einem Ruf an die Harvard-Universität, reiste aber immer wieder nach Irland, wo er 1966 in Dublin starb.

Und freitags Fisch
Erzählungen

Die Reise nach Dublin
Roman

Mein Ödipus-Komplex
Erzählungen

Eine unmögliche Ehe
Erzählungen

Eine selbständige Frau
Erzählungen

Brautnacht
Erzählungen

Meistererzählungen
Mit einem Nachwort von Elisabeth Schnack

Alle übersetzt von Elisabeth Schnack

Edna O'Brien im Diogenes Verlag

Das Mädchen mit den grünen Augen

Roman. Aus dem Englischen von Margaret Carroux

»Die O'Brien läßt Kate die Romanze erzählen, aufrichtig im Schmerz und nicht ohne finsteren Humor. Mag die Autorin auch für die schlichten Beter, Raufbolde und Säufer ihrer Heimat wenig übrig haben – einige Halbkünstler und Viertelintellektuelle scheinen ihr noch lästiger zu sein.« *Der Spiegel, Hamburg*

»So alltäglich die Thematik ist, die Art, wie Edna O'Brien ihren Stoff anbietet, ist so ungemein aufrichtig, so fröhlich und tieftraurig, ohne daß die Gefühle der Erzählerin in Sentimentalität abglitten. Sie bleibt immer nüchtern und realistisch. Die Personen sind voller Leben: sie stellen sich dem Leser mit ihrer Sehnsucht, ihren Träumen, ihren Ängsten und ihrem Mut.« *Westdeutscher Rundfunk, Köln*

»Es ist erstaunlich, zu welch frühem Zeitpunkt eine ausgerechnet irische Autorin bereits bewußt und fast überdeutlich den Sex als des Pudels Kern dargestellt hat.« *Süddeutscher Rundfunk, Stuttgart*

Plötzlich im schönsten Frieden

Roman. Deutsch von Margaret Carroux

Plötzlich im schönsten Frieden ist das dramatische Porträt einer Frau, die sich für liebesunfähig hält; ein Roman aus Enthusiasmus, Melancholie und von einer Komik, die aus der detailgenauen Kenntnis der Alltäglichkeit kommt. Plötzlich im schönsten Frieden erfährt die ängstliche Willa die Leidenschaft, bricht Patsy aus dem Trott ihrer Ehe aus. Plötzlich im schönsten Frieden entsteht das Psychogramm einer Frau, die auszog, die Liebe zu lernen.

»Ich bin eine irische, gestrauchelte Katholikin, geschieden, eine selbst für ihren Unterhalt aufkommende exzentrische Mutter. Ich gehöre keiner bestimmten Gruppe an, denn ich bin kein Gruppentyp. Vor zehn oder fünfzehn Jahren, als ich aus meinem irischen Moor kam, da brachte ich in meinen Büchern gewisse Gefühle zum Ausdruck, die heute offenbar bei Women's Liberation im Schwange sind. Ich war zornig über das Schicksal der Frauen. Gewiß glaube ich an gleiche Rechte und gleiche Bezahlung, aber über das Physiologische kann man sich nicht hinwegsetzen, das geht einfach nicht, die gute alte Gebärmutter da drinnen ist eine rechte Verführerin.
›O Gott, den es nicht gibt, du hassest die Frauen, sonst hättest du sie anders geschaffen.‹« *Edna O'Brien*

Bernard Mac Laverty im Diogenes Verlag

Cal

Roman. Aus dem Englischen
von Nikolaus Stingl

Die Geschichte von Cal und Marcella, im heutigen Nordirland; sie könnte seine Retterin sein, und als er sie zum Lachen bringt, kann er sein Glück kaum fassen. Von Liebe zu sprechen, das weiß er, erfordert Ehrlichkeit und Aufrichtigkeit, aber das hat Zeit.

»Bernard Mac Lavertys Roman hat in Großbritannien Aufsehen und Anteilnahme hervorgerufen. Der Autor versteht es, die menschlichen Ursachen und Konsequenzen der irischen Malaise ins Blickfeld zu rücken, die in den Medienberichten oft zu kurz kommen. Ein Buch, dem viele Leser zu wünschen sind.«
Die Furche, Wien

»Mit *Cal*, gedreht nach dem Roman von Bernard Mac Laverty, zwingt der junge irische Regisseur Pat O'Connor seine Zuschauer in die Tristesse des nordirischen Bürgerkrieg-Alltags hinein, läßt sie dessen Ausweglosigkeit erleiden. Dieser Film macht frösteln und deprimiert. Aber das ist nicht die Schuld seiner Autoren.«
Der Stern, Hamburg

Lamb der Ausgeflogene

Roman. Deutsch von Hanna Neves

Die Geschichte eines außergewöhnlichen Ausreißerpaars: Bruder Sebastian, mit bürgerlichem Namen Michael Lamb, ist Erzieher in einem katholischen Internat für sogenannte schwererziehbare Kinder in Irland. Der zehnjährige, unter epileptischen Anfällen leidende Owen ist sein Zögling. Zwischen ihnen entwickelt sich eine Art Freundschaft. Lamb rebelliert gegen die Erziehungsmethoden seines Vorgesetzten und flieht zusammen mit Owen nach England. Die Polizei sieht es als Kidnapping…

»Mit diesem Erstlingsroman hat Bernard Mac Laverty ein Werk geschaffen, das deutlich die Kluft zwischen Liebe und Verstand in unserer düsteren Zeit erhellt.«
Die Furche, Wien

»Bernard Mac Laverty hat hier auf knappem Raum in realistischem Stil einer Tragödie Gestalt verliehen, die nach einer filmischen Aufbereitung geradezu verlangt.« *ORF, Wien*

»Colin Gregg machte aus der dramatischen Geschichte ein Stück ausdrucksstarkes Gefühlskino. Van Morrison lieferte die suggestive Musik dazu. So entstand ein Streifen, der unter die Haut geht.«
Sonntagsblick, Zürich

Geheimnisse

Erzählungen. Deutsch von
Hans-Christian Oeser

»Was an den Geschichten zuallererst auffällt, ist ihre Direktheit; ihre vollkommen unmanierierte, ohne Erzähler-Attitüde und Sprachschnörkel auftretende und gerade deshalb um so nachhaltiger beeindruckende Kunstfertigkeit, mit deren Hilfe der Leser beinahe willenlos der Illusionsstrategie des Autors ausgeliefert ist, weil er sich sagen kann: Ja, so muß es gewesen sein.«
Wolfgang Steuhl/FrankfurterAllgemeine Zeitung

»Eine wundervolle Sammlung, über die leisen Töne des Lebens, voller Humor, Klarheit und Finesse.«
The Daily Telegraph, London

»Mac Laverty gehört in die Reihe der großen Geschichtenerzähler, neben Čechov, Joyce und Mansfield.«
The New York Times Book Review

Tanzen hat seine Zeit

Erzählungen. Deutsch
von Hans-Christian Oeser

»Bernard Mac Laverty schildert die Einsamkeit des Menschen und seine Verlassenheit in der Gesellschaft, Existenzen in einer Welt ohne Liebe, und seine Geschichten wären trostlos zu nennen, steckten sie nicht so voller Humor und hintergründigem Witz. Der Autor liebt seine Figuren, denen gemeinsam ist, daß sie das ihnen auferlegte Schicksal in der Gewißheit tragen, es ohnehin nicht ändern zu können. Die Themen sind zwar oft genug bedrückend, aber die Kunst dieses begabten Erzählers besteht darin, das Schwere leicht erscheinen zu lassen, ohne Konflikte zu verharmlosen, ohne ihnen Ernst und Würde zu nehmen. Das wird mit sparsamen Mitteln dargestellt: Bernard Mac Laverty ist ein Künstler des Aussparens.«
Eckart Klessmann / Frankfurter Allgemeine Zeitung

»Feingesponnene, kraftvolle Erzählungen voller Mitgefühl. Mac Lavertys Prosa ist von konzentrierter, bohrender Eindringlichkeit, dabei jedoch atemberaubend schlicht.« *Vogue, London*

● Heinrich Mann
Vorwort von Hugo Loetscher. Mit 24 Zeichnungen von George Grosz

● Katherine Mansfield
Das Puppenhaus
Ausgewählt, aus dem Englischen und mit einem Nachwort von Elisabeth Schnack

● W. Somerset Maugham
Ausgewählt von Gerd Haffmans. Aus dem Englischen von Kurt Wagenseil, Tina Haffmans und Mimi Zoff

● Guy de Maupassant
Ausgewählt, übertragen und mit einem Nachwort von Walter Widmer

● Herman Melville
Aus dem Amerikanischen von Günther Steinig. Nachwort von Hans-Rüdiger Schwab

● Prosper Mérimée
Aus dem Französischen von Arthur Schurig und Adolf V. Bystram. Mit einem Nachwort von V.S. Pritchett

● Conrad Ferdinand Meyer
Mit einem Nachwort von Albert Schirnding

● Frank O'Connor
Aus dem Englischen und mit einem Nachwort von Elisabeth Schnack

● Liam O'Flaherty
Aus dem Englischen und mit einem Nachwort von Elisabeth Schnack

● George Orwell
Aus dem Englischen von Felix Gasbarra, Peter Naujack, Alexander Schmitz, Nikolaus Stingl u.a. Ausgewählt von Christian Strich

● Konstantin Paustowski
Aus dem Russischen von Rebecca Candreia und Hans Luchsinger

● Luigi Pirandello
Auswahl und Nachwort von Lisa Rüdiger. Aus dem Italienischen von Percy Eckstein, Hans Hinterhäuser und Lisa Rüdiger

● Edgar Allan Poe
Aus dem Amerikanischen von Gisela Etzel. Auswahl und Vorwort von Mary Hottinger

● Alexander Puschkin
Aus dem Russischen von André Villard. Mit einem Fragment ›Über Puschkin‹ von Maxim Gorki

● Saki
Aus dem Englischen von Günter Eichel. Mit einem Nachwort von Thomas Bodmer und Zeichnungen von Edward Gorey

● Alan Sillitoe
Aus dem Englischen von Hedwig Jolenberg und Wulf Teichmann

● Georges Simenon
Aus dem Französischen von Wolfram Schäfer, Angelika Hildebrandt-Essig, Gisela Stadelmann, Linde Birk und Lislott Pfaff

● Henry Slesar
Aus dem Amerikanischen von Thomas Schlück und Günter Eichel

● Stendhal
Aus dem Französischen von Franz Hessel, M. von Musil, Arthur Schurig. Mit einem Nachwort von Maurice Bardèche

● Adalbert Stifter
Mit einem Nachwort von Julius Stöcker

● Rodolphe Toepffer
Ausgewählt und aus dem Französischen von H. Graef. Vorwort von Maurice Aubry. Mit vielen Illustrationen des Verfassers

● Leo Tolstoi
Ausgewählt von Christian Strich. Aus dem Russischen von Arthur Luther, Erich Müller und August Scholz

● B. Traven
Ausgewählt von William Matheson

● Iwan Turgenjew
Herausgegeben, aus dem Russischen und mit einem Nachwort von Johannes von Guenther

● Mark Twain
Mit einem Vorwort von N.O. Scarpi

● Jules Verne
Aus dem Französischen von Erich Fivian